Merton M. Gill
Psychoanalyse im Übergang

Merton M. Gill

Psychoanalyse im Übergang

Eine persönliche Betrachtung

Aus dem Amerikanischen
von Brigitte Milkau

Verlag Internationale Psychoanalyse
Stuttgart

Verlag Internationale Psychoanalyse
Die Originalausgabe erschien unter dem Titel
»Psychoanalysis in Transition. A Personal View«
im Verlag The Analytic Press, Hillsdale, NY / London

Printed in Germany
Schutzumschlag: Philippa Walz, Böblingen
Gesetzt aus der 9 Punkt New Baskerville von
Dr. Horst Brühmann, Frankfurt am Main
Auf holz- und säurefreiem Werkdruckpapier gedruckt von
Druckhaus Beltz, Hemsbach
Einbandstoff: Werreleinen

Die Deutsche Bibliothek – CIP-Einheitsaufnahme
Gill, Merton M.:
Psychoanalyse im Übergang :
eine persönliche Betrachtung / Merton M. Gill.
Aus dem Amerikan. von Brigitte Milkau. –
Stuttgart : Verl. Internat. Psychoanalyse, 1997
Einheitssacht.: Psychoanalysis in transition <dt.>
ISBN 3-608-91004-2

Für Ilse

Inhalt

Vorwort

Lange Zeit habe ich geglaubt, es könnte nützlich sein für die Leser, wenn der Autor erklärt, wie sein Buch entstanden ist. Nun, hiermit erkläre ich, wie dieses Buch entstand. Vor einigen Jahren – es sind zu viele, als daß ich sie zählen wollte – beschloß ich, ein Lehrbuch über die psychoanalytische Theorie und Praxis zu schreiben. Ich war sehr unzufrieden mit den Büchern, die auf dem Markt waren. Besonders mißfiel mir eines der bekanntesten, das ich eher für einen »Katechismus« denn für ein Lehrbuch hielt. Ich wollte ein Lehrbuch schreiben, das die Kontroversen in der Psychoanalyse hervorhebt und das für erfahrene Analytiker ebenso interessant wäre wie für Psychotherapeuten, die sich noch in der Ausbildung befinden. Meiner Ansicht nach gehört zu den Psychotherapeuten jeder Therapeut, der dynamische Therapie durchführt; mit psychologischer Therapie meine ich in diesem Zusammenhang das Gegenteil von Verhaltenstherapie.

Irgendwo habe ich einmal gehört, ein anspruchsvolles Lehrbuch solle eine Einführung in einen Bereich geben, und dieser Bereich solle so dargestellt sein, daß er sowohl für den Experten als auch den Anfänger erhellend sein würde. Genau diese Art von Buch wollte ich schreiben.

Bei einem so hochgesteckten Ziel ist es nicht verwunderlich, daß ich mich wieder und wieder verzettelte und mein Vorhaben zeitweise liegenblieb. Schließlich hatte ich dann ein Manuskript von einigen hundert Seiten beisammen. Ich schickte es Paul Stepansky, dem Cheflektor der *Analytic Press*, und bat ihn um seine Meinung. In gewohnter Schärfe erklärte er mir sofort, ich hätte mein Publikum nicht berücksichtigt. Außerdem gab er mir die Anregung, das Buch lebendiger zu gestalten und ihm vor allem eine persönlichere Note zu geben.

Er bemerkte gar nicht, wie genau er ins Schwarze getroffen hatte. In den vierziger Jahren, als ich mich noch an der Menninger-Klinik in der Ausbildung befand, war ich eines Tages an der Reihe, auf einer unserer regelmäßigen Mitarbeitersitzungen einen Vortrag zu halten. Meine Aufgabe war die kritische Durchsicht der »Kriegsneurosen in Nordafrika« von Grinker und Spiegel. In diesem Buch stellen die Autoren ihre intensiven Erfahrungen mit den traumatischen Kriegsneurosen und deren Behandlung dar – damals wurden sie häufig durch Abreaktion unter Natriumpenthotal behandelt. Als ich meinen Vortrag beendet hatte, erklärte der damals schon alte Karl Menninger, der diese Sitzungen zu leiten pflegte, mit einer Schärfe, die durchaus nicht uncharakteristisch für ihn war: »Merton, ich kenne sonst niemanden, der wie Sie die Fähigkeit besitzt, aus etwas an sich sehr Lebendigem und Aufregendem etwas so Uninteressantes und Langweiliges zu machen.« Er hatte natürlich recht, und seit damals bekämpfe ich diese Neigung. Ich hoffe, die Leser spüren, daß ich schließlich doch noch einige Fortschritte gemacht habe.

Doch nun zurück zu diesem Buch. Ich begann, eine lebendigere Fassung zu schreiben, in die ich sogar hier und da eine Anekdote aus meinem Berufsleben einstreute, wie die eben erzählte mit Dr. Karl – wir nannten ihn damals so, weil es in der Klinik auch einen Dr. Will gab. Aber ich hatte noch keine Entscheidung bezüglich meiner zwei Leserkreise getroffen. Der Anfänger sollte schon etwas über die metapsychologischen Standpunkte wissen, auch wenn ich sie im wesentlichen ablehne – zumindest in ihrer klassischen, freudschen Gestalt. Aber wenn ich sie auflisten würde, könnten sich die Leser langweilen, die in diesem Bereich bereits bewandert sind. Wie also sollte ich die metapsychologische Perspektive lebendig gestalten? Könnte ich sie mit der nitreißenden Verve eines Rapaport darstellen, wäre dies vielleicht als Vortrag vor anwesenden Zuhörern interessant, aber auf Papier ...?

Ich dachte über verschiedene andere Möglichkeiten nach: Warum sollte ich nicht zwei Bücher schreiben – eines für fortgeschrittene Leser und ein zweites für Anfänger? Aber ich wollte doch meine Meinung zu den Kontroversen für beide Leserkreise darlegen. Ich überlegte, ob ich das Buch nicht vielleicht aus der Perspektive des erfahrenen Klinikers schreiben sollte, jedoch einige Kapitel, wie etwa die metapsychologischen Themen und die Abwehrmechanismen, für Anfänger im Anhang zu bringen. Aber daraus wäre ein sehr dickes Buch geworden. Als ich vor einigen Jahren jemandem erzählte, ich wolle ein Lehrbuch schreiben, sagte er: »Um Gottes Willen, mach es kurz, wenn Du willst, daß es jemand liest!«

Als ich die verschiedenen Entwärfe nochmals durchlas, bemerkte ich, daß ein Entwurf für Anfänger geschrieben war und ein anderer für erfahrene Therapeuten. Einige Jahre lang hatte mein Hauptinteresse der Technik im Kontext der allgemeinen Theorie gegolten. Also beschloß ich, zwei Bücher zu schreiben. Ein Buch sollte für den erfahrenen und im wesentlichen an der Technik im Kontext der allgemeinen Theorie interessierten Leser verfaßt sein. Das andere sollte ein Einführungstext werden, in dem auch das zu finden sein würde, was dem erfahrenen Leser bereits vertraut ist, und daher nicht im ersten Buch zu finden sein würde. Es sollte aber trotzdem dieselben Probleme der Technik behandeln, wenn auch weniger detailliert. Es würde natürlich Überlappungen geben, besonders wegen eines Themas, das in beiden Büchern dargestellt werden würde.

Der Grund für diese doppelte Darstellung desselben Themas in beiden Büchern liegt – wie der Leser unschwer bemerken wird – in folgendem: Ich glaube, daß das klassische psychoanalytische Setting (hohe Sitzungsfrequenz, Verwendung der Couch) und die Situation, in der ein Klinikmitarbeiter seinen ersten psychotherapeutischen Fall übernimmt, auf etwas Ähnliches abzielen sollten, nämlich darauf, etwas herzustellen, was ich »psychoanalytische Situation« nenne. Diese Situation herzustellen sollte meines Erachtens das Ziel sowohl der herkömmlichen Psychoanalyse (mit den äußeren Standardmerkmalen: Couch, hohe Sitzungsfrequenz, lange Dauer etc.) als auch das einer psychologischen Therapie sein, die mit der analytischen Technik arbeitet, deren äußere Merkmale jedoch anders sind (der Patient liegt nicht auf der Couch, geringere Sitzungsfrequenz, kürzere Dauer etc.). Die

Unterschiede zwischen letzterer Therapieform und dem, was normalerweise »dynamische Psychotherapie« oder »psychoanalytische Psychotherapie« oder auch »psychoanalytisch orientierte Psychotherapie« genannt wird, werde ich später detailliert erörtern. Ich habe überlegt, ob ich die Art von Therapie, die ich hier darstelle, als »psycho-analytische Therapie« (mit Bindestrich) bezeichnen soll, kam jedoch zu dem Schluß, daß ein Bindestrich zu »schnörkelig« wäre, und derzeit kommt er ohnehin für alles mögliche in Mode. Ich zog in Erwägung, den Begriff »psychoanalytische Therapie« zu verwenden, aber ich hatte die Befürchtung, dies könnte als jene Art von Therapie verstanden werden, die Franz Alexander unter diesem Namen dargestellt hat. Aber das ist nun schon so lange her, daß ich beschloß, dieser Bezeichnung eine neue Bedeutung zu geben. Mit »psychoanalytischer Therapie« meine ich etwas anderes als das, was gemeinhin so bezeichnet wird, auch wenn diese Bezeichnung gewöhnlich verwendet wird, um diese Therapierichtung von der Psychoanalyse abzuheben.

Natürlich ist hier der vieldiskutierte Unterschied zwischen Psychoanalyse und Psychotherapie im Spiel. In meinen näheren Ausführungen werde ich die Gründe dafür erläutern, warum ich die Psychoanalyse – gleichviel, ob sie die gewöhnlichen äußeren Merkmale der herkömmlichen Psychoanalyse aufweist oder nicht – unter die große Überschrift »psychoanalytische Therapie« setze, welche eine »psychoanalytische Situation« zu entwickeln sucht. Noch ein Wort zur Terminologie: Üblicherweise wird der Ausdruck »psychoanalytische Situation« im Zusammenhang mit der herkömmlichen Psychoanalyse verwendet, aber ich schlage vor, hierzu auch die Therapieform zu zählen, die ich »psychoanalytische Therapie« nenne. Man könnte vielleicht einwenden, daß die Bezeichnung »psychoanalytische Situation« der herkömmlichen Psychoanalyse vorbehalten bleiben sollte, weil es sich so eingebürgert hat, und daß vielleicht stattdessen die Bezeichnung »psychoanalytischer Dialog« verwendet werden sollte, weil der zentrale Aspekt eines Dialogs die Wechselrede ist. Ich werde dies anhand des Verständnisses sowohl der psychoanalytischen Therapie als auch der herkömmlichen Psychoanalyse diskutieren. Die Bezeichnung »psychoanalytischer Dialog« verweist natürlich auf die neue Zeitschrift *Psychoanalytic Dialogues*, die von einem Ableger der psychoanalytischen Gruppierung der Interpersonalisten gegründet wurde, die sich »Beziehungstheoretiker«[1] nennen. Ich habe mich gegen den Terminus »Dialog« entschieden, weil meine Sicht der psychoanalytischen Situation weitreichender ist als die der Beziehungstheoretiker; diese meine Sichtweise werde ich im Kapitel über die Ein-Personen- und die Zwei-Personen-Psychologie erörtern.

Um dieses Buch nicht zu umfangreich werden zu lassen, beschloß ich, anstatt es mit Beispielen zu spicken, wie das im allgemeinen üblich ist, ein drittes Buch zu schreiben, das die Beispiele für beide Leserkreise, die Anfänger und die Fortgeschrittenen, enthalten sollte. Auf dieselbe Weise war ich bei meinem Buch über die Übertragung (Gill 1982) verfahren, dessen Fortsetzung dieses Buch ist.

Bei der Entscheidung, was für ein Buch ich schreiben wollte, war ich noch mit einem anderen schwierigen Problem konfrontiert. Ich bin zu der Überzeugung gekommen, daß sich zusätzlich zum dialogischen Ansatz eine andere, neue Perspektive in der Psychoanalyse entwickelt, deren Begründer neben anderen in erster Linie Irving Hoffman ist; er hat diesen Ansatz »sozialen Konstruktivismus« genannt.

Hoffman (1991) hat deutlich gemacht, daß der soziale Konstruktivismus zwei Antinome oder Achsen beinhaltet – ein wichtiges Unterscheidungsmerkmal. Die eine Achse bezeichnet die triebrelationale Antinomie und die andere die Antinomie von Objektivismus und Konstruktivismus; beide Antinomien sind bedeutsam für die Technik.

Dieses Buch ist auf Themen der triebrelationalen Antino-

1 A.d.Ü.: Gill schreibt im Original *relationists.* Da der Begriff »interpersonale Schule« bereits für den von Harry Stack Sullivan begründeten theoretischen Zweig allgemeine Verwendung findet (vgl. unten, S. 198 f.), wurde der Kreis, der sich um die Zeitschrift *Psychoanalytic Dialogues* gruppiert, hier als »beziehungsorientierte bzw. beziehungstheoretische Schule« bezeichnet.

mie begrenzt; die Diskussion der Antinomie von Objektivismus und Konstruktivismus habe ich sehr kurz gefaßt. Hoffman (1983, 1987, 1991, 1992a, 1992b, 1994, 1995, 1996) hat letzteres bereits in einer Reihe von Schriften diskutiert, und er bereitet ein Buch vor, in dem die Ergebnisse in das sozial-konstruktivistische Paradigma integriert werden.

Ich kehre nun zu den beiden Büchern zurück, die ich ursprünglich schreiben wollte. Welches aber halten nun die Leser in der Hand? Obwohl ich einige Kapitel geschrieben habe, die sehr gut in ein Lehrbuch passen würden, fehlen sie in dem nun vorliegenden Buch; denn es ist gewiß kein Lehrbuch geworden. Ob ich jemals den Plan in die Tat umsetzen und ein Buch vorlegen werde, in dem diese Kapitel zusammen mit einer Version der Texte dieses Buches erscheinen, die eher für Anfänger geeignet ist, weiß ich nicht. Meine ich dann, Anfänger könnten dieses Buch nicht mit Gewinn lesen? Die Lobreden der Klappentexte im Bereich psychoanalytischer Literatur behaupten oft, die Bücher seien für erfahrene Praktiker ebenso informativ wie für Anfänger. Zugegeben, ich schätze dieses Buch so ein. Es behandelt das Thema, das mich am meisten interessiert: eine grundlegende Sichtung der psychologischen Therapie, die durch psychoanalytische Konzepte geformt wird.

Noch etwas zum Thema Lehrbuch: Ein Überblick über die psychoanalytische Theorie und Praxis hat häufig die Form eines chronologischen Überblicks über das Werk Freuds. Neben der Tatsache, daß es leichter ist, einen chronologischen Überblick zu geben als zu versuchen, die Prinzipien der Psychoanalyse in einer logischen Ordnung zu systematisieren, gibt es hierfür noch weitere Gründe. Einer dieser Gründe ist der Umstand, daß die Psychoanalyse in beträchtlichem Ausmaß das Werk eines einzigen Mannes ist: Sigmund Freud. Es stimmt, wenn man sagt, jede psychoanalytische Schrift müsse entweder eine Position der Übereinstimmung oder der Ablehnung hinsichtlich Freud einnehmen. Ein anderer Grund ist, daß die Psychoanalyse bereits durch Freud selbst immens weiterentwickelt wurde – häufig infolge neuer Erkenntnisse, die mit der psychoanalytischen Methode gewonnen wurden. Auf diese Entwicklung berief sich schon Freud als Beweis dafür, daß die Psychoanalyse eine empirische Disziplin sei und keine Philosophie mit einer feststehenden und unangreifbaren Doktrin.

Ein Grund, dem chronologischen Verlauf zu folgen, ist die Tatsache, daß bestimmte Elemente der Psychoanalyse auf ihre Geschichte zurückzuführen sind; ihre Bedeutung wäre weitaus geringer, wenn sie nicht diesen Platz in der Geschichte der Psychoanalyse einnehmen würden. Trotzdem bin ich überzeugt, daß eine systematische Darstellung, in die geschichtliche Themen eingewoben sind, die brauchbarere ist.

Psychoanalyse in Auflösung

Die Psychoanalyse scheint sich derzeit in gewisser Weise in Auflösung zu befinden. Zwar hat es immer abweichende Stimmen und sogar neue Schulen gegeben, aber die Meinung des organisierten Zentrums scheint nun zunehmend weniger ein Standpunkt der Mehrheit zu sein. Abspaltungen sind an der Tagesordnung, und es gibt nur wenige Anzeichen für die Synthese entgegengesetzter Standpunkte.

Man kann im Hinblick auf diesen Zustand zwei grundverschiedene Haltungen einnehmen. Einerseits kann man ihn als Zeichen einer gesunden Unruhe und als Bestätigung der Behauptung betrachten, die Psychoanalyse sei eine sich weiterentwickelnde empirische Disziplin und kein festes unantastbares System. Andererseits kann dies als Zeichen dafür betrachtet werden, daß etwas am konzeptuellen Rahmen oder der organisatorischen Struktur der Psychoanalyse grundsätzlich falsch ist und daß dieser Zustand die Auflösung ihrer gegenwärtigen Form ankündigt.

Es ist keine Frage, daß die Psychoanalyse als Therapie viel von dem Prestige verloren hat, das sie einmal besaß. Während die Ausbildung zum Psychoanalytiker früher nahezu eine Voraussetzung war, wenn jemand sich als Abteilungsleiter in einer psychiatrischen Klinik bewarb, kann dies heute ein Nachteil sein. Die Zahl der Bewerber für die Ausbildung an Instituten, die der *American Psychoanalytic Association* angehören, ist zunehmend gesunken.

Die Anwendung der Psychoanalyse ist aus Gründen ernsthaft bedroht, die klar ersichtlich sind. Die Psychoanalyse ist ein sehr kostenintensives Verfahren. Immer weniger Menschen können sie selbst bezahlen. Die Kostenträger des Gesundheitswesens sind zunehmend abgeneigt, eine Psychoanalyse zu finanzieren. Diese Abneigung trifft besonders für den Kreis jener potentiellen Analysanden zu, die am besten für das klassische analytische Verfahren geeignet sind, also Menschen, die berufstätig und einigermaßen in die Gesellschaft integriert sind. Die Probleme, die diesen Personenkreis dazu bewegen, psychologische Hilfe in Anspruch zu nehmen, werden zunehmend als Schwierigkeiten, mit dem Leben zurechtzukommen (Sullivan), definiert und weniger als Krankheiten im medizinischen Sinn, für die eine finanzielle Abdeckung durch die Krankenversicherung und – noch unwahrscheinlicher – durch die gesetzlichen Krankenversicherer gerechtfertigt ist. Unter Psychoanalytikern herrscht Dissens darüber, wie stark eine Psychoanalyse beeinträchtigt wird, wenn die Honorare teilweise oder ganz von der Versicherung übernommen werden.

Gleichzeitig ist die Position der Psychoanalyse als Therapie für psychisches Leiden zunehmend durch die Konkurrenz anderer Therapeuten bedroht, die vielfältige andere Therapiearten praktizieren. Zwar wenden manche Psychologen auch die Psychoanalyse an, die meisten klinischen Psychologen arbeiten jedoch mit Therapieformen, die eine Konkurrenz für die Psychoanalyse darstellen. Der Unterschied zwischen klinischen Psychologen und ihren Kollegen in anderen Zweigen der Psychologie steht schon seit langem zur Debatte. Aber es ist noch nicht so lange her, daß der klinische Psychologe zum Helfer des Psychiaters degradiert war. Er führte psychologische Tests für diagnostische Zwecke durch und arbeitete vielleicht psychotherapeutisch unter der Supervision des Psychiaters. Heute hat der klinische Psychologe eine unabhängigere Rolle inne, primär als Therapeut. Mir ist nicht bekannt, wie viele Therapeuten »psychoanalytische Psychotherapie« und wie viele eine Form der behavioristischen, kognitiven oder einer anderen nichtanalytischen Psychotherapie praktizieren. Die Beziehung zwischen Psychiatrie, Psychoanalyse und Psychologie unterliegt großen Veränderungen. Im Zuge der immensen Zunahme – und damit einhergehend auch phänomenaler Erkenntnisse – der biologischen Gehirnforschung und der Psychopharmakologie wendet sich die Psychiatrie stärker der Medizin zu und von der Psychologie ab. Hauptsächlich beschäftigt sich die Psychiatrie mit den Psychosen, aber zwangsläufig werden auch die weniger schweren psychischen Störungen mit psychologischer Symptomatologie ebenfalls als organisch bedingt betrachtet und von vielen Psychiatern mit Medikamenten behandelt (ich spreche hier von Symptomen, um zu vermeiden, eine Position hinsichtlich des Beitrags der organischen und psychischen Faktoren zur Ätiologie der Psychosen einzunehmen). Ich beziehe mich insbesondere auf Angst und Depressionen bei Menschen, die keine Anzeichen eines Bruchs mit der Realität aufweisen und ihre Aufgaben ihren sozialen Rollen entsprechend trotzdem erfüllen.

Die Psychoanalytiker sind in der Mitte zwischen Psychiatern und klinischen Psychologen »steckengeblieben«. Dies trifft vor allem für Amerika zu, und zwar für Nord- und Südamerika, wo die medizinische Identität der Psychoanalyse stärker ausgeprägt ist als in Europa, wenngleich in Südamerika geringer als in Nordamerika. In den USA hat sich die maßgebende organisierte psychoanalytische Gruppierung schon seit langem geweigert, Kandidaten ohne medizinische Ausbildung zur psychoanalytischen Ausbildung zuzulassen, obwohl eine Zeitlang auch einige Nichtmediziner, die eine Forscherkarriere anstrebten, von den medizinischen Instituten aufgenommen wurden. Als Ergebnis eines Rechtsstreits, der wegen Einschränkung der Berufsfreiheit geführt wurde, hat man in jüngster Zeit zum erstenmal in den USA auch Kandidaten mit akademischem Grad ohne Medizinstudium für die Ausbildung zum psychoanalytischen Praktiker in medizinischen Instituten akzeptiert. Bis vor kurzem mußten Nicht-Mediziner – wollten sie nun in die Forschung gehen oder als praktizierende Psychoanalytiker arbeiten – vor einem Zentralkomitee der nationalen Organisation vorstellig werden, aber dies trifft heute nicht mehr zu, ebenso wie diese Genehmigungsprozedur auch für Kandidaten des Doktors der Medizin nicht mehr verlangt wird. Gleichermaßen wurde es auch für nordamerikanische Institute, die nicht der *American Psychoanalytic Association* angeschlossen sind, möglich, Mitglied der *International Psychoanalytic Association* zu werden.

Für Psychologen stand schon lange eine begrenzte Anzahl von psychoanalytischen Ausbildungsinstituten offen, die sowohl Ärzte als auch Psychologen aufnahmen. Daher kommt für Psychoanalytiker, die gleichzeitig Ärzte sind, bei ihrer ohnehin schon schrumpfenden Klientel nun zu ihrer vormaligen prinzipiellen Abneigung, Nichtmediziner als psychoanalytische Praktiker auszubilden, noch die Angst vor dem Wettbewerb hinzu.

Was geschieht bei diesen Gegebenheiten mit der Praxis der Psychoanalyse? Trotz der Qualifikation jener Psychoanalytiker, die Ärzte und Psychiater sind, gilt ihr Interesse in erster Linie der psychologischen Behandlung psychischer Störungen, und dafür haben sie auch die entsprechende Sachkenntnis. Weil Analysanden inzwischen Mangelware sind, führen sie auch Psychotherapien durch, um ausgelastet zu sein.

Aus diesem Grund wird die Frage der Beziehung zwischen Psychoanalyse und Psychotherapie als spezielle Techniken noch drängender. Nach der vorherrschenden Meinung handelt es sich hierbei um zwei recht unterschiedliche Techniken, und man ist der Meinung, es sei wichtig, sie auseinanderzuhalten – und dies besonders, weil man glaubt, Psychoanalytiker seien ständig anfällig dafür, die psychoanalytische Technik durch psychotherapeutische »Kontaminierung« aufweichen zu lassen. Lipton spottete, ein wesentliches Ziel einiger zeitgenössischer psychoanalytischer Techniken scheine zu sein, eine Therapie vor der Anklage zu schützen, sie sei »bloß« Psychotherapie.

Lange Zeit hatte man geglaubt, es sei für jemanden, der ein guter Analytiker werden will, notwendig, daß er eine Zeitlang eine psychoanalytische Vollzeitpraxis betreibt. Freud sagte, die Praxis der Psychoanalyse sei keine Brille, die man auf- und absetzen könne. Aber zur Zeit müssen Absolventen von Ausbildungsinstituten eine gemischte psychoanalytisch-psychotherapeutische Praxis vorweisen. Sie sehen sich zweierlei Gefahren ausgesetzt: einerseits, ihre Psychoanalyse werde durch Psychotherapie »kontaminiert«, und andererseits, ihre Psychotherapie könne durch die relativ zurückhaltende Haltung Schaden nehmen, die immer noch als angemessen für die Psychoanalyse gilt. Im letzteren Fall sagt man ihnen vielleicht nach, sie würden versuchen zu verbrämen, daß sie in ihrer Praxis nicht genügend analytisch gearbeitet haben, indem sie die Analyse bei den Patienten üben, die bei ihnen Psychotherapien machen; im ersten Fall hingegen sagt man ihnen vielleicht nach, sie würden ihre psychoanalytische Arbeit durch psychotherapeutische Techniken kontaminieren. Ich habe meine Meinung schon dargelegt, daß dieses Dilemma aus der mißverstandenen Konzeption der analytischen Technik herrührt, die im Gegensatz zur herkömmlichen Psychoanalyse nur mit einem Minimum von drei oder vier Sitzungen in der Woche, mit Couch und mit relativ kranken Patienten durchgeführt werden kann.

Es gibt zusätzliche Faktoren, mit deren Hilfe man das erklären kann, was ich als derzeitige Auflösung der Psychoanalyse bezeichnet habe. Einer dieser Faktoren ist die Tatsache, daß mit dem Tod Anna Freuds die letzte persönliche Verbindung zum Gründervater abgerissen ist. Es muß jedoch daran erinnert werden, daß Freud (1926e) selbst unmißverständlich die Gleichwertigkeit von »Laien«-Analytikern und Analytikern mit medizinischer Ausbildung befürwortete.

Ein weiterer Faktor, der gegen die Praxis der Psychoanalyse spricht, ist die zunehmende Desillusionierung, was das Ergebnis der Psychoanalyse als Therapie betrifft. Es ist schwer, hierzu Datenmaterial beizubringen, und Analytiker haben häufig etwas gegen Follow-up-Studien, weil solche Studien ein Setting erforderlich machen, das als Einmischung in die Beziehung zwischen Analytiker und Analysand betrachtet wird. Aber das Gefühl ist vorherrschend, daß Symptome sogar nach einer langen Analyse fortdauern. Außerdem versprechen andere Therapiearten viel schnellere und leichter zu erzielende Resultate. Zu den Therapeuten, die nach diesen anderen Therapiearten arbeiten, gehören nicht nur Psychologen ohne analytische Ausbildung, sondern auch Sozialarbeiter und sogar Berater der kirchlichen Einrichtungen. Die Approbationsordnung für Ärzte ist nicht eindeutig, was die Praktizierung von Psychotherapie angeht, und ebenso sind auch die Zulassungsbedingungen für die verschiedenen Arten psychologischer Beratung nicht eindeutig geregelt. Fast jeder kann als niedergelassener Therapeut irgend eine Art von psychologischer Hilfe anbieten.

Wie sind die Psychoanalytiker in diese Art von Arrangement hineingeraten? Als Disziplin und im Hinblick auf ihre soziale Funktion hat die Psychoanalyse verschiedene Eigentümlichkeiten, die helfen können zu verstehen, wie dies gekommen ist. Die Entwicklungsgeschichte der Psychoanalyse gibt uns einige Antworten auf diese Frage.

In diesem Buch möchte ich mich jedoch nicht mit dieser Frage beschäftigen, sondern versuchen, sowohl meine Sichtweise der psychoanalytischen Praxis darzustellen als auch verschiedene Grundfragen der psychoanalytischen Theorie zu erörtern.

Erstes Kapitel

Konstruktivismus und Hermeneutik

Bevor ich zur psychoanalytischen Situation komme, möchte ich den Kontext darstellen, in welchem ich diese Frage diskutieren werde. Eine Zeitlang habe ich mit der Frage gekämpft, ob Konstruktivismus und Hermeneutik sich auf derselben Abstraktionsebene befänden oder ob eine der beiden Theorien der anderen untergeordnet sei. Nun scheint mir die Annahme Vorzüge zu haben, der Konstruktivismus sei der Hermeneutik übergeordnet, und ich werde erklären, warum ich dies glaube.

Konstruktivismus

Da ich in den Disziplinen Wissenschaftstheorie und Philosophie nicht allzu bewandert bin, möchte ich betonen, daß ich Konzeptionen wie Konstruktivismus, Hermeneutik und Objektivismus, die eine äußerst umfangreiche und kontroverse Literatur hervorgebracht haben, nur in einem globalen, konnotativen Sinn beziehungsweise mehr oder weniger nach Art des gesunden Menschenverstandes betrachte.

Der Konstruktivismus folgt der These, daß menschliche Wahrnehmung und menschliches Denken eher eine Konstruktion als ein direkter Reflex der äußeren Realität an sich ist. Dies bedeutet, daß jeder wahrgenommene Gegenstand und jede Idee zum Teil eine Funktion des Wahrnehmenden oder Denkenden ist; anders gesagt: Jede Wahrnehmung und jede Idee entstehen aus einer bestimmten Perspektive des wahrnehmenden oder denkenden Menschen. Der Konstruktivismus kann auch als »Perspektivismus« oder »Relativismus« bezeichnet werden. Eine andere häufig verwendete Art, die konstruktivistische Prämisse zu formulieren, ist die

Aussage: Es gibt keine Fakten an sich, denn diese sind immer durchtränkt von Theorie.

Wissenschaft, die offenkundig auf Denken und Wahrnehmen beruht, ist konstruktivistisch. Dies scheint zwar für die Humanwissenschaften selbstverständlicher zu gelten, es trifft jedoch ebenso auf die Naturwissenschaften zu. Die Naturwissenschaften wurden von Menschen entwickelt. Als solche sind sie zum Teil durch die Natur des denkenden und wahrnehmenden Menschen determiniert. Sie sind aus der menschlichen Perspektive konstruiert und zu dieser Perspektive relativ.

Unter *radikalem* Konstruktivismus verstehe ich das Infragestellen der Gewißheit, daß eine äußere Realität überhaupt existiert oder daß man etwas über die äußere Realität wissen kann. Diese Art von Konstruktivismus meine ich hier nicht. Ich meine, daß das, was wir unter Realität verstehen, nicht die Realtität an sich ist, sondern das Konstrukt, welches wir uns von der Realität machen. Ein Konstrukt unterliegt der Beschränkung durch die Realität, auch wenn wir nicht sagen können, was Realität tatsächlich ist. Es scheint wie ein Rätsel zu sein, wenn wir sagen, wir müßten diese Beschränkung durch die Realität berücksichtigen, auch wenn wir nicht sagen können, was Realität ist. In der Psychoanalyse wird der Konstruktivismus manchmal dahingehend mißverstanden, der Analytiker könne nie vollständige Gewißheit erlangen. Dies trifft jedoch nicht zu, sondern es geht eher darum, daß der Analytiker zum Beispiel nicht mit der Vorstellung arbeitet, er habe es bei der Frage, was die universale menschliche Natur sei, mit unhinterfragbaren Fakten zu tun. In seiner alltäglichen Arbeit ist der Psychoanalytiker ein pragmatischer Konstruktivist (Berger 1985; Schafer 1992, dt. 1995). Vielleicht arbeitet er mit einer festen Überzeugung, aber er wird nie die Möglichkeit abstreiten, daß er sich auch irren könnte. Natürlich wird er um so mehr anderen Sichtweisen Raum geben, je widersprüchlicher er seine Schlußfolgerungen gezogen hat. Dies trifft insbesondere dann zu, wenn er es mit dem subjektiven Befinden eines anderen Menschen zu tun hat. Man kann auch nicht sagen, daß ein anderer Mensch ein unparteiischer Beobachter seines eigenen subjektiven Zustands ist. Dies mag für das Bewußte zutreffen, die Psychoanalyse hat jedoch das Unbewußte entdeckt.

Hermeneutik

Es gibt zahllose philosophische Abhandlungen über die Natur des menschlichen Wissens im allgemeinen sowie – innerhalb der Erkenntnistheorie – über die Bedeutung der Hermeneutik im besonderen. Diese Literatur kenne ich nur als Sekundär- oder sogar Tertiärliteratur. Ich weiß, daß in dieser Literatur zum Teil behauptet wird, es könne so etwas wie eine hermeneutische Wissenschaft nicht geben, aber diese Sichtweise scheint auf der Annahme zu beruhen, eine Wissenschaft könne existieren, ohne konstruktivistisch zu sein, das heißt, es könne eine Wissenschaft geben, mit Hilfe deren man ein positives, eindeutiges, gesichertes Wissen über die äußere Realität erlangen kann. Das Vorbild für ein solches vorgebliches Wissen waren lange Zeit die Naturwissenschaften, aber nach meinem Verständnis haben auch die Naturwissenschaften konstruktivistischen Charakter, auch wenn dies weniger offenkundig zu sein scheint als bei psychologischen Sachverhalten.

Aber was ist Hermeneutik? Die Antwort lautet, zumindest, soweit es die Psychoanalyse betrifft, daß Hermeneutik die Interpretation von Bedeutungen ist. Wie unterscheidet sie sich vom Konstruktivismus, wenn dieser doch auch den Aspekt der Interpretation beinhaltet und es daher keine Wahrnehmung gibt, die nicht von vornherein auch eine Interpretation ist? Die Antwort lautet, daß mit den Methoden der Hermeneutik das interpretiert wird, was für den Menschen bedeutsam ist, zumindest soweit es die Psychoanalyse betrifft. Es fällt mir schwer, das »menschlich Bedeutsame« zu definieren, aber was sagte doch der Oberste Gerichtshof über Pornographie? Er sagte, er könne nicht definieren, was Pornographie sei, aber er könne sagen, wann er es mit Pornographie zu tun habe. Ich kann nur eine globale Aussage darüber machen, was ich meine, wenn ich von »menschlich Bedeutsamem« spreche. Ich meine eine affektive persönliche Bedeutung oder, allgemeiner, psychische Realität im Gegensatz zur materiellen Realität. »Menschliche Bedeutsamkeit« ist für mich dasselbe, wie das, was Kohut (1959, dt. 1977) in seiner berühmten Schrift über Introspektion und Empathie als Konzept benutzte. Wenn Empathie (das ist die Fähigkeit, potentiell zu fühlen, was ein anderer Menschen fühlt) nicht Teil einer Beobachtung sei, schrieb er, dann sei diese Beobachtung keine psychoanalytische Beobachtung. Ich meinte dasselbe, als ich schrieb: »Metapsychologie ist keine Psychologie« (Gill 1976, dt. 1984). Die Freudsche Metapsychologie ist kein hermeneutischer Ansatz. Obwohl Freud darauf beharrte, seine Metapsychologie sei ein intrinsischer Aspekt der Psychoanalyse, definierte er »psychische Akte« als der Hermeneutik zugängliche Phänomene:

»Alles, was man am Seelenleben beobachten kann, wird man gelegentlich als seelisches Phänomen bezeichnen. Es wird bald darauf ankommen, ob die einzelne seelische Äußerung direkt aus körperlichen, organischen, materiellen Einwirkungen hervorgegangen ist, in welchem Falle ihre Untersuchung nicht der Psychologie zufällt, oder ob sie sich zunächst aus anderen seelischen Vorgängen ableitet, hinter denen dann irgendwo die Reihe der organischen Einwirkungen anfängt. Den letzteren Sachverhalt haben wir im Auge, wenn wir eine Erscheinung als einen seelischen Vorgang bezeichnen, und darum ist es zweckmäßiger, unsere Aussage in die Form zu kleiden: die Erscheinung sei sinnreich, habe einen Sinn. Unter Sinn verstehen wir Bedeutung, Absicht, Tendenz und Stellung in einer Reihe psychischer Zusammenhänge.« (Freud 1916/17, S. 55)

Auch wenn Freud das Wort Einfühlung selten benutzte, schrieb er:

»Von der Identifizierung führt ein Weg über die Nachahmung zur Einfühlung, das heißt zum Verständnis des Mechanismus, durch den uns *überhaupt eine Stellungnahme zu einem anderen Seelenleben ermöglicht wird.*« (Freud 1921c, S. 121, Hervorhebung M. M. Gill)[1]

1 Professor G. W. Pigman III. machte mich auf eine Reihe anderer Textstellen in Freuds Werk aufmerksam, in denen das Wort *Ein-*

Wenn ich sage, daß Hermeneutik Interpretation bedeutet, dann erkenne ich an, daß das Wort »Interpretation« häufig verwendet wird. Im Bereich der materiellen Realität kann ich die Bedeutung eines chemischen Experiments »interpretieren«, aber eine solche Interpretation ist keine Hermeneutik. Ich kann das *Hohelied* im Hinblick auf die Fülle seiner sinnlichen Bildersprache hin interpretieren, um auf die Beziehungen des Menschen zu Gott hinzuweisen. Dies ist eine hermeneutische Interpretation, auch wenn sie nicht unbedingt die Bedeutung zutage fördert, die das *Hohelied* für alle Menschen hat. Mit Bedeutung, die sich durch einen hermeneutischen Zugang erschließt, meine ich zum Beispiel, daß eine bitterböse Schimpfkanonade eines Patienten bedeuten kann, daß er leugnet, sich verliebt zu haben.

Ursprünglich war Hermeneutik ein Verfahren zur Auslegung religiöser Texte. Dieses Verfahren wurde dann auch auf andere Texte angewendet, etwa literarische, und heute gilt die Interpretation von Literatur als hermeneutische Disziplin. Man kann sogar ein menschliches Wesen wie einen Text betrachten (Gergen 1985). Der entscheidende Unterschied zwischen einem literarischen Text und dem Menschen als »Text« in der psychotherapeutischen Situation ist, daß der menschliche »Text« antwortet. Der Patient reagiert auf eine psychotherapeutische Interpretation; ein Gedicht reagiert nicht auf die Interpretation seiner Bedeutung, es ist ein feststehender Text. Ich halte es für einen Irrtum, wenn man behauptet, ein Text wäre nichts Feststehendes, weil er für verschiedene Leser verschiedene Bedeutungen hat. Es kann ein neuer Leser auftauchen und den Originaltext lesen – außer natürlich, wenn er durch einen anderen Menschen beeinflußt wird, der den Text schon gelesen hat.

fühlung auftaucht, wie etwa in einer seiner Schriften zur analytischen Technik, in der das Wort »Einfühlung« in der englischsprachigen Ausgabe nicht mit *empathy* übersetzt wurde.

Kann es eine konstruktivistische und eine hermeneutische Wissenschaft geben?

Es gab eine Zeit, in der man unter Psychoanalytikern heftig diskutierte, ob die Psychoanalyse eine naturwissenschaftliche oder eine hermeneutische Disziplin sei. Gerade das Schlagwort »hermeneutische Wissenschaft« wurde von vielen betrachtet, als sei dies ein Oxymoron, ein Widerspruch in sich; und der Konstruktivismus wird von vielen für eine unwissenschaftliche Theorie gehalten, weil er die gleichzeitige Gültigkeit verschiedener Perspektiven auf dasselbe Phänomen zuläßt.

Was bedeutet es, wenn man sagt, dasselbe Phänomen werde aus verschiedenen Perspektiven beschrieben? Es bedeutet, daß es im materiellen Bereich sowohl Fakten gibt als auch Ereignisse, die wir alle eindeutig übereinstimmend wahrnehmen. Wenn ich meine Augenbrauen hochziehe, können wir uns alle einig sein, daß dieses Phänomen stattgefunden hat. Wenn ein Patient uns erzählt, seine Eltern seien geschieden, ist dies ein Faktum, das wir nicht in Frage stellen. Das hat mit Hermeneutik nichts zu tun. Man könnte sagen, daß das Faktum der Scheidung der materiellen Realität näher ist als der psychischen. Was die Scheidung jedoch für den Patienten bedeutet, ist Gegenstand eines hermeneutischen Zugangs. Wir können nie eindeutig wissen, was sie für ihn bedeutet. Freud wies die Psychoanalyse eindeutig als Naturwissenschaft aus. Was sonst könnte sie sein, fragte er. Wer behauptet, die Psychoanalyse sei eine konstruktivistische und hermeneutische Disziplin, dem wird man vorhalten, er leugne, daß die Psychoanalyse eine Wissenschaft sein könne, weil als Axiom gilt, daß es keine hermeneutische oder konstruktivistische Wissenschaft geben könne. Gegen jene Stimmen, welche die Psychoanalyse für eine konstruktivistische und hermeneutische Disziplin halten, wird häufig der Einwand erhoben, der Verweis auf Konstruktivismus und Hermeneutik sei eine Flucht der Psychoanalyse aus der Verantwortung , ihre Theorien der Prüfung durch wissenschaftliche Methoden zu unterziehen.

Zuerst muß ich darauf hinweisen, daß die Psychoanalyse als hermeneutische Disziplin eine Wissenschaft sein kann, obwohl die hermeneutische Erforschung des Menschen vielleicht keine Wissenschaft ist. Wie ich bereits angedeutet habe, gibt ein Gedicht auf seine Interpretation keine Antwort, aber ein Patient tut dies – zumindest indirekt, aber manchmal auch direkt. Wir dürfen seine Antwort nicht unbedingt für bare Münze nehmen, damit wir eine Basis für die weitere Exploration der Gültigkeit einer Bedeutung haben.

Eine Hauptursache dafür, daß Konstruktivismus und Hermeneutik nicht als Wissenschaften gelten, ist die mangelnde Erkenntnis, daß jede Wissenschaft konstruktivistisch ist, wenn dies auch in den Naturwissenschaften nicht so offensichtlich ist wie in den Humanwissenschaften.

Das Antonym zum Relativismus ist der Positivismus. Letzterer geht von Tatsachen aus, die unabhängig vom Betrachter existieren. Der Beobachter kann gleichsam ausgeklammert werden. Die Auffassung vom Analytiker als »leere Leinwand« werde ich später erörtern. Sie beinhaltet den Trugschluß, der Analytiker könne ausgeklammert werden, das heißt, seine Beobachtungen und Interpretationen kämen zustande, ohne daß er von seiner eigenen Persönlichkeit etwas in sie hineinträgt.

Wie kann es so etwas wie Wissenschaft geben, wenn es kein wahres Ergebnis gibt? Ist nicht Wissenschaft die fortschreitende Eliminierung des Beobachterbeitrags, bis schließlich die nackte, rohe Tatsache erreicht wird? Nein, der Beobachterbeitrag kann niemals auf Null reduziert werden. Selbst die Aussagen, daß ich meine Augenbrauen hochgezogen habe und daß es eine Scheidung gegeben hat, sind Aussagen, die in einem bestimmten Kontext gemacht wurden. Dieser Kontext kann fortschreitend geklärt werden, indem man auf seine größere Verständlichkeit und Kohärenz hinarbeitet, aber die Tatsache bleibt nur in ihrem Kontext bedeutungsvoll. Eine Tatsache kann in einem materiellen Kontext bedeutsam sein, aber sie muß nicht zu einer psychoanalytischen »Tatsache« werden, außer sie wird in einem Kontext psychischer Realität beschrieben. Die Interpretationen der psychischen

Realität können natürlich stark differieren. Es ist absurd, wenn man argumentiert, wie dies häufig der Fall ist, in einer konstruktivistisch-hermeneutischen Perspektive gelte das Prinzip *Anything goes* oder, um es in einer derzeit für die psychotherapeutische Situation häufig benutzten Redewendung auszudrücken, eine Erzählung sei so gut wie eine andere, da Erzählungen sich nur in ihrer ästhetischen Wirkung voneinander unterscheiden würden. Diese Art zu denken habe ich als radikalen Konstruktivismus bezeichnet.

Es gab eine Zeit, da glaubte man, es müsse vom Standpunkt der Wissenschaftstheorie, das heißt der Erkenntnistheorie, deutlich zwischen den Natur- und den Humanwissenschaften unterschieden werden, oder, wie Dilthey (1924) es in der deutschen Terminologie nennt – die übrigens häufig auch in anderssprachigen Diskussionen verwendet wird – zwischen den *Naturwissenschaften* und den *Geisteswissenschaften*.

Die Diskussion »Metapsychologie versus klinische Psychologie« oder, wie ich sie lieber nenne, die Debatte »Metapsychologie versus Psychologie« (Gill 1976, dt. 1984) streitet hauptsächlich darüber, ob die Psychologie eine Naturwissenschaft oder eine hermeneutische Wissenschaft sei. Ich glaube, das Thema kann im Zusammenhang der vorangegangenen Bemerkung klar dargelegt werden. Jede Disziplin hat eine Metadisziplin, das heißt einen Kontext, in dem die Bedeutung ihrer Begriffe definiert wird. Die Metadisziplin Freuds für die Psychoanalyse ist seine Metapsychologie. Die Freudsche Metapsychologie ist im Rahmen der Naturwissenschaft definiert; ihre naturwissenschaftlichen Termini sind *Kraft*, *Energie*, *Substanz* und *Raum*. Freuds klinische Theorie, seine Psychologie also, ist eine hermeneutische Metapsychologie; sie befaßt sich mit Bedeutungen. Freuds Metapsychologie und seine Psychologie sind auf verwirrende Weise ineinander verflochten. Ein vorzügliches Beispiel für diese Verflechtung ist die Freudsche Triebtheorie, die sowohl in naturwissenschaftlicher als auch in hermeneutischer Terminologie formuliert wurde. In der Freudschen Theorie ist die Psychosexualität sowohl energetisch als auch relational definiert; sie umfaßt Libido und Liebe, Metapsychologie und Psychologie.

Der brillante Essay von George Klein (1976) über die beiden Theorien Freuds zur Sexualität hebt die Betrachtung der Triebtheorie in naturwissenschaftlicher Terminologie von der Betrachtung in hermeneutischer Terminologie ab. Man muß die libidinöse Aktivität von der Liebe unterscheiden; auch eine Vergewaltigung ist eine human (oder, von einem anderen Standpunkt aus, inhuman) bedeutungsvolle Aktivität.

Grünbaum (1984, dt. 1988) hat auf einen wichtigen Aspekt hingewiesen: Obwohl Freud selbst diese Unterscheidung nicht traf, beruht sein Anspruch, die Psychoanalyse sei eine Naturwissenschaft, nicht nur auf seiner Metapsychologie, sondern gleichermaßen auf seiner klinischen Theorie. Daher kann man nicht annehmen, Freuds Überzeugung, die Psychoanalyse sei eine Naturwissenschaft, gründe sich einzig auf die Metapsychologie.

Als Randbemerkung füge ich hier eine Betrachtung über den Primär- und den Sekundärvorgang ein. Diese Konzepte sind Konstrukte, die gewiß etwas Wesentliches einfangen. Da ich die energetische Metapsychologie ablehne, konnte ich Freuds Erklärung des Primärvorgangs der Verschiebung und Verdichtung als Folge des Bedürfnisses, so viel psychische Energie wie möglich so schnell wie möglich zu entladen, nicht akzeptieren.

Die plausibelste Alternativkonstruktion zum Primär- und Sekundärvorgang, die ich finden konnte, ist Irene Fasts Erörterung (Fast 1992), in der sie die beiden Vorgänge mit Piagets sensomotorischer Phase in Verbindung bringt; derzufolge wird Bedeutung aus der Handlung abgeleitet, so daß jedes Konstituens der Handlung ihre Bedeutung zum Ausdruck bringen kann. Im Saugakt zum Beispiel können sich Daumen und Brustwarze gegenseitig ersetzen; das heißt, die Bedeutung der Brustwarze kann durch die Bedeutung des Daumens ersetzt werden und umgekehrt. Im Mechanismus der Verdichtung können die Elemente, die verdichtet werden, als Teile von Konstellationen gezeigt werden, die äquivalente Bedeutung haben. Diese Formulierung erinnert mich an David Rapaports (1951) Unterscheidung zwischen Trieb und den Realitätsorganisationen des Gedächtnisses.

Es wird häufig gesagt, die wissenschaftliche Methode sei bei allen Wissenschaften die gleiche, nur was jeweils Gegenstand der Wissenschaft ist, sei unterschiedlich. Andererseits wird manchmal gesagt – natürlich nur von jenen, die annehmen, daß es eine hermeneutische Wissenschaft geben *kann* –, daß sich die wissenschaftliche Methode der Hermeneutik von der wissenschaftlichen Methode der Naturwissenschaften unterscheidet. Nur: welche Unterschiede dies sein könnten, ist noch ein weitgehend unerforschtes Gebiet. Die hermeneutische Position wird, wie ich bereits sagte, von vielen als Versuch der Psychoanalyse betrachtet, sich der Verantwortung zu entziehen, die Gültigkeit ihrer Thesen zu überprüfen; demzufolge bestätigt dies den Anspruch der Kritiker, daß es eine hermeneutische »Wissenschaft« nicht geben kann. Autoren, die sich mit dem Thema Hermeneutik und Psychoanalyse befassen, tun dies auf viele interessante Weisen. Donald Spence (1993) betont, es sei von grundlegender Notwendigkeit, die Subjektivität (Hermeneutik) zu berücksichtigen, aber er scheint dies mit der Vorstellung zu tun, man würde dadurch schließlich in der Lage sein, an die rohen Fakten heranzukommen. Deswegen wurde er von Jerome Bruner (1993) als »verkappter Positivist« bezeichnet, der das Streben der Psychoanalytiker untereinander nach Konsens als irriges Unternehmen betrachtet. Richard Rorty nimmt eine noch extremere Position ein, die er »Pragmatismus« nennt:

> »Die Frage nach dem ›wissenschaftlichen Status‹ einer Disziplin bewegt sich fort von der Frage, ob es gesicherte Gesetze gibt … und von der Frage, ob diese Gesetze … eine empirische Bestätigung erhalten können … hin zu der Frage, ob die Menschen, die in einer Disziplin arbeiten, nach Konsens streben … « (1993, S. 23)

Ich befasse mich nur ungern mit dem Versuch einer Definition dessen, was eine wissenschaftliche Methode ist und wie sie sich vielleicht in den Naturwissenschaften von jener in der Hermeneutik unterscheidet. Trotzdem kann ich sagen, die wissenschaftliche Methode umfaßt im allgemeinen die Postulierung einer Hypothese, die Sammlung von Daten, die sich auf diese Hypothese beziehen, und die Überprüfung dieser Hypothese vermittels der Daten gemäß definierten Regeln. Natürlich ist dabei der Pferdefuß, wie man die »Daten« definiert. Im Zusammenhang mit Hermeneutik wird die Validierung manchmal als »hermeneutischer Zirkel« beschrieben, in dem das Ganze die Bedeutung der Teile determiniert und umgekehrt die Teile die Bedeutung des Ganzen bestimmen. Der Validierungsprozeß ist also eine kontinuierliche reziproke Bewegung vom Teil zum Ganzen und vom Ganzen zum Teil. Ist dieser Prozeß wirklich so grundverschieden von der Validierung in den Naturwissenschaften? Ich glaube nicht, selbst wenn der Zirkel in den Humanwissenschaften so viel deutlicher wahrnehmbar ist als in den Naturwissenschaften.

Häufig wird argumentiert, die Naturwissenschaften würden sich mit Ursachen beschäftigen, während es die Humanwissenschaften nur mit Beweggründen zu tun hätten. Doch es kann überzeugend argumentiert werden, daß eine Ursache ein Beweggrund ist. Wenn man einen Unterschied zwischen Ursache und Grund macht, sagt dies dann mehr aus, als daß sich die Naturwissenschaften mit der materiellen Realität befassen, während die hermeneutischen Wissenschaften es mit der psychischen Realität zu tun haben? Ich glaube nicht.

Häufig wird auch gesagt, die hermeneutische Validierung beruhe nur auf Verstehen und Konsistenz, während die Naturwissenschaften sich mit Fakten beschäftigten. Ich unterscheide zwischen Fakten im Kontext der materiellen Realität und Fakten im Kontext der psychischen Realität. Aber ich behaupte wiederum, daß jede Wissenschaft, sei sie nun eine Naturwissenschaft oder eine hermeneutische Wissenschaft, sich mit Validierung nur in dem Sinn beschäftigt, daß die Beziehungen zwischen Teilen und Ganzem und Ganzem und Teilen konsistenter und verstehbarer gemacht werden. Dies sagt wiederum nicht mehr aus, als daß alle Beobachtungen und alle Gedanken nur in einem Kontext existieren: sie sind konstruktivistischer Natur. Sowohl bei den Naturwissenschaften als auch bei den hermeneutischen Wissenschaften unterliegt die Validierung Realitätszwängen, auch wenn die Realität nicht direkt erkannt werden kann. Damit eine Annahme valide ist, darf sie nicht im Widerspruch zur Realität stehen (sofern Realität erkannt werden kann, das heißt, sofern es Beobachtungen gibt, denen wir eindeutig zustimmen). Diese Kernfrage ist natürlich in der psychoanalytischen Literatur als Gegensatz zwischen der Korrespondenz- und der Kohärenztheorie der Wahrheit diskutiert worden. Victoria Hamilton (1993) hat, unter anderen, auf die unnötig scharfe Dichotomisierung dieser beiden Gegensätze hingewiesen, soweit die psychoanalytische Praxis betroffen ist. Jene, die auf der Korrespondenztheorie der Wahrheit insistieren, gehen davon aus, daß sie den Status der Psychoanalyse als Wissenschaft wahren und sie daher für wissenschaftlich erforschbar halten. Aber wo bleibt dann die Forschung?

Es ist wichtig, darauf hinzuweisen, daß es einen Unterschied gibt zwischen der allgemeinen wissenschaftstheoretischen Konzeption des Konstruktivismus und der spezifischen konstruktivistischen Erkenntnis, daß jeder Forscher seine »Fakten« vermittels seiner Theorie findet, das heißt aufgrund des Kontextes, in dem er arbeitet.

Einige berühmte Philosophen glauben, die Psychoanalyse sei ein Hybrid, in den Worten Ricœurs (1965, dt. 1969) ein gemischter »energetisch-semantischer Diskurs«. Habermas (1968) unterscheidet zwischen herkömmlicher Hermeneutik und der Psychoanalyse als »Tiefenhermeneutik«, weil die Psychoanalyse unbewußte psychische Aktivität ebenso postuliert wie bewußte psychische Aktivität. Die Tatsache, daß auf Hermeneutik manchmal als »Subjektivität« verwiesen wird, hat manche zu der irrigen Vorstellung verleitet, Hermeneutik sei notwendig auf das begrenzt, was bewußt ist. Häufig wird nicht erkannt, daß es auch eine Hermeneutik des nonverbalen Verhaltens geben kann.

Meiner Meinung nach stellt das Konzept eines gemischten energetisch-semantischen Diskurses einen Versuch dar, mit der Tatsache umzugehen, daß der Mensch sowohl ein physikalischer Organismus als auch eine Persönlichkeit im Sinne der Psychologie ist (Rubinstein 1976). Ich glaube, daß die

Psychoanalyse eine rein psychologische Disziplin sein kann und soll. Dies bedeutet nicht, daß ich die Rolle des Körpers nicht berücksichtige, aber es bedeutet, daß der Körper – zumindest was die Psychoanalyse angeht – nur in seiner psychologischen Bedeutung Beachtung findet. Ich werde später ausführlicher auf die Rolle des Körpers zurückkommen. An dieser Stelle möchte ich nur ein Beispiel bringen. Gewiß beeinflussen Gehirnstörungen die psychischen Funktionen des Menschen, aber *soweit es die Psychoanalyse angeht,* befaßt man sich mit diesem Einfluß, insofern die Störung eine persönliche Bedeutung für den Menschen hat, der an dieser Störung leidet. Dieselbe Gehirnstörung, das heißt das, was vom Neurologen diagnostiziert wird, kann für verschiedene Menschen Unterschiedliches bedeuten. Die Psychoanalyse befaßt sich mit den besonderen Bedeutungen, die eine solche Störung für das jeweilige Individuum hat.

In Ricœurs (1965, dt. 1969) Ausdruck »gemischter energetisch-semantischer Diskurs« bezieht sich der Begriff »energetisch« auf den Körper, während der Begriff »semantisch« Sprache und Bedeutung umfaßt. Sprache spielt in der Psychoanalyse eine äußerst wichtige Rolle. Analytiker, wie etwa Jacques Lacan (1966, dt. 1973-1980), haben versucht, die Psychoanalyse wesentlich zu einer Sache der Sprache zu machen. Ich glaube, daß es – so wichtig die Sprache auch ist – mit der Psychoanalyse mehr auf sich hat, als daß sie nur eine sprachliche Angelegenheit wäre, außer man würde den Begriff »Sprache« über seine herkömmliche Bedeutung als verbales System von Bedeutungen hinaus erweitern, so daß sie jedes System von Bedeutungen bezeichnet.

Zu sagen, die Psychoanalyse sei eine hermeneutische Disziplin, heißt daher zu sagen, daß sie eine rein psychologische Disziplin ist, die sich mit Bedeutungen befaßt. Mir gefällt die folgende Definition Schafers (1983), obwohl man sie auch in dem Sinn verstehen kann, daß sie sagt, die Psychoanalyse könne nur eine »Disziplin« sein und nicht unbedingt eine »Wissenschaft«:

»Was hier präsentiert wurde, läuft auf eine hermeneutische Version der Psychoanalyse hinaus, weil ... die Psychoanalyse eher eine interpretative Disziplin ist denn eine Naturwissenschaft. Sie arbeitet mit Sprache und Äquivalenten von Sprache. Interpretationen sind nochmalige Erklärungen oder Nacherzählungen von Handlungen entlang dem roten Faden, der dem psychoanalytischen Interesse eigen ist ... Die Fakten sind das, was der Psychoanalytiker als Fakten erkennt; sie sind eine Funktion der spezifisch psychoanalytischen Fragen, die dieses narrative Unternehmen lenken, und diese Fragen bringen die narrativen Strategien zum Einsatz, die der Psychoanalytiker aufgrund seiner eigenen Voraussetzungen bevorzugt, wie unsystematisch diese auch sein mögen« (Schafer 1983, S. 255 f.).

Ich ziehe es vor zu sagen, daß die Fakten das sind, worüber sich Analytiker und Analysand einigen, statt zu sagen »die Fakten sind das, was der Analytiker als Fakten erkennt«. Diese Formulierung beinhaltet nicht, daß ich die Beziehung von Analytiker und Analysand in der analytischen Situation für symmetrisch halte. Ich möchte betonen, daß die persönlichen Voraussetzungen des Analytikers sich sowohl aus affektiven wie auch intellektuellen Quellen speisen (Hoffman 1991, 1992a).

An dieser Definition stören sich viele Analytiker. Sie deuten den Begriffsinhalt des Wortes »narrativ« falsch; sie glauben, es bedeute »Geschichtenerzählen«, mit dem Beiklang, daß der Inhalt der Geschichte beliebig sei, weil nur nach einer widerspruchsfreien, zusammenhängenden Geschichte gesucht wird, die nicht unbedingt in Beziehung zu dem steht, was »tatsächlich« geschehen ist – kurz: Fiktion. Viele Analytiker sind der Ansicht, dabei werde die Realität übergangen.

Nichts könnte weiter von der Wahrheit entfernt sein. Eine solche Auffassung ist eine absurde Entstellung der Konzeption des Konstruktivismus und des Beitrags des Analytikers zur analytischen Situation. Jeder Analytiker weiß, daß er einen bedeutsamen Beitrag zur analytischen Situation leistet. Um es klarzustellen: Kennzeichen des narrativen Ansatzes ist nicht notwendig die realitätsgetreue Bezugnahme darauf, was »wirkich geschah«, denn es ist axiomatisch für die Psychoanalyse, daß nicht nur eine Rolle spielt, was »wirklich« geschah (also das, was in der Begrifflichkeit der äußeren Realität beschreibbar ist), sondern *wie* das, was geschah, von beiden Beteiligten erlebt wurde; häufig erleben Psychoanalytiker und Analysand dieselbe Situation sehr unterschiedlich.

Aber innerhalb der Grenzen, die von Situation zu Situation variieren, kann das, was in der Vergangenheit geschah und was in der Gegenwart geschieht – sowohl innerhalb der analytischen Situation als auch außerhalb –, auf zwei verschiedene Arten festgestellt werden: Wie würde es sich für einen äußeren Beobachter darstellen? Wie wird es in der psychischen Realität erlebt? Eltern, die sich offensichtlich freundlich verhalten, wurden vom Analysanden vielleicht als streng erlebt oder sogar umgekehrt, strenge Eltern wurden als gütige Eltern erlebt, aber die Beziehung zwischen dem Verhalten der Eltern und dem, was der Analysand erlebt, ist nicht zufällig. In jedem bestimmten Fall kann es eine erstaunliche Diskrepanz bei der Beschreibung von Verhalten geben, wenn es von einem externen Beobachter beschrieben wird und wenn jemand, der betroffen ist, sein Erleben schildert; dann aber können mehrere externe Beobachter ein und desselben Verhaltens die Bedeutung dieses Verhaltens ebenfalls unterschiedlich einschätzen. Das ist es, was die Psychoanalyse so außerordentlich individuell macht; und das ist auch der Grund dafür, daß die Erzählung des Analysanden, der über seine Vergangenheit berichtet, sich verändern kann, wenn die Analyse Fortschritte macht. Wichtig ist hierbei, daß die individuelle Bedeutung des Verhaltens mit dem betroffenen Individuum variiert. Analytiker und Analysand erleben recht unterschiedlich, was zwischen ihnen geschieht. Der Analytiker erlebt sich selbst vielleicht als freundlich, während der Patient ihn möglicherweise ganz und gar nicht als freundlich empfindet, und das Gegenteil kann – zwar eher selten – auch der Fall sein.

Es gibt weitere wichtige Gründe dafür, weshalb die Erzählung eines Ereignisses unterschiedlich erlebt werden kann. In der Analyse kann ein Ereignis sehr unterschiedlich beschrieben werden, je nachdem, ob man sich damit in einem bewußten, einem vorbewußten oder einem unbewußten Kontext befaßt. Was manifest freundlich ist, kann unbewußt feindlich sein und *vice versa*. Der Analytiker kann eine Erzählung auf der Folie dessen interpretieren, was er für deren unbewußte Bedeutung für den Patienten hält, während der Patient sie vielleicht nur in ihrem manifesten bewußten Kontext versteht. Ich werde später sowohl der Frage nachgehen, wie man mit der Disparität des Erlebens und Verstehens seitens des Analytikers und des Analysanden umgeht wie auch, welche Rolle der Analytiker als Experte spielt.

Unterschiedliche Lesarten eines Ereignisses können auch aufgrund der Freudschen Konzeption der Überdeterminierung verstanden werden, die vielleicht, entsprechend Robert Waelders (1930) Prinzip der multiplen Funktion, besser als multiple Determinierung aufgefaßt werden sollte. Jedes Verhalten muß nach Waelder gleichzeitig die Anforderungen des Es, Ich, Überich sowie der Realität und der Konsistenz innerhalb des Ich befriedigen. Die Betrachtung des Verhaltens aus der Perspektive nur eines dieser Elemente ergibt nur eine Teilansicht, und diese Teilansichten liefern unterschiedliche Erzählungen. Wenn zwei Menschen ein Ereignis aus verschiedenen Teilperspektiven betrachten, wird dies wiederum verschiedene Erzählungen ergeben. Ein Analytiker kann zum Beispiel eine Verhaltensweise vielleicht als Abwehr betrachten, während der Patient sie möglicherweise für eine Anpassungsleistung hält. Natürlich kann ein Verhalten sowohl der Abwehr als auch der Anpassung dienen; aber der Patient erlebt die Abwehr als Verhalten, das ein adaptives Gleichgewicht ermöglicht, wohingegen der Analytiker es vom Standpunkt des Ziels aus, das eine Analyse verfolgt, als unangepaßtes Verhalten betrachtet.

Ich ziehe daher die Schlußfolgerung, daß die Psychoanalyse ein konstruktivistischer wie auch hermeneutischer Ansatz ist und daß sie trotzdem eine Wissenschaft sein kann. Das Problem der Hierarchie von Konstruktivismus und Hermeneutik machte mir deshalb Kopfzerbrechen, weil ich nicht erkannt hatte, daß Interpretation in den Naturwissenschaften nicht dasselbe ist wie in den Humanwissenschaften. Da alle Wissenschaften konstruktivistische Ansätze sind und nur die Humanwissenschaften hermeneutisch verfahren, ist für mich der Konstruktivismus der Hermeneutik übergeordnet.

Das Konzept des Konstruktivismus wird häufig mißverstanden, weil eine Antinomie zwischen Konstruktivismus und Aufdeckung hergestellt wird, das heißt, im analytischen Prozeß kann nichts aufgedeckt werden, was bereits da war, aber nur noch nicht erkannt wurde. Zweifellos können im Prozeß der Analyse nicht nur Erinnerungen an Ereignisse, sondern auch an die Gefühle, die mit diesen Ereignissen in der Vergangenheit verbunden sind, aufgedeckt werden. Trotzdem werden aus diesen Entdeckungen aufgrund des Zusammenhangs, in dem diese Erinnerungen und die veränderten Bedeutungen aufgedeckt werden, die ihnen nun vielleicht zugeschrieben werden, eher Konstruktionen, als daß es sich um simple Aufdeckung handeln könnte.

Mir ist klar, daß ich im wesentlichen meine persönliche Meinung über Fragen zum Ausdruck gebracht habe, über die immer noch heftige Debatten geführt werden, und sie werden auch so schnell nicht enden. Ich möchte nur hinzufügen, daß ich überzeugt bin, daß es mehrere Methoden gibt und auch künftig geben wird, vermittels deren wir die relativen Vorzüge konkurrierender Thesen zur psychischen Entwicklung des Menschen wie auch zur therapeutischen Technik feststellen können.

Mit diesen Bemerkungen habe ich nun eine Grundlage geschaffen für die ausführlichere Diskussion der psychoanalytischen Situation, der ich mich nun zuwenden werde. Im folgenden werde ich gelegentlich einen Begriff oder ein Konzept einführen, ohne jeweils genauer darauf einzugehen, weil ich in einem späteren Textabschnitt detaillierter damit arbeiten werde. Dieses Vorgehen kann ich damit rechtfertigen, daß wahrscheinlich kein Leser mit diesem Buch in Berührung kommen wird, der gänzlich unwissend ist, was den Gegenstand dieses Buches betrifft. Es wäre ermüdend und würde den Zusammenhang unterbrechen, wenn ich versuchte, den Text so anzuordnen, daß jeder neue Begriff sofort im Detail bearbeitet wird. Ich habe nicht versucht, die Literatur über jedes Thema, mit dem ich mich befasse, umfassend durchzusehen, mit Ausnahme der Literatur über die freie Assoziation. Ich zitiere nur Beiträge, die mir einfallen, während ich schreibe. Weil dieses Buch »häppchenweise« über eine recht lange Zeitspanne zusammengestellt wurde, gibt es hier und da Überschneidungen und Wiederholungen, besonders bei bestimmten Grundvorstellungen. Ich habe nicht versucht, diese Wiederholungen zu tilgen, und zwar nicht, weil ich die damit verbundene Arbeit scheute, sondern weil ich glaube, daß sie zur Klarheit der Darstellung beitragen.

Der Raum, den ich jedem spezifischen Thema gewidmet habe, ist nicht unbedingt ein Hinweis darauf, für wie wichtig ich es halte, sondern eher darauf, ob ich meine, etwas Nützliches darüber sagen zu können.

Zweites Kapitel

Innen und außen

Bevor ich mich mit der psychoanalytischen Situation befasse, möchte ich einen sehr allgemeinen Aspekt genauer erörtern: die Beziehung zwischen innen und außen beziehungsweise internen und externen Faktoren.

Vielleicht ist das schicksalsträchtigste Ereignis in der Geschichte der Psychoanalyse Freuds Enthüllung, er habe sich geirrt, als er dachte, die meisten Geschichten über sexuelle Verführung in der Kindheit, die ihm seine Patienten in den neunziger Jahren des vergangenen Jahrhunderts erzählten, hätten tatsächlich stattgefunden. Als seine frühere Schlußfolgerung von der Wucht ihrer eigenen Unglaubwürdigkeit zur Strecke gebracht wurde, war er niedergeschlagen. Aber er konnte der Niederlage einen wichtigen Sieg abringen. Die Geschichten, so schloß er, seien zum größten Teil Phantasien und keine Beschreibungen von Ereignissen in der äußeren Realität, die wirklich stattgefunden hätten. Er schloß weiterhin, daß solche Phantasien Ausdruck universaler, angeborener Triebe seien.

Es gab einen massiven Schwenk von der Hervorhebung der externen auf die internen Faktoren. Der Kampf um die Gewichtung der externen und der internen Faktoren wurde ein zentrales Thema der psychoanalytischen Theorie und Praxis, und daran hat sich bis heute nichts geändert. Ich verwende die sehr allgemeinen Begriffe »innen« und »außen«, weil ich sie so allgemein wie möglich verwenden möchte. Bald werde ich zu den spezifischeren Begriffspaaren kommen, in denen die Dichotomie »innen versus außen« zum Ausdruck kommt.

Ich denke, es ist klärend, gleich am Anfang zu sagen, daß niemand ernsthaft der Meinung ist, irgendein signifikantes menschliches Verhalten sei entweder nur durch innere oder nur durch äußere Faktoren verursacht. Zwar lief Freud manchmal Gefahr, sich für die Bedingtheit menschlichen

Verhaltens allein durch innere Faktoren zu entscheiden (etwa daß die »Urphantasien« phylogenetisch oder sexuelle Schamgefühle durch innere Faktoren bedingt sind), aber es handelt sich bei der häufig zum Ausdruck gebrachten Dichtotomie »innen versus außen« eigentlich eher um eine Hierarchie und nicht um die Leugnung der Existenz und der Wichtigkeit beider Faktoren. Obwohl von dieser Dichotomie häufig die Rede ist – gerade so, als gäbe es nur innere oder nur äußere Faktoren –, dreht sich der Disput eigentlich um die relative Gewichtung der jeweiligen Faktoren.

Ich möchte deutlich machen, daß es falsch ist, wenn man von inneren und äußeren Faktoren spricht als handele es sich um eine simple Dichotomie. Im psychischen Leben des Menschen ist die äußere Welt signifikant durch die innere Welt und die innere Welt signifikant durch die äußere Welt konstruiert. Wir haben es also mit einem wechselseitigen, interaktiven, konstruktivistischen Zirkel zu tun. Ich vertrete die Position, daß die Dichotomie im Sinn simpler unabhängiger Entitäten epistemologisch unhaltbar ist.

Subjekt und Objekt

Durch die Entwicklung der konstruktivistischen Perspektive hat sich die Beziehung zwischen Subjekt und Objekt verändert. Früher wurden Subjekt und Objekt als dichotome Elemente betrachtet, heute hingegen geht man davon aus, daß jedes das andere formt. Jedes dieser beiden Elemente ist eine Integration seiner selbst und des anderen; dennoch behält in gewissem Sinn jedes Element seine Unabhängigkeit.

Wie man an der Konzeption des »Selbstobjekts« beobachten kann, nimmt in dieser Kernfrage die Selbstpsychologie eine merkwürdige Position ein. Arnold Goldberg (1990) hat die Dichotomie von Subjekt und Objekt am deutlichsten dargestellt. Das Selbstobjekt ist demnach Teil des Selbst, es ist sogar konstitutiv für das Selbst. Dies treibt die Idee jedoch zu weit, selbst wenn es nur um ein archaisches Selbstobjekt ginge, weil es impliziert, daß das Objekt keine unabhängige Existenz hat, indem es nur das ist, was das Subjekt aus ihm macht, um seine eigenen Zwecke zu verfolgen. In Bezug auf ein archaisches Selbstobjekt, wie Kohut es darstellt, fühlt sich das Selbst dem Selbstobjekt verbunden, so als sei dies eines seiner Gliedmaßen. Ich halte das für eine solipsistische Position, da das Selbstobjekt keine eigenen Attribute besitzt. Anders ausgedrückt: Die Realität des Objekts wird als etwas betrachtet, was dem, was das Selbst daraus macht, keine Beschränkung auferlegt.

In der Literatur der Selbstpsychologie wird die Ansicht vertreten, daß sich die Situation mit der Reifung des Individuums dahingehend ändert, daß das Objekt zum unabhängigen Zentrum von Handlungen wird. Es besitzt also auch eine gewisse Unabhängigkeit. Aber dies bedeutet nicht, daß Selbst und Objekt in ein dichotomes Verhältnis zueinander treten. Das Selbst fährt fort, das Objekt in größerem oder geringerem Maß nach seinen Bedürfnissen zu zergliedern, das heißt zu konstruieren. Auch wenn einige Selbstpsychologen sogar vom aversiven Selbstobjekt (Wolf 1988, dt. 1996) sprechen, wird daraus kein aversives Objekt – es bleibt immer noch ein aversives Selbstobjekt. Wie Kohut (1977, dt. 1979) behauptet – und hier stimme ich ihm zu –, braucht das Selbst während des ganzen Lebens Selbstobjekte. Diese Sichtweise widerspricht der klassischen Meinung, daß die Entwicklung in Richtung immer größerer, wenn nicht völliger Autonomie gehen sollte.

Einer der Fehler der Selbstpsychologie ist, daß sie keinen Wert darauf legt, den Bezug zum Objekts reziprok herzustellen, obwohl in manchen Diskussionen anerkannt wird, daß auch das Selbst für das Objekt ein Selbstobjekt sein kann. Es fehlt somit ein Element, das man »Objektselbst« nennen könnte – ebenfalls in einem Wort geschrieben. Aus dem Blickwinkel des Selbst könnte man sagen, das Objekt sei ein Selbstobjekt, das Selbst hingegen ein Objektselbst. Ich bin mir darüber im klaren, daß der Begriff unbeholfen ist, aber er bringt die Sache auf den Punkt.

In der klassischen Analyse bleiben Subjekt und Objekt dichotome Elemente. Das Subjekt konstruiert das Objekt, aber wenn der Analytiker anderer Meinung darüber ist, wie ein Objekt konstruiert wird, als der Analysand, gilt eher die Konstruktion des Analysanden als Verzerrung. Es ist bekannt, daß es manchmal der Analytiker ist, der sich irrt, wenn er anderer Meinung ist als der Analysand, aber man neigt eher dazu, die falsche Konstruktion des Analytikers dann als bedauerliche Abweichung von der Objektivtät zu betrachten, die durch die Gegenübertragung bedingt ist.

Goldberg (1990) vertritt die Meinung, daß nur das Konzept des Selbstobjekts der Selbstpsychologie die Dichotomie von Subjekt und Objekt überwunden hat. In der klassischen Analyse besteht die Dichotomie zwar fort, die konstruktivistische Position jedoch überwindet diese Dichotomie, sowohl was das Subjekt als auch was das Objekt betrifft. Diese Überwindung hat den Vorzug, daß man auf das Subjekt und das Objekt dasselbe Konzept anwenden und die Beschränkungen oder – allgemeiner ausgedrückt – die Einflüsse erkennen kann, die beide Elemente aufeinander ausüben; dies bedeutet gleichzeitig, daß beide Elemente auch unabhängig voneinander existieren.

Die konstruktivistische Position – zumindest in der Bearbeitung von Hoffman (1991) – behält die Begriffe »Subjekt« und »Objekt« bei und verwendet den neuen Begriff »Selbstobjekt« nicht (ebensowenig wie den Begriff »Objektselbst«, den ich für die impliziten Korrelate vorgeschlagen habe). Die Beibehaltung der alten Begriffe verleitet natürlich zu dem Mißverständnis, die alte Dichotomie werde beibehalten; die Begriffe der neuen Selbstpsychologie haben jedoch den Nachteil, daß sie verschleiern, in welcher Hinsicht Subjekt und Objekt unabhängig voneinander existieren. In meinem Buch über die Übertragung (Gill 1982, dt. 1996) habe ich auch den alten Begriff beibehalten, aber ich habe Übertragung und Gegenübertragung als Vorgänge definiert, die sich gegenseitig formen und zu denen beide Beteiligte ihren Beitrag leisten. Jetzt erkenne ich, daß Übertragung und Gegenübertragung und ihre Beziehung zueinander spezifische Beispiele der Beziehung zwischen Selbst und Objekt sowie zwischen den inneren und äußeren Faktoren sind.

Die Begrenzung, die das konstitutionell Gegebene wie auch das durch Erfahrung Internalisierte bildet, wird durch die inneren Faktoren gesetzt. Die Begrenzung, die durch die äußeren Einflüsse entsteht, wird durch unsere Realitätserfahrung gesetzt, deren Einfluß aber trotzdem Begrenzungen bildet, auch wenn wir nicht erkennen können, was Realität letztlich ist.

Es ist sinnvoll, die Frage zu stellen, wie die Beziehung zwischen dem klassischen Konzept der narzißtischen Übertragung und dem selbstpsychologischen Konzept der »Selbstobjekt-Übertragung« aussieht. Der Unterschied zwischen beiden Konzepten liegt nicht in den isolierten Phänomenen, sondern darin, wie sie evaluiert sind. In der klassischen Analyse ist die narzißtische Übertragung als »eigennütziger« Gebrauch des Objekts für die Zwecke des Selbst – ungeachtet der Bedürfnisse des anderen – definiert. Entsprechend verweist das Entwicklungsziel hier in Richtung Autonomie und Gegenseitigkeit. In der Selbstpsychologie ist die narzißtische Übertragung Teil der normalen Entwicklung, und sie bleibt eine lebenslange Notwendigkeit. Der Unterschied beider Konzeptionen ist in etwa der zwischen einem illegitimen Wunsch und einem normalen Bedürfnis. Goldberg (persönliche Mitteilung) ist der Ansicht, daß der Unterschied so groß ist, daß man völlig in die Irre geht, wenn man sich auf narzißtische Übertragung und Selbstobjekt-Übertragung als einander ausschließende Begriffe bezieht. Natürlich gibt es auch pathologische narzißtische Bedürfnisse und pathologische Bedürfnisse des Selbstobjekts.

Insofern die kleinianische Theorie das kindliche Konstrukt des Elternobjekts als ausschließlich durch die Phantasien des Kindes determiniert sieht und keine Verbindung zu den Eigenschaften des Objekts herstellt, ist das Selbst nicht weniger solipsistisch als das archaische Selbstobjekt der Selbstpsychologie, obwohl die kleinianische Psychologie eine völlig andere Vorstellung vom Kind hat als die Selbstpychologie. Die englische Schule der Objektbeziehungstheorie dichotomisiert primär das Selbst und das Objekt, trotz einer gewissen Anerkennung der intrinsischen Beziehung zwischen beiden, wie dies zum Beispiel Winnicotts Aussage belegt, es könne nicht nur einen Säugling und eine Mutter geben, sondern nur ein »Säugling-Mutter-Paar«. Die beziehungstheoretische Schule, wie sie durch die Arbeit Mitchells (1993) exemplarisch dargestellt wird, ist konstruktivistisch orientiert. Sie betrachtet daher Subjekt und Objekt als Elemente, die sich gegenseitig formen. Andere Beziehungstheoretiker folgen ihm in dieser Hinsicht nicht unbedingt. Das Konzept der Intersubjektivität, das Stolorow, Brandschaft und Atwood (1987) weiterentwickelt haben, bietet eine andere konstruktivistische Sichtweise von Subjekt und Objekt; in dieser Hinsicht weichen die Intersubjektivisten von der Hauptrichtung der Selbstpsychologie ab.

Innere und äußere Faktoren

Im folgenden spreche ich von inneren und äußeren beziehungsweise von internen und externen Faktoren, aber es ist dabei immer unterstellt, daß jeder Faktor eine Funktion des anderen ist.

Die klassische freudianische Position betont den inneren Faktor, der als dichotom getrennt vom äußeren Faktor verstanden wird. Trotzdem schlug Freud selbst ein Konzept und einen Namen für das Ineinanderwirken des Inneren und des Äußeren vor. In seinem Aufsatz »Über neurotische Erkrankungstypen« schreibt Freud:

> »Die Psychoanalyse hat uns gemahnt, den unfruchtbaren Gegensatz von äußeren und inneren Momenten, von Schicksal und Konstitution, aufzugeben, und hat uns gelehrt, die Verursachung der neurotischen Erkrankung regelmäßig in einer bestimmten psychischen Situation zu finden, welche auf verschiedenen Wegen hergestellt werden kann« (1912c, S. 330).

Der Begriff, den Freud erdachte, um den »unfruchtbaren Gegensatz« zu überwinden, war der der »Ergänzungsreihe«. Obwohl er diesen Begriff im folgenden Zitat nicht ausdrücklich verwendet, spricht Freud deutlich von der Wichtigkeit dieser Konzeption. Die Passage ist außerdem bemerkenswert, weil er sich ironisch gegen den Vorwurf verteidigt, den inneren Faktor zu vernachlässigen, in Anbetracht dessen, daß der Vorwurf gewöhnlich lautet, er würde den äußeren Faktor übersehen oder doch zumindest vernachlässigen.

»Machen wir uns klar, daß jeder Mensch durch das Zusammenwirken von mitgebrachter Anlage und von Einwirkungen auf ihn während seiner Kinderjahre eine bestimmte Eigenart erworben hat, wie er das Liebesleben ausübt, also welche Liebesbedingungen er stellt, welche Triebe er dabei befriedigt und welche Ziele er sich setzt« (Freud 1912b, S. 364).

Und er fügt die folgende Fußnote hinzu:

»Verwahren wir uns an dieser Stelle gegen den mißverständlichen Vorwurf, als hätten wir die Bedeutung der angeborenen (konstitutionellen) Momente geleugnet, weil wir die der infantilen Eindrükke hervorgehoben haben. Ein solcher Vorwurf stammt aus der Enge des Kausalbedürfnisses der Menschen, welches sich im Gegensatz zur gewöhnlichen Gestaltung der Realität mit einem einzigen verursachenden Moment zufrieden geben will. Die Psychoanalyse hat über die akzidentellen Faktoren der Ätiologie viel, über die konstitutionellen wenig geäußert, aber nur darum, weil sie zu den ersteren etwas Neues beibringen konnte, über die letzteren hingegen zunächst nicht mehr wußte, als man sonst weiß« (Freud 1912b, S. 364).

Deutet Freud hier an, daß die Psychoanalyse mit der Erforschung des Trieblebens sehr viel mehr über die »konstitutionellen« Faktoren in Erfahrung brachte?

»Wir lehnen es ab, einen prinzipiellen Gegensatz zwischen beiden Reihen von ätiologischen Momenten zu statuieren; wir nehmen vielmehr ein regelmäßiges Zusammenwirken beider zur Hervorbringung des beobachteten Effekts an. Δαίμων καὶ Τύχη bestimmen das Schicksal eines Menschen; selten, vielleicht niemals, eine dieser Mächte allein. Die Aufteilung der ätiologischen Wirksamkeit zwischen den beiden wird sich nur individuell und im einzelnen vollziehen lassen. Die Reihe, in welcher sich wechselnde Größen der beiden Faktoren zusammensetzen, wird gewiß auch ihre extremen Fälle haben. Je nach dem Stande unserer Erkenntnis werden wir den Anteil der Konstitution oder des Erlebens im Einzelfalle anders einschätzen und das Recht behalten, mit der Veränderung unserer Einsichten unser Urteil zu modifizieren. Übrigens könnte man es wagen, die Konstitution selbst aufzufassen als den Niederschlag aus den akzidentellen Einwirkungen auf die unendlich große Reihe der Ahnen« (Freud 1912b, S. 364 f.).

Die letzte Bemerkung ist ein Ausdruck von Freuds Lamarckismus, einer Position, an der er standhaft festhielt[1], etwa in bezug auf die Urphantasien. Freud sagte zum Beispiel, daß bei einem Kind, das keine Erfahrungen gemacht hat, die zur Kastrationsangst führen, diese Angst aufgrund von Vererbung trotzdem auftreten würde. Aber ich muß nochmals betonen, daß Freud konstitutionelle (innere) und akzidentielle (äußere) Faktoren als dichotome Elemente auffaßte. In seiner letzten wichtigen Schrift »Die endliche und die unendliche Analyse« brachte Freud (1937c) eine Prognose zum Ausdruck, die in ihrer Begrifflichkeit mit seinem Modell der einander ergänzenden Schichten konsistent ist: Die Analyse erzielt ihre besten Resultate, wenn die Pathologie eher durch traumatisch bedingte Hauptprobleme gekennzeichnet ist als durch konstituionell bedingte.

Trotzdem kann man in den bemerkenswerten Passagen am Ende des Berichts über den Wolfsmann Freuds eigenes Schwanken im Hinblick darauf betrachten, welche Gewichtung den inneren und äußeren Faktoren jeweils zukommt. Ich zitiere diese Passage in voller Länge, weil sie im allgemeinen nicht zitiert wird und weil sie zu dem weitverbreiteten Glauben im Gegensatz steht, Freud sei ein hartnäckiger »Intrapsychist« gewesen, das heißt, er habe geglaubt, den hereditären Faktoren komme das stärkere Gewicht zu. Zuerst stellt Freud die essentielle Sichtweise der Vererbung dar:

1 Laplanche (1987) vermutet, Freud sei nicht wirklich Lamarckist gewesen, weil die dem Lamarckismus inhärenten Charakteristika adaptiv seien und dies bei Freud nicht der Fall ist. Als ich dies in einem Gespräch mit Frank Sulloway erwähnte, sagte er, es gebe auch »lamarckistische« Charakteristika, die nicht adaptiv seien. Slavin und Kriegman (1992) verweisen darauf, daß Freud die Teleologie, den Aspekt des Lamarckismus, gegen den man Einwände erheben könne, ablehnte.

»Wo die Erlebnisse sich dem hereditären Schema nicht fügen, kommt es zu einer Umarbeitung derselben in der Phantasie ... Gerade diese Fälle sind geeignet, uns die selbständige Existenz des Schemas zu erweisen. Wir können oft bemerken, daß das Schema über das individuelle Erleben siegt, so wenn in unserem Falle der Vater zum Kastrator und Bedroher der kindlichen Sexualität wird, trotz eines sonst umgekehrten Ödipuskomplexes ... Die Widersprüche des Erlebens gegen das Schema scheinen den infantilen Konflikten reichlichen Stoff zuzuführen.
Das zweite Problem liegt von diesem nicht fernab, es ist aber ungleich bedeutsamer. Wenn man das Verhalten des vierjährigen Kindes gegen die reaktivierte Urszene in Betracht zieht, ja wenn man nur an die weit einfacheren Reaktionen des 1½jährigen Kindes beim Erleben dieser Szene denkt, kann man die Auffassung schwer von sich weisen, daß eine Art von schwer bestimmbarem Wissen, etwas wie eine Vorbereitung zum Verständnis, beim Kinde dabei mitwirkt« (Freud 1918b, S. 155 f.).

Diese Formulierung scheint der kleinianischen Sicht der primitiven Phantasie ähnlich zu sein, wenngleich sie in den Besonderheiten weniger ausgearbeitet ist. Nun kommt eine Fußnote, die einen Zweifel auf die ganze Angelegenheit zu werfen scheint:

»Von neuem muß ich betonen, daß diese Überlegungen müßig wären, wenn Traum und Neurose nicht der Kindheitszeit selbst angehörten« (ebd., S. 156).

Der Haupttext fährt folgendermaßen fort:

»Worin dies bestehen mag, entzieht sich jeder Vorstellung; wir haben nur die eine ausgezeichnete Analogie mit dem weitgehenden *instinktiven* Wissen der Tiere zur Verfügung. [In der *Standard Edition* folgt hier eine Fußnote Stracheys, der anmerkt, daß hier im deutschen Original *instinktiv* steht und nicht *triebhaft*; die Übertragung von »triebhaft« ins Englische wäre normalerweise *instinctual*]. Gäbe es einen solchen instinktiven Besitz auch beim Menschen, so wäre es nicht zu verwundern, wenn er die Vorgänge des Sexuallebens ganz besonders beträfe, wenngleich er auf sie keineswegs beschränkt sein kann.[2] Dieses Instinktive wäre der Kern des Unbewuß-

2 Man beachte die wichtige Aussage, daß das Angeborene nicht nur sexueller Natur sein kann.

ten, eine primitive Geistestätigkeit, die später durch die zu erwerbende Menschheitsvernunft entthront und überlagert wird, aber so oft, vielleicht bei allen, die Kraft behält, höhere seelische Vorgänge zu sich herabzuziehen.[3] Die Verdrängung wäre die Rückkehr zu dieser instinktiven Stufe, und der Mensch würde so mit seiner Fähigkeit zur Neurose seine große Neuerwerbung bezahlen und durch die Möglichkeit der Neurosen die Existenz der früheren instinktartigen Vorstufe bezeugen. Die Bedeutung der frühen Kindheitstraumen läge aber darin, daß sie diesem Unbewußten einen Stoff zuführen, der es gegen die Aufzehrung durch die nachfolgende Entwicklung schützt« (ebd., S. 156).

Ich finde die Vorstellung, daß das hereditäre Schema durch Erfahrung brüchig werden kann, überraschend, wenn ich bedenke, daß Freud andererseits die Universalität des hereditären Elements betont. Handelt es sich hier abermals um Lamarckismus? Des weiteren scheint die Idee, daß ein Trauma einen Einfluß auf das vererbte Unbewußte haben kann, die übliche klassische Unterscheidung zwischen Vererbung und Erfahrung zu verwischen. Könnte dies ein Hinweis auf eine konstruktivistische Position im Hinblick auf Vererbung und Erfahrung sein? Der Text fährt im Grunde genommen mit einer Kehrtwendung fort:

»Ich weiß, daß ähnliche Gedanken, die das hereditäre, phylogenetisch erworbene Moment im Seelenleben betonen, von verschiedenen Seiten ausgesprochen worden sind, ja ich meine, daß man allzu bereit war, ihnen einen Platz in der psychoanalytischen Würdigung einzuräumen. Sie erscheinen mir erst zulässig, wenn die Psychoanalyse in Einhaltung des korrekten Instanzenzuges auf die Spuren des Ererbten gerät, nachdem sie durch die Schichtung des individuell Erworbenen hindurchgedrungen ist« (ebd., S. 156 f.).

Nun also sehen wir, daß Freud, der Verfechter der Vererbungsposition, darauf beharrt, daß der Anteil des Ererbten erst nach dem umfassenden Bemühen, ein Phänomen nur

3 Man beachte die wichtige Implikation, daß es keine angeborene Beziehung zur Realität gibt, im Gegensatz zu Freuds späterer Spekulationen über ein hereditäres Ich.

durch Erfahrung zu begreifen, kritisch beurteilt werden sollte. In Haeckels Worten: Dies würde bedeuten, daß die Ontogenese den Vorrang hat vor der Phylogenese – zumindest im Hinblick auf die analytische Technik.

Hier seien nun einige der Ausprägungen angeführt, in denen die Unterscheidung zwischen inneren und äußeren Faktoren zum Ausdruck kommt: Konstitution versus Erfahrung (wie vorher beschrieben); angeboren versus erworben; Trieb versus (Objekt-)Beziehung; intrapsychisch versus interpersonal, Phantasie versus Wahrnehmung; psychische Realität versus materielle Realität; innere Welt versus äußere Welt; asozial versus sozial.

In vielen, jedoch nicht allen diesen gegensätzlichen Paaren wird der innere Faktor mit dem Trieb (vornehmlich angeboren) und der Phantasie gleichgesetzt; der äußere Faktor hingegen hat interpersonalen Charakter, das heißt, er ist durch etwas gekennzeichnet, das Objektbeziehungen involviert. In der psychoanalytischen Theorie sind interpersonale Theorie und Objektbeziehungstheorie keine Synonyme, wie ich später darlegen werde. Aber zuerst möchte ich die Dichotomie von Trieb und Objektbeziehung erörtern.

Die unterschiedlichen Meinungen beginnen bei der Beurteilung des Lebensanfangs. Ist der Säugling primär auf die Personen bezogen, die ihn pflegen, oder ist eine solche Beziehung, gemessen an der Erfüllung körperlicher Bedürfnisse, sekundär? Hier ist abermals zu beachten, daß dies keine Angelegenheit von entweder/oder ist, sondern von primär/sekundär.

Das offenkundig primäre körperliche Bedürfnis ist das Nahrungsbedürfnis. Ist die Beziehung zur Mutter sekundär zu ihrer Funktion als Versorgerin mit Nahrung? In einem berühmten Experiment von Harlow (1958) wurden beide Alternativen getestet, indem Schimpansenbabys zwei künstliche »Mütter« zur Verfügung gestellt wurden: ein »Schimpansenweibchen« aus Draht mit Nahrung und ein »Schimpansenweibchen« aus Frottee ohne Nahrung. Die Schimpansenbabys gingen natürlich immer wieder zu den »Drahtschimpansen« mit Nahrung, wenn sie hungrig waren, aber bei der »Mutter« aus Frottee verbrachten sie die meiste Zeit, und zu ihr gingen sie auch, wenn sie Angst hatten. Sie reagierten auf das Gefühl, das ihnen der Frotteestoff vermittelte, wie auf eine Schimpansenmutter. Aber dieses Experiment läßt immer noch die Frage offen, ob die Schimpansenbabys infolge des Gefühls, das der Frotteestoff vermittelte, sekundär auf die »Mutter« reagierten. Reagiert der Säugling auf die Mutter »als solche«, ohne daß diese Reaktion in einer sensorischen Modalität begründet wäre? Oder ist diese Frage sinnlos, da es immer eine innere oder äußere Verbindung geben muß, um eine solche Reaktion zu unterstützen?

Und wie steht es mit dem Lächeln des Säuglings? Der Säugling lächelt anfänglich jedes menschliche Gesicht an, aber bald schon nur noch die Person, die ihn bemuttert. Mir ist die umfangreiche, faszinierende neuere Forschung über die Beziehung zwischen Mutter und Säugling (siehe Lichtenberg 1983, dt. 1991) nicht sehr vertraut, aber ich habe den Eindruck, daß es dort viele Nachweise dafür gibt, daß der Säugling von Anfang an eine Beziehung zur äußeren Welt aufnimmt; daher ist Freuds Konzept einer primären autistischen Phase unhaltbar.

Mit der Aussage, der variabelste Aspekt eines Triebes sei das Triebobjekt, brachte Freud seine Vorstellung zum Ausdruck, die interpersonale Beziehung sei dem Trieb gegenüber sekundär. Aber er war auch der Meinung, ein Trieb könne unabänderlich auf ein bestimmtes Objekt fixiert werden und eine solche Fixierung stelle einen pathologischen Verlust der normalen Plastizität dar. Obwohl starke und dauerhafte Objektbeziehungen normal sind, ist es dennoch ein pathologisches Merkmal, wenn man kein neues Objekt suchen kann, um eine verlorenes zu ersetzen. Auch die Behauptung Freuds (1915c), die Einstellung eines Menschen zur äußeren Welt am Beginn seines Lebens sei Haß, bringt den Status der Beziehung zur Realität zum Ausdruck. Daraus, daß die äußere Realität zwangsläufig Stimuli beinhaltet, die auf den Organismus wirken, folgt gemäß Freuds metapsychologischen energetischen Postulaten, daß der Organismus primär auf Reize von außen als einer Energie reagiert, deren er sich entledigen muß. In diesem Sinn ist die primäre Beziehung des Menschen zur äußeren Welt am Anfang seines Lebens von Haß geprägt. Zumindest wird die Realität anfänglich als Hindernis für eine schnelle Energieentladung betrachtet.

Ich erwähnte bereits, daß »innen/außen« sowie »Trieb/Objektbeziehung« zwar dichotomisierende Begriffspaare sind, die Kontroverse sich jedoch eigentlich darum drehen müßte, welcher Teil dieser Begriffspaare hervorgehoben oder in der hierarchischen Anordnung über dem anderen stehen müßte. Im folgenden werden die Theorien kurz betrachtet, in denen der äußere Faktor hervorgehoben und dem inneren Faktor übergeordnet wird.

Eine solche Konzeption wird häufig irrtümlich als Modell betrachtet, das davon ausgeht, daß die psychische Entwicklung des Menschen im wesentlichen durch die Umwelt determiniert ist, das heißt ein Modell, welches die menschliche Seele angeblich als leere Tafel betrachtet, die durch Erfahrung erst beschriftet wird. Vom Standpunkt der klassischen Freudschen Theorie ist diese Vorstellung einer *tabula rasa* grundsätzlich falsch, weil sie den Beitrag übergeht, den das Individuum zu seiner Erfahrung selbst leistet (der innere Faktor). Eine derartige Vorstellung wird von Anhängern der klassischen Theorie als künstlich und naiv-optimistisch lächerlich gemacht, weil sie zu implizieren scheint, daß es bei einer günstigen Umwelt keine Konflikte und keine Psychopathologie gebe. Diese Theorie soll angeblich den Patienten von jeder Verantwortlichkeit für seine Schwierigkeiten freisprechen und seine Neigung verstärken, anderen die Schuld zu geben. Dies würde zur Unterminierung jedes therapeutischen Programms führen, das darauf abzielt, den Patienten zu motivieren, sich selbst zu helfen.

Eine *reine* Umwelttheorie würde eine solche Kritik tatsächlich verdienen, aber es stimmt nicht, daß ein »Beziehungsstruktur-Modell« (Greenberg und Mitchell 1983) unbedingt so strikt umwelttheoretisch orientiert sein muß. Es trifft jedoch zu, daß in der beziehungsorientierten Theorie die Verlagerung der Gewichtung auf die Umwelt im Vergleich zur Triebtheorie wie auch die mangelnde Aufmerksamkeit vieler

Theoretiker dieses Modells für den hereditären Faktor dazu führen, daß *manche* Theorien dieses Modells reine Umwelttheorien zu sein scheinen. Neuere Bücher von Mitchell (1993) und Greenberg (1991) sind derzeit die besten Erklärungen von Theoretikern des beziehungsorientierten Modells, die versuchen, auch die inneren Faktoren in Betracht zu ziehen. Trotzdem stimmt es, daß sogar diese Theoretiker die inneren Faktoren zweifellos unterordnen (Slavin und Kriegman 1992), verglichen mit Vertretern des klassischen Modells. Harry Stack Sullivan (1940; 1953, dt. 1980) wird bisweilen irrtümlich unterstellt, er leugne gänzlich den Beitrag innerer Faktoren. Dies ist nicht der Fall, aber seiner Ansicht nach findet jede psychische Aktivität in einem interpersonalen Kontext statt, und gelegentlich schien er die Existenz eines Selbst ohne diesen Kontext zu leugnen (Sullivan 1964). Während die Interpersonalisten in der Tat innere Faktoren in Betracht ziehen, beläßt Levenson, ein führender Interpersonalist, sie als vages Produkt der »Imagination« (siehe Gill 1993).

Im Triebmodell ist der innere Faktor dem äußeren übergeordnet, aber die verschiedenen Theoretiker des Triebmodells messen den äußeren Faktoren unterschiedliche Bedeutung zu. In der folgenden Passage hebt Freud, der Urheber des Triebmodells, am deutlichsten die wichtige Rolle des äußeren Faktors hervor: »Im Seelenleben des Einzelnen kommt ganz regelmäßig der Andere als Vorbild, als Objekt, als Helfer und als Gegner in Betracht, und die Individualpsychologie ist daher von Anfang an auch gleichzeitig Sozialpsychologie in diesem erweiterten, aber durchaus berechtigten Sinn« (Freud 1921c, S. 73).

Für die meisten Theoretiker ist das Freudsche Triebmodell so stark von der Vorrangigkeit des hereditären Faktors geprägt, daß es Positionen gibt, welche die Wirksamkeit der hereditären Faktoren abstreiten, wenn man diesem Triebmodell nicht zustimmt. Aber ein Modell, in dem interpersonale Faktoren übergeordnet oder einfach nur wichtig sind, müßte den hereditären Faktor nicht unbedingt ausschließen. Viele Anhänger der beziehungsorientierten Theorie halten das gegenwärtige klassische Modell für inkonsistent, weil es der Erfahrung in der Kindheit einen höheren Stellenwert einräumt und den Einfluß der Erfahrung in der Gegenwart minimiert, obwohl beim klassischen Modell die Kindheitserfahrungen im Schema des inneren Faktors repräsentiert werden. Mitchell (1988) hat dies unter dem Schlagwort »einseitige Bevorzugung der Entwicklungsperspektive« ausführlich diskutiert. Vielleicht setzt ein anderes Modell die Rolle des hereditären Faktors als selbstverständlich voraus und erörtert hauptsächlich interpersonale Angelegenheiten. Ein Beispiel hierfür ist die Theorie der Separation und Individuation, wie sie von Margaret Mahler (1968, dt. 1972) dargelegt wurde.

Die Begriffe »intrapsychisch« und »interpersonal« haben eher einen konnotativen als einen denotativen Wert. Die Bezeichnung »intrapsychisch« impliziert, daß angeborene Triebe die primären Faktoren sind und der Anteil der Erfahrung relativ wenig betont wird, während die Bezeichnung »interpersonal« Erfahrung als primären Faktor impliziert und das angeborene Element relativ wenig betont. Jeder dieser beiden Begriffe impliziert eine irreführende Karikatur des anderen: Die Position der intrapsychischen Perspektive befaßt sich auch mit interpersonalen Beziehungen, und die interpersonale Perspektive anerkennt auch eine intrapsychische Welt. Jeder Begriff schließt daher sowohl innere als auch äußere Faktoren ein. Der Begriff »intrapsychisch« ist zweideutig, da er nicht festlegt, ob das intrapsychische Element angeboren oder eine Internalisierung des äußeren Faktors ist oder beides.

Die Dichotomie von innerem und äußerem Faktor kann auch anhand der Kernfrage formuliert werden, was die Basiseinheit für die Analyse menschlichen Verhaltens konstituiert. Aus der Perspektive der Triebtheorie ist die Basiseinheit ein biologischer Organismus; aus der beziehungsorientierten Perspektive ist es eine Person (Gill 1983). Kernberg (1976, dt. 1981) legt sich nicht auf eine Eingrenzung fest, indem er die Basiseinheit als Selbstrepräsentanz, Objektrepräsentanz und als Affekt beschreibt, der beide Repräsentanzen in Beziehung zueinander setzt. Seiner Meinung nach entstehen die sexuellen und aggressiven Triebe im Verlauf der Entwicklung.

Heute werden in den unterschiedlichen freudianischen Schulen zunehmend die interpersonalen Beziehungen betont, aber sie bleiben – sei es implizit oder explizit – der Perspektive der Triebtheorie untergeordnet. Greenberg und Mitchell (1983) haben gezeigt, wie die freudianischen Schulen mit den Daten umgehen, die sich auf die interpersonalen Beziehungen beziehen, indem sie die grundlegende Perspektive der Triebtheorie »akkomodieren«, ohne sie aufzugeben. Es existiert auch bei den Interpersonalisten – wenngleich in geringerem Ausmaß – eine parallele Bewegung, die sich für die »Akkomodation« von Daten ausspricht, die sich auf den Trieb beziehen.

Häufig schwingt in dem Begriff »interpersonal« eine Hervorhebung der aktuellen Beziehungen mit, die hier und jetzt existieren, in dem Begriff »Objektbeziehung« hingegen schwingt häufig die Hervorhebung intrapsychischer Objektbeziehungen der kleinianischen Schule mit. In der englischen Schule der Objektbeziehungstheorie werden jedoch zusätzlich zu den intrapsychischen Objektbeziehungen die externen Objektbeziehungen hervorgehoben. Nach Ansicht der kleinianischen Schule ist die englische Schule der Objektbeziehungstheorie zu adaptiv orientiert im Gegensatz zu ihrem Ansatz, der die hereditäre Determiniertheit der Objektbeziehungen hervorhebt, und vice versa. Beide Schulen der Objektbeziehungstheorie meinen, in der Theorie der interpersonalen Beziehung würden die intrapsychischen Objektbeziehungen heruntergespielt und natürlich auch die Triebe. Diese Differenzen sind nicht nur eine Sache der Gewichtung, sondern dessen, was man für übergeordnet hält.

Ein wichtiger Grund für den Disput zwischen »Intrapsychisten« und »Interpersonalisten« ist die Meinung ersterer, letztere würden sich mit interpersonalen Beziehungen nur in dem manifesten Sinn befassen, in welchem solche Beziehungen von außen betrachtet werden. Daher betrachten sie die Theorien der Interpersonalisten eher als soziologische denn als psychoanalytische Theorien (Kohut 1971; Schwaber

1992). Obwohl manche interpersonalen Theorien diesen Vorwurf verdienen, betrachten ihre Hauptvertreter, wie sie zum Beispiel vom *William Alanson White Institut* repräsentiert werden, interpersonale Beziehungen nicht soziologisch, sondern so, wie sie in der psychischen Realität *erlebt* werden. In diesem Sinn können bestimmte interpersonale Beziehungen, die für einen äußeren Beobachter gleich erscheinen können, tatsächlich in der psychischen Realität der Beteiligten ungeheuer unterschiedliche Bedeutungen haben. Klassische Analytiker erkennen häufig nicht, daß die meisten Interpersonalisten und Beziehungstheoretiker wahrscheinlich durchgehend die zentrale Bedeutung der psychischen Realität anerkennen.

Ich möchte nochmals betonen, daß das Konzept des Konstruktivismus sich von jenem Konzept unterscheidet, nach dem jedes Phänomen sowohl innere als auch äußere Komponenten enthält, da innere Komponenten im Konstruktivismus bei der Formung äußerer Komponenten und äußere Komponenten bei der Formung innerer Komponenten eine Rolle spielen. Es ist irreführend, eine Unterteilung zwischen Innerem und Äußerem vorzunehmen, wenn man nicht bedenkt, daß sich beide Komponenten gegenseitig formen. Wie ich bereits erwähnte, plädieren Stolorow u. a. (1987) für ein Konzept der Intersubjektivität, das heißt einer Wechselwirkung der psychischen Realitäten zweier Menschen, die sich in Interaktion befinden, obwohl Stolorow sich weniger deutlich über die Rolle hereditärer innerer Faktoren äußert.

Trotz dieser fortdauernden Debatten unter Vertretern der verschiedenen Standpunkte hat es im vergangenen Jahrzehnt zweifellos in der psychoanalytischen Welt eine graduelle Veränderung hin zu einem stärkeren Gleichgewicht zwischen inneren und äußeren Faktoren gegeben, wobei den äußeren Faktoren zunehmend mehr Aufmerksamkeit gezollt wurde. Wie dies zwangsläufig der Fall ist, kann das Pendel zu weit ausschlagen.

Ich halte es für außerordentlich wichtig, eine generelle Position in bezug auf die relative Wichtigkeit der beiden Faktoren einzunehmen. Bei jedem Fall – und mit »Fall« meine ich die Skala von einem Grundcharakteristikum bis hin zu einem Ereignis in einer bestimmten Analyse – muß aufgrund der jeweils spezifischen Wertigkeit entschieden werden. Die Lenkung der Aufmerksamkeit auf einen der beiden Faktoren kann als Abwehr gegen den anderen benutzt werden. Ich glaube, es ist ein klassischer Irrtum, sich aufgrund von Abwehr gegen den äußeren Faktor eher auf den inneren Faktor zuzubewegen statt umgekehrt. Ich kann etwa abrupt zur Genese eines Problems übergehen oder mich der Triebproblematik zuwenden, um zu vermeiden, mich mit der Übertragung im Hier und Jetzt oder mit Verhaltensfragen zu befassen. Der weiter verbreitete Irrtum der interpersonalen Perspektive ist natürlich das Gegenteil. Es bleibt die Kunst der Psychoanalyse zu entscheiden, wo die Gewichtung in einem bestimmten Fall liegen soll. Ein neuer Text von Inderbitzin und Levy (1994) stellt zur Diskussion, früher habe das Sprichwort »Alles ist Wasser auf die Mühlen« bedeutet, daß jedes erlebte Ereignis analysiert werden *sollte*, heute hingegen bedeutet es für viele, daß jedes erlebte Ereignis analysiert werden *kann*. Das Ergebnis, so meinen sie, sei häufig ein relativ ungehemmtes Verhalten des Analytikers in bezug auf den Analysanden – sogar außerhalb der analytischen Situation. Sie folgern, daher könne die Beschäftigung mit dem Erleben eine Abwehr gegen die Beschäftigung mit intrapsychischen Aspekten sein. Ihre Überlegung ist vernünftig, aber das Gegenteil kann ebenfalls der Fall sein, das heißt, die Bearbeitung intrapsychischer Aspekte kann als Abwehr gegen die Bearbeitung des Erlebten – besonders der Hier-und-Jetzt-Interaktion in der analytischen Situation – benutzt werden.

Wie ich später erörtern werde, kann man die drei psychoanalytischen Hauptmodelle – Trieb-Ich, Objekt (einschließlich interpersonales Modell) und Selbst – in ihren jeweiligen konzeptuellen beziehungsweise interpretativen Hierarchien darstellen. Das Trieb-Ich übersetzt Selbst- und Objektaspekte in Begriffe des Trieb-Ich. Die Objektpsychologie übersetzt das Trieb-Ich und Aspekte des Selbst in Begriffe des Objekts, und die Selbstpsychologie übersetzt das Trieb-Ich und Aspekte des Objekts in Begriffe des Selbst. Aber jedes Hauptmodell berücksichtigt – in unterschiedlichen Abstufungen – die beiden anderen.

Zusammenfassend möchte ich sagen: Ich habe eine neue Sicht der Psychoanalyse als Ansatz präsentiert, der sowohl die Erfahrung als auch den hereditären Aspekt umfaßt; in der konstruktivistischen Perspektive formen sich beide Aspekte gegenseitig. Der intrapsychische Aspekt schließt sowohl den hereditären Aspekt als auch die internalisierte Erfahrung ein; unter internalisierter Erfahrung verstehe ich die Art und Weise, wie der Mensch das, was er erlebt, in seiner psychischen Realität erlebt. Dasselbe Modell wurde von Slavin und Kriegman (1992) im Kontext der modernen Evolutionstheorie dargestellt. Interessanterweise denken sie ebenso wie Freud darüber nach, daß der hereditäre Aspekt Niederschlag der Evolution sein könnte. Rapaport (1957) präsentierte ein ähnliches Modell, in dem er die relative Autonomie von Hereditärem und Erfahrung berücksichtigte. Er hob die hereditären Anpassungsmechanismen an die äußere Realität hervor. Hartmann (1948, dt. 1972) betonte sowohl die Entfremdung des Es von der Realität wie auch die Bedeutung einer durchschnittlich erwartbaren Umwelt. Nach wie vor muß die Psychoanalyse ihre große Entdeckung, den inneren Faktor im Sinne des Unbewußten, mit allem Nachdruck beschützen.

Konflikt und Defizit

Eine andere Form der Kontroverse über die relative Gewichtung innerer und äußerer Faktoren hat sich in der Beziehung zwischen Konflikt- und Defizitkonzepten gezeigt. Kris (1956) hat die Psychoanalyse in einer vielzitierten Aussage als Psychologie der Konflikte beschrieben.

Wenn man die Psychoanalyse als Konfliktpsychologie definiert, kann dies den Eindruck erwecken, man würde die Psychoanalyse nicht als allgemeine Psychologie begreifen, sondern als eine Psychopathologie. Aber wenn die Natur der menschlichen Psyche so beschaffen ist, daß Konflikte unvermeidlich sind, müssen sowohl gesunde als auch kranke Menschen Konflikte ertragen; daher bleibt die Psychoanalyse sowohl eine Psychologie des Normalen als auch des Pathologischen. Aber dieser Umstand macht die Psychoanalyse nicht zu einer allgemeinen Psychologie, sondern zu einer Psychologie der Persönlichkeit. Es gibt Aspekte der Psychologie – die Tätigkeit der Sinnesorgane beispielsweise –, die sich außerhalb der psychoanalytischen Domäne befinden, es sei denn, ihre Funktion ist durch Konflikte gestört. Hartmanns (1948, dt. 1972) Konzept des sensorischen und motorischen Systems als primär autonomer Apparat eignet sich kaum als Beitrag zu einer Psychologie der normalen Sensorik und Motorik. Obwohl Freud schreibt, Es, Ich und Überich würden bei normaler Funktion in Einklang zusammenarbeiten, sogar bis zu dem Punkt, wo es schwierig wird, die einzelnen Instanzen voneinander zu unterscheiden, sind in der klassischen Psychoanalyse die hereditären Triebe so konzipiert, als würden sie zwangsläufig zu Konflikten führen.

Nochmals: In der klassischen Psychoanalyse ist der Aspekt des Inneren dem des Äußeren übergeordnet. Der universelle Ödipuskomplex beispielsweise, der häufig als zentraler Konflikt der Menschheit zitiert wird, setzt sich aus Wünschen zusammen, die von der Gesellschaft (zumindest von den westlichen Gesellschaften) verurteilt werden. Aber ein Konflikt mit gesellschaftlichen Normen ist noch kein innerer Konflikt. Die Internalisierung der Normen durch das Überich führt zu inneren beziehungsweise intrasystemischen Konflikten. Aber es ist noch eine dritte Art von Konflikten möglich: Konflikte zwischen zwei konfligierenden hereditären Intentionen. Dann sind wiederum drei Konfliktarten möglich: Konflikte zwischen dem hereditären Aspekt und der äußeren Umwelt, Konflikte zwischen dem hereditären Aspekt und dem internalisierten Äußeren und Konflikte zwischen zwei konfligierenden hereditären Intentionen.

Die Antinomie zwischen Konflikt und Defizit wurde aufgrund der Selbstpsychologie Kohuts zum vieldiskutierten Thema, weil klassische Analytiker meinen, diese Antinomie betone das Defizit und vernachlässige den Konflikt; und dies sei kein echter psychoanalytischer Ansatz. Am klassischen Konzept der Psychoanalyse orientierte Psychoanalytiker meinen, was die Selbstpsychologie als Defizit bezeichne, sei eine Folge von Problemen in interpersonalen Beziehungen; daher stempeln sie die Selbstpsychologie eher als interpersonale denn als intrapsychische Theorie ab. Beispielsweise ist nach Kohuts (1984, dt. 1989) Selbstpsychologie der Ödipuskomplex nicht zwangsläufig eine Quelle schwerwiegender Konflikte, sondern die ödipale Phase kann, wenn das Umfeld die richtigen Erfahrungen zuläßt, eher eine »freudige« Entwicklungsphase sein, obwohl Kohut nicht leugnet, daß *in gewissem Ausmaß* ein ödipaler Konflikt immer existiert. Wo man die Aufmerksamkeit hauptsächlich auf das Defizit lenkt, räumt man der Erfahrung eine stärkere Wirksamkeit ein als dem hereditären Aspekt oder, allgemeiner formuliert, man geht davon aus, daß der innere Aspekt eine größere Rolle spielt beim Entstehen der Psychopathologie. Die Selbstpsychologie vertritt hinsichtlich der Frage, ob bei der Entstehung der Psychopathologie intrapsychische oder interpersonale Faktoren eine größere Rolle spielen, tatsächlich eine paradoxe Position.

Manche Selbstpsychologen pochen vehement darauf, ihre Position als intrapsychische auszuweisen (Goldberg 1986). Einer der Gründe hierfür ist ihre mangelnde Erkenntnis, daß sich die Interpersonalisten mit dem intrapsychischen Erleben interpersonaler Beziehungen befassen. Manche Selbstpsychologen erkennen Triebbeziehungen zwischen Selbst und Objekt an (Bacal und Newman 1990, dt. 1994), andere hingegen scheinen nur das Konzept des »Selbstobjekts« anzuerkennen, welches das Subjekt in Abhängigkeit davon definiert, ob die Bedürfnisse des Selbst nach Spiegelung, Idealisierung und Verschmelzung befriedigt werden. In der Tat herrscht bei klassischen Analytikern die Ansicht vor, die Selbstpsychologen würden nicht nur den interpersonalen Beziehungen zu viel Gewicht beimessen, sondern sie würden auch bis zu einem gewissen Grad mit ihren Patienten interagieren, was bedeutet, daß sie Psychotherapie durchführen und keine Analyse. Die Begriffe »Analyse« und »Psychotherapie« werden normalerweise für unterschiedliche Vorgänge verwendet.

Obwohl die selbstpsychologische Theorie interpersonale Aspekte manchmal vernachlässigt, legt sie paradoxerweise großen Wert darauf, ob es in der Geschichte des Analysanden Bezugspersonen gab, die angemessen auf das Bedürfnis des Kindes nach Bestätigung und Anerkennung sowie auf sein Bedürfnis nach einer Figur, zu der es aufschauen, die es sogar idealisieren kann, reagierten. Selbstpsychologen heben nicht nur die Geschichte der kindlichen Interaktionen so stark hervor, sondern auch die aktuelle Interaktion des Analysanden mit seinem Analytiker. Ihrer Ansicht nach ist der Analytiker zwar um Einfühlung bemüht, er macht jedoch auch zwangsläufig Fehler. Sie verweisen auf die Unvermeidlichkeit von Fehlern des Analytikers, um hervorzuheben, daß Fehler wesentlichen Anteil an dem Vorgang haben, den sie »transmutierende Verinnerlichung« nennen – was ziemlich nach einer »Mini-Identifizierung« mit dem Analytiker klingt. Natürlich heben solche Überlegungen hervor, wie wichtig interpersonale Erfahrungen des Analysanden in der Vergangenheit wie auch in der Gegenwart sind.

Häufig wird gesagt, Konflikt und Defizit seien zwei verschiedene Arten, dasselbe Phänomen zu betrachten, und daher würden sie immer gemeinsam auftreten. Es wurde erörtert, der Konflikt könne mit der Entwicklung interferieren und daher verantwortlich dafür sein, daß etwas fehlt, was sich andernfalls entwickelt hätte. Ein Defizit hingegen führt nach diesen Überlegungen unausweichlich zum Konflikt; denn das Fehlende wird zum Zentrum des Konflikts zwischen dem Wunsch nach ihm und der Ablehnung dieses Wunsches.

Ein Beispiel: Ein Konflikt über das Akzeptieren von Liebe kann zur Abwehr gegen die Empfänglichkeit für Liebe (Defizit) führen, sogar dann, wenn sie zugänglich ist. Natürlich würde eine integrierte Sichtweise sowohl den Konflikt als auch das Defizit in Betracht ziehen, das heißt innere und äußere Faktoren.[4]

4 Einer meiner Analytiker sagte einmal, wenn das Verhalten meiner Eltern 95 Prozent meiner Schwierigkeiten ausmache und die

Dieses Thema wird ausführlich in einem kürzlich erschienenen, von Dowling (1991) herausgegebenen Buch erörtert. Darin beschäftigt sich Paul Ornstein, der einsame Verteidiger des Defizitkonzepts aus der Position der Selbstpsychologie, mit einem Sperrfeuer an Kritik. Das Buch enthält auch klinisches Material und ist daher besonders lesenswert. An anderer Stelle (Gill 1994b) habe ich dieses Buch ausführlich erörtert.

Die psychoanalytische Hauptströmung lehnt das Defizitkonzept deshalb ab, weil es von Selbstpsychologen freigelegt wurde, die auch die klassische Triebtheorie ablehnen; daher haftet ihm eine Art »Vergehen der Komplizenschaft« an. Tatsächlich aber akzeptieren viele Analytiker das Defizitkonzept, nennen es jedoch anders, etwa »Entwicklungsdefekt«.

Das Defizitkonzept wird noch aus einem anderen Grund abgelehnt: Die Idee des Defizits hat für viele die Bedeutung, daß etwas fehlt oder daß es um eine Art »Loch« in der Psyche geht, und es kann nicht geleugnet werden, daß manche Selbstpsychologen zuweilen auf diese Weise mit dem Defizitkonzept umgehen. Die Vorstellung von einem »Loch« in der Psyche ergibt natürlich keinen Sinn. Eine psychische Struktur kann anders sein, als man sich das wünschen würde, aber sie kann nicht gänzlich fehlen.

Die Vorstellung von einem »Loch« in der Psyche wirkt schädigend auf die Theorie wie auch auf die Praxis, weil dadurch ein manifestes subjektives Defizitgefühl des Analysanden unter Umständen vom Analytiker ohne genauere Untersuchung akzeptiert wird. Für Anhänger der psychoanalytischen Hauptströmung ist ein manifestes subjektives Defizitgefühl einfach ein Angelpunkt für die genauere Untersuchung und die Analyse dieses Defizitgefühls. In der psychoanalytischen Literatur wurde dieser Aspekt häufig diskutiert. Kohut (1977,

Art, wie ich ihr Verhaltens erlebt habe, die restlichen fünf Prozent, dann würden ihn nur diese fünf Prozent interessieren. Heute sehe ich seinen Standpunkt klarer als damals, aber ich glaube immer noch, daß es richtig war, als ich deswegen wütend wurde.

dt. 1979) liefert für diese Kritik an der Selbstpsychologie mit seinem Konzept der »Selbstzustands-Träume« und der »leeren Depression« eine Basis, sogar im Konzept der Fragmentierung. Diese Begriffe sind Metaphern; leider werden sie – zumindest die beiden letzten – von den Selbstpsychologen nicht immer als solche verwendet. Daher haben wir es abermals mit der wohlbekannten Anklage gegen die Selbstpsychologen zu tun, sie lehnten nicht nur die Triebtheorie ab – und die Anhänger der Hauptströmung meinen natürlich, die Analyse dieser Metaphern würde zur Frage der Triebtheorie führen –, sondern akzeptierten das oberflächliche, manifeste, bewußte Material, statt das darunterliegende verborgene Unbewußte zu erforschen.

Die Implikation, daß ein Defizit nach einer unterstützenden Aktivität des Analytikers verlangt, damit es ausgeglichen werden kann, ist ein anderes Merkmal des Defizitkonzepts, welches zur Zurückweisung durch die psychoanalytische Hauptströmung beiträgt. Dies führt uns schließlich direkt zur Frage der Aktivität des Analytikers, einer Frage, die zu stellen von allen Positionen verboten wird, und die man unter der Bezeichnung »Neutralitätskonzept« zusammenfassen könnte. Dieses Problem taucht häufig unter der Rubrik »korrektive emotionale Erfahrung« auf, wie etwa in dem von Dowling (1991) herausgegebenen Buch. Mit der korrektiven emotionalen Erfahrung werde ich mich in diesem Buch an anderer Stelle beschäftigen.

Es muß erwähnt werden, daß das Konzept der Kompromißbildung für gewöhnlich – und gewiß ist dies der Fall in dem erwähnten Buch – einzig als intrapsychischer Aspekt behandelt wird; demnach erreichen miteinander konkurrierende Kräfte des Seelenlebens einen Kompromiß. Ein solches Konzept schraubt natürlich gravierend herunter, wie wichtig die Rolle der Erfahrung beziehungsweise der äußeren Welt dabei ist, und bezieht sie nur ein, sofern sie intrapsychisch repräsentiert wird.

Es gibt bei Freud keine notwendige Verbindung zwischen Triebtheorie und Konfliktkonzept, obwohl eine solche Verbindung oft angenommen wird. Ich werde zu dieser Frage der Unvermeidbarkeit des Konflikts in meiner Erörterung der Motivationstheorie zurückkommen.

Ein psychisches »Defizit« ist nur eine Art, sich auf eine ungünstige Umwelt zu beziehen. Lehnt man das Defizitkonzept zugunsten des Konfliktkonzepts ab, dann zeugt dies nur von dem Beharren darauf, daß der Konflikt selbst bei der wünschenswertesten Umwelt unvermeidbar ist. Anhänger des Konfliktkonzepts befassen sich natürlich auch mit dem Defizit, und umgekehrt befassen sich Theoretiker, die das Defizitkonzept betonen, auch mit dem Konflikt. Wie ich bereits sagte, befindet sich ein Selbstpsychologe, der sich mit der Unfähigkeit eines Patienten befaßt, Spiegelung zu akzeptieren, auch im Bereich des Konflikts. Diese Begriffe sind Modewörter, die zeigen sollen, ob jemand der Konzeption, die sich primär mit den Auswirkungen ungünstiger Erfahrung befaßt, die Treue hält oder der Konzeption, die sich primär mit der Unvermeidbarkeit des Konflikts – unabhängig von der Erfahrung – befaßt. Unterscheiden sich diese Konzeptionen so sehr von jenen, die vor allem das Trauma für entscheidend halten, und jenen, für die vor allem die Konstitution wichtig ist? Gewiß muß im individuellen Fall jeweils der relative Anteil beider Faktoren bestimmt werden, aber es sind immer beide Faktoren von Bedeutung.

Drittes Kapitel

Ein-Personen-Psychologie und Zwei-Personen-Psychologie

Die Beziehung zwischen dem inneren und dem äußeren Faktor wurde in der Psychoanalyse anhand der Fragestellung genauer erörtert, ob sie eine Ein-Personen- oder eine Zwei-Personen-Psychologie sei. Die intrapsychische Struktur – mit ihren unterschiedlichen Anteilen an hereditären Aspekten und internalisiertem Erfahrungsinhalt – kann als relativ geschlossenes System konzeptualisiert werden, dem man durch eine Ein-Personen-Psychologie entsprechen kann. Wenn aber die primäre Aufmerksamkeit der Interaktion zwischen äußerem und innerem Faktor gilt, ergibt sich die Konzeption einer offenen Zwei-Personen-Psychologie oder besser – da die Erfahrung mehr umfaßt als nur interpersonale Aspekte – eine Zwei-Faktoren-Konzeption. Dabei darf, um es nochmals zu wiederholen, nicht vergessen werden, daß mit dem äußeren Faktor nicht das bloße Verhalten gemeint ist, sondern die Art, wie die äußere Welt *erlebt* wird.

Indem die Selbstpsychologie das Selbst an übergeordneter Stelle plaziert, betont sie die Ein-Personen-Psychologie. Das Gewicht, das die Selbstpsychologie auf die Anlage und die Urbilder legt (obwohl beides natürlich von der Erfahrung beeinflußt wird), betont ebenfalls die Ein-Personen-Psychologie. Die Selbstpsychologie hält aber auch den Erfahrungsaspekt für wichtig, und das macht sie gleichzeitig zu einer Zwei-Personen-Psychologie (Gill 1994b).

Als die Kritik an der psychoanalytischen Hauptströmung der Theorie der Objektbeziehungen mehr und mehr Bedeutung zumaß, trat etwas ein, von dem viele meinten, das sei des Guten zuviel: Die Ein-Personen-Perspektive der analytischen Situation wurde durch eine Zwei-Personen-Perspektive ersetzt. Nachdem das Gleichgewicht inzwischen wiederhergestellt wurde, erhebt sich die Frage, ob beide Perspektiven, die

Ein-Personen- und die Zwei-Personen-Psychologie, notwendig sind und, wenn dem so wäre, auf welche Weise sie sich aufeinander beziehen.

Zuerst muß man unterscheiden zwischen der Psyche eines Individuums und der analytischen Situation. *Manifest* ist die individuelle Psyche eine Person, während die analytische Situation zwei Personen umfaßt. Ist für die Erforschung einer Person eine Zwei-Personen-Psychologie ebenso erforderlich wie eine Ein-Personen-Psychologie?

Die Theorie Freuds beinhaltete immer sowohl Ein-Personen- als auch Zwei-Personen-Aspekte. Zuerst gründete sich die Psychopathologie in ihrem Ein-Personen-Aspekt auf den aufgestauten Affekt, der entladen werden mußte. Dies war Freuds frühe Katharsis-Theorie. In ihrem Zwei-Personen-Aspekt war die Theorie am interpersonalen Aspekt orientiert. Freud dachte, das Trauma in interpersonalen Beziehungen sei für die Psychopathologie verantwortlich. Dies ist die Sichtweise in seinem frühen Werk *Studien über Hysterie* (Freud und Breuer 1895d). In jener Schaffensperiode Freuds, in der die Verführungstheorie ein wichtiges Element seiner Psychopathologie war, wurde das Trauma eingeengt auf ein sexuelles Trauma. Und schließlich kam nach der Entdeckung, daß viele Erzählungen über Verführung in der Kindheit Phantasien waren, die Triebtheorie. Die Hervorhebung des Triebes führte zur Charakterisierung der Psychoanalyse als Ein-Personen-Psychologie, auch wenn in den Schriften Freuds Fragen der Beziehung zu anderen Menschen immer eine wichtige Rolle spielen. Die Anhänger der freudianischen Psychoanalyse halten diese Charakterisierung der Psychoanalyse oft genau deshalb für grob verzerrt, weil in der Psychoanalyse sehr viel über interpersonale Beziehungen nachgedacht wird. Später werde ich ausführlich einen wichtigen Grund dafür erörtern, daß die psychoanalytische Hauptströmung nichtsdestotrotz durchaus für eine Ein-Personen-Psychologie gehalten wird, aber ich möchte an dieser Stelle dazu vorab einige Bemerkungen machen.

In der psychoanalytischen Theorie wird ein äußeres Ereignis oft als Gegenstand der Sozialpsychologie betrachtet, denn äußere Ereignisse gehören nur im Hinblick auf ihre intrapsychische Bedeutung in den Rahmen der Psychoanalyse. Man hat dies dahingehend mißverstanden, daß aus der Psychoanalyse eine Ein-Personen-Psychologie würde. Aber äußere Ereignisse sind nach wie vor bedeutsam. Es stimmt, daß man unmöglich wissen kann, welchen Einfluß ein äußeres Ereignis auf die Psyche vielleicht hat, bevor man erkennt, wie das Subjekt dieses Ereignis erlebt. Es stimmt sogar auch, daß bestimmte Ereignisse, von denen man vielleicht erwarten würde, sie seien für jeden Menschen wichtig, für ein bestimmtes Individuum nicht wichtig sind. Aber dies schmälert nicht die Wichtigkeit äußerer Ereignisse als Kategorie. Letzteres wird von der interpersonalen Schule besonders akzentuiert: die Wichtigkeit von Ereignissen als Kategorie und insbesondere die Kategorie interpersonaler Ereignisse.

Angesichts der überragenden Bedeutung des Übertragungskonzepts für die Psychoanalyse könnte man meinen, daß die analytische Situation, die Freud erfand, als Situation zwischen zwei Menschen aufgefaßt würde oder, um es in der heute vertrauten Begrifflichkeit zu sagen, als eine Zwei-Personen-Situation. Ich sage, Freud »erfand« die psychoanalytische Situation, weil noch nie zuvor jemand daran gedacht hatte, zwei Menschen aufzufordern, eine Beziehung einzugehen, die derart gestaltet ist, daß einer von beiden versuchen soll, so frei wie möglich auszusprechen, was ihm in den Sinn kommt, während der andere im wesentlichen damit befaßt ist, die Psyche der ersten Person zu verstehen und ihr dieses Verstehen zu vermitteln.

Natürlich konnte ein solches Arrangement nur in einem therapeutischen Kontext erfunden werden, denn warum sollte ein Mensch auf diese Weise eine Beziehung mit einem anderen Menschen eingehen, wenn nicht in der Hoffnung auf Linderung seines Leidens? Natürlich hat die analytische Situation ihre Vorläufer. Die Menschen haben zweifellos schon seit den Anfängen der Menschheit bei Freunden ihr Herz ausgeschüttet und von ihnen Ratschläge erhalten. Die psychoanalytische Situation wurde übrigens auch mit der katholischen Beichte verglichen.

Aber der Unterschied zwischen solchen Vorläufern und der analytischen Situation ist recht groß. Man verpflichtet sich einem Freund gegenüber nicht, so frei wie möglich zu sprechen, und der Analytiker soll angeblich nur anbieten, daß er versucht, den Patienten zu verstehen, aber er soll keine Ratschläge geben. Ein Priester bietet natürlich Vergebung und fordert Buße. Eine Verbindung zwischen Verstehen und Vergebung kann in dem Sprichwort »Verstehen ist Vergeben« gesehen werden.

Übertragung

Die psychoanalytische Kontroverse »Ein-Personen-Psychologie versus Zwei-Personen-Psychologie« hat sich hauptsächlich mit der Übertragung befaßt. Als ich mein Buch über die Übertragung (Gill 1982, dt. 1996) schrieb, wußte ich nicht, daß ich eine spezifischere Version der Kontroverse »Ein-Personen-Psychologie versus Zwei-Personen-Psychologie« erörterte, und ich wußte auch nicht, daß diese Kontroverse wiederum ein spezifischer Aspekt der Kontroverse »hereditäre Aspekte versus Erfahrung« (innen versus außen) ist.

Jeder, der über psychoanalytische Kenntnisse verfügt, ist mit der Idee der Übertragung vertraut: Der Patient bezieht sich so auf den Therapeuten, wie er es als Kind mit seinen Bezugspersonen tat. Natürlich würde man so gesehen die analytische Situation als Beziehung zwischen zwei Menschen verstehen. Aber diese Sichtweise wurde in der Tat erst in vergleichsweise jüngster Zeit generell akzeptiert; sie ist so neu, daß immer noch darüber gestritten wird, ob die analytische Situation – und damit auch die Übertragung –, um es mit den Worten Michael Balints (1953, dt. 1966) zu sagen, als Ein-Personen- oder als Zwei-Personen-Psychologie aufgefaßt werden soll.

Lange Zeit wurde die Übertragung nicht als Beziehung zwischen Analytiker und Analysand aufgefaßt, sondern eher als eine *Störung* der Situation zwischen Analytiker und Analysand durch den Analysanden. Ich sage »Störung der Situation« und nicht »Störung der Beziehung«, weil die Voraussetzung dafür, daß die Rede von einer Beziehung sein kann, zwei Menschen sind, die miteinander zu tun haben; lange Zeit herrschte jedoch die Ansicht vor, daß die Übertragung nicht die Qualität einer Beziehung zwischen zwei Menschen hat, sondern eher zeigt, wie gestört der Analysand den Analytiker wahrnimmt.

Wie war das möglich? Ich glaube, es gibt dafür zwei Gründe: Zum einen gibt es eine rationale Begründung, die besagt, daß das medizinische Modell des Arztes, der einen Patienten behandelt, aber nicht in Interaktion mit ihm verwickelt ist, auf die psychoanalytische und sogar auf die psychotherapeutische Situation übertragen wurde; dies gilt besonders, wenn Ärzte als Psychotherapeuten arbeiten. Zum anderen gibt es eine Begründung aufgrund emotionaler Aspekte, denen zufolge das intensive affektive Wechselspiel zwischen Analytiker und Analysand, das zwangsläufig in einer psychotherapeutischen Situation auftritt, von beiden Beteiligten abgelehnt werden muß.

Ich glaube, es kann gezeigt werden, daß die klassische Definition der Übertragung falsch ist, schon aus rein logischen Gründen. Denn es ist der Analytiker, der erklärt, was Übertragung ist, und es ist gewiß ein Lehrsatz der Psychoanalyse, daß wir uns unserer eigenen Motive niemals eindeutig sicher sein können. Die Erklärung des Analytikers muß daher ein Konstrukt sein; das heißt, er ist an ihrer Gestaltung beteiligt. Es könnte entgegen dieser Einschätzung behauptet werden, daß es immer noch die Schlußfolgerung eines unbeteiligten Außenstehenden sein könnte, wenn der Analytiker beurteilt, welcher Art die Übertragung seitens des Patienten ist. Aber es geht nicht darum, ob der Analytiker recht hat, sondern darum, ob er erkennt, daß er einen Beitrag zu dem geleistet hat, was er dann beurteilt. Nochmals biete ich dieselben Gegenargumente an: das Gegenargument auf der rationalen Ebene, das besagt, daß der Analytiker an der analytischen Situation teilnimmt, und dies macht ihn bereits zum Mitwirkenden; und das Gegenargument auf der emotionalen Ebene, daß die Erfahrung gezeigt hat, daß der Analytiker entweder involviert ist oder sich dagegen wehrt, involviert zu sein, und letzteres ist auch eine Art von Involviertheit.

Der Streit darüber, ob die analytische Situation als Ein-Personen- oder als Zwei-Personen-Psychologie verstanden werden soll, ist bekanntermaßen allgemein diskutiert worden; dabei geht es darum, ob der Analytiker als Spiegel (manchmal wird auch gesagt: als leere Leinwand) fungiert oder nicht. In der traditionellen klassischen Erklärung, wie sie zuerst von Freud formuliert wurde, ist der Analytiker eine leere Leinwand oder ein Spiegel, der nur reflektiert, was vom Patienten kommt, obwohl jeder weiß, daß Freud selbst sich keineswegs wie eine leere Leinwand verhielt. Die Absurdität einer solchen Sichtweise konnte nicht länger übersehen werden. Daher tauchte allmählich verschiedenartige Kritik an der Vorstellung des Analytikers als leerer Leinwand auf. In einer klassischen Schrift wurde sie von Hoffman (1983) dargelegt, der die unterschiedlichen Kritikansätze unterteilte in eine Standardsicht, eine konservative und eine radikale Kritik. In seiner Schrift geht es, wie schon der Titel sagt, um das Thema »The Patient as Interpreter of the Analyst's Experience«. Entsprechend dem Konzept der leeren Leinwand wird der Patient als jemand betrachtet, der realistisch auf die Sachkenntnis und die Gutmütigkeit des Analytikers innerhalb der – Freud (1912e) zufolge – freundlichen, sogar liebevollen Übertragung, der sogenannten unanstößigen positiven Übertragung, reagiert. Der Patient wird außerdem als jemand betrachtet, der realistisch auf eklatante Verletzungen durch die Gegenübertragung reagiert. Konservative Kritiker bauen auf die Standardvoraussetzungen, und sie sind der Ansicht, daß sie eine stärkere Akzentuierung verdienen und weiterentwickelt werden sollten. Manche betonen, die Gegenübertragung sei sehr verbreitet, obwohl sie sie für eine bedauerliche Verletzung der Neutralität (darüber werde ich noch ausführlicher berichten) halten, die durch eine gründliche Analyse des Analytikers überwunden werden kann.

Konservative Kritiker befürworten auch eine humane, hilfreiche Haltung des Analytikers – eine akzeptable, sogar wünschenswerte Abweichung von der Konzeption der leeren

Leinwand. Manche betrachten dies nicht mehr, wie Freud, als Teil der Übertragung, sondern schlagen statt dessen eine Vielzahl von Bündniskonzepten oder von Konzeptualisierungen des gütigen therapeutischen Einflusses des Analytikers vor. Nella Guidi (1993) hat das Konzept einer unanstößigen negativen Übertragung parallel zu der unanstößigen positiven Übertragung präsentiert. Ich schlage vor, in ähnlicher Weise über eine unanstößige positive und negative Gegenübertragung nachzudenken.

Die radikalen Kritiker der leeren Leinwand sind im Grunde genommen Konstruktivisten. Sie sind der Ansicht, die Erfahrung des Analytikers sei notwendig problematisch, sie werde von den »Deutungen« des Patienten beeinflußt (bisher hieß es »Phantasien«), und es sei nützlich, diese Deutungen als plausible Konstruktionen zu betrachten. Letzteres kann jedoch recht selektiv geschehen und neurotisch gesteuert sein.

Es ist zwar verführerisch, den Beitrag des Analytikers zur Übertragung als »groß« oder »klein« zu betrachten, aber das ist gefährlich. Diese Betrachtungsweise legt die Vorstellung nahe, ein »kleiner« Beitrag könne vielleicht unwichtig sein oder gänzlich übergangen werden. Aber der Beitrag des Analytikers zur Übertragung kann nicht gering sein. Die Herstellung der psychotherapeutischen Situation wird durch den Therapeuten gefördert, und dies stellt einen massiven Beitrag seinerseits dar. Nicht nur seine Deutungen sollten als Konstruktion betrachtet werden, sondern auch die Art, wie er den Charakter der Situation versteht. Es stimmt zwar, daß der Unterschied im Erleben beider Beteiligter aus der Perspektive eines äußeren Beobachters groß oder klein sein kann; der wirklich wichtige Punkt ist jedoch, was diese Unterschiede für jeden Beteiligten bedeuten, wie jeder von ihnen seinen eigenen Beitrag wahrnimmt und was beide Beteiligte jeweils als ihren eigenen Beitrag betrachten. Es kann in der Tat eine unlogische Mischung aus positivistischen und relativistischen Ansätzen entstehen, wenn man überhaupt quantitative Überlegungen anstellt.

Mir fällt ein lebendiges Beispiel von Levenson (1991) ein: Der Patient beschuldigt den Therapeuten, ihm seine Suppe vergiftet zu haben. Der Therapeut ist sich sicher, daß er nichts zu dieser irrigen Vorstellung beigetragen hat. Natürlich hat er den Patienten nicht mit Suppe gefüttert (eine Spur zu Freud, der den »Rattenmann« mit Hering füttert!) und schon gar nicht mit vergifteter Suppe. Aber was ist, wenn dies eine Metapher für das Erleben des Patienten ist, er werde mit vergifteten Deutungen gefüttert?

Der konstruktivistische Ansatz impliziert nicht nur, daß der Analytiker einen Beitrag zum Erleben des Patienten leistet, sondern auch, daß das Erleben des Patienten zweideutig ist, daß die Quellen der Sicht- und Handlungsweise des Analytikers nicht völlig bekannt sind und daß der Analytiker und der Patient handeln, um gemeinsam interaktionale Realitäten zu schaffen, sowohl durch Aktivitäten in der Übertragung und Gegenübertragung als auch durch die Suche nach neuen Arten, in Beziehung zueinander zu treten. Diese Formulierungen beziehe ich aus den Schriften Hoffmans.

Lipton (1977) schreibt, Analytiker und Analysand hätten zwei verschiedene Arten von Beziehung. Er weist dies nach im Zusammenhang mit seiner Ansicht, daß die moderne Technik, gemessen an Freuds Technik, eine Entwicklung zum Schlechten darstellt, und er illustriert diese Ansicht, indem er die retrogressive moderne Technik mit Freuds Technik bei der Behandlung des »Rattenmannes« vergleicht. Lipton schreibt: »Die essentielle Differenz der modernen Technik und der Technik Freuds liegt darin, daß die Definition der Technik um Aspekte der Beziehung des Analytikers zu seinem Patienten erweitert wurde, die Freud aus der Technik ausklammerte« (1977, S. 162). Lipton hebt hervor, daß diese Aspekte der Beziehung des Analytikers zu seinem Patienten, die Freud angeblich aus der Technik ausklammerte (obwohl Freud nur von der »unanstößigen positiven Übertragung« sprach), »auf keinen Fall implizieren, daß ihre Rückwirkungen aus der Analyse ausgeklammert werden. Im Gegenteil ...« (ebd., S. 259). Er führt die Abwendung von Freuds »Beziehungs«-Technik größtenteils auf eine Reaktion gegen den Vorschlag Franz Alexanders (1956) zurück, die Übertragung zu manipulieren, statt sie zu analysieren.

Auch wenn dies wahrscheinlich ein Veränderungsfaktor war, möchte ich hervorheben: Der Analytiker kann mit zunehmendem Wissen über sein Verhalten auf eine Weise reagieren, die über seine bewußten Absichten hinwegtäuscht. Um das »Kontaminieren« der Übertragung zu vermeiden, haben Analytiker zunehmend ihr Verhalten restringiert. Apfelbaum (1966) vertrat dieselbe Ansicht, als er die Erkenntnis des Analytikers diskutierte, daß jeder direkte Versuch, die unbewußten Wünsche eines Patienten aufzudecken, töricht wäre. Aber statt auf diese Erkenntnis mit einer Erweiterung der Ich-(Abwehr-)Analyse zu reagieren, hielten viele Analytiker die Deutung auf einem Minimum. Die Folge war, daß man sich aus der offenen Interaktion mit dem Patienten zurückzog und sich somit von Freuds (1926e) Konzeption des psychoanalytischen Prozesses als Gespräch abwandte. Diese Konzeption impliziert eine Zwei-Personen-Situation im Gegensatz zu einem veränderten, regressiven Monolog, der eine Ein-Personen-Situation kennzeichnet. An anderer Stelle habe ich (Gill 1982, dt. 1996) erörtert, daß die Tatsache, daß die analytische Situation eine interpersonale Situation ist, es prinzipiell unmöglich macht, sich zurückzuziehen. Ich werde näher erläutern, daß der Analytiker nicht nur eine stärkere Bereitschaft haben sollte, Abwehrdeutungen, das heißt Deutungen »von seiten des Ich« vorzunehmen, sondern auf der Grundlage der Erkenntnis, daß es zwangsläufig zu Konsequenzen auf der Ebene von Übertragung und Gegenübertragung kommen wird, die analysiert werden müssen (Hoffman 1992a), auch sich selbst ein höheres Ausmaß an Spontaneität gestatten sollte. Auch Paul Gray (1982) hat darauf hingewiesen, daß die Abwehr häufig nicht angemessenen analysiert wird; er nennt dies »Hinterherhinken der Technik«. Auch Apfelbaum und ich (1989) haben dieses Thema angesprochen und dabei besonders hervorgehoben, daß jeder bestimmte Inhalt Triebkraft oder Abwehr sein kann (siehe auch Gill 1963).

Ich muß darauf hinweisen, daß ich die analytische *Situation* erörtert habe und nicht die Psychologie eines individuellen Menschen. Ich stimme Leo Stone zu, der schreibt: »... daß hauptsächlich auf der psychoanalytischen Psychologie des Individuums (d. h. des Patienten) beruhende theoretische Erwägungen durch Überlegungen ergänzt werden müssen, die sich auf die *dynamische* Situation beziehen, eine Situation, die offenbar eine Reihe wichtiger dynamischer Elemente produziert ...« (Stone 1961, dt. 1993, S. 10; Hervorhebung im Original).

Manche meinen, die menschliche Individualität könne nur durch interpersonale Interaktion zur Existenz kommen, andere gehen davon aus, daß diese Ansicht – zumindest, was den hereditären Aspekt betrifft – verschleiert, was einzig der Ein-Personen-Psychologie zugehört. Einen Überblick über einige dieser Argumente habe ich gegeben, als ich die Beziehung zwischen innerem und äußerem Faktor erörtert habe, wobei eine Variante davon die Dichotomie »hereditärer Aspekt versus Erfahrungsaspekt« ist.

Wenn wir fragen, ob die Psychologie des Menschen mehr impliziert als die Beziehung eines Menschen mit einem anderen Menschen, scheint die Antwort offenkundig zu sein. So wichtig die Beziehungen zu anderen Menschen auch sein mögen – es gibt mehr im Leben als das. Bei der Überbewertung der Rolle der Beziehungen mit anderen Menschen als angeblicher Kern des psychischen Lebens kann die Tatsache, daß an der analytischen Situation zwei Menschen beteiligt sind, ein Faktor sein. Daß Beziehungen mit anderen Menschen intrapsychisch repräsentiert werden, kann gleichfalls ein Faktor der Unterbewertung anderer Aspekte des menschlichen Psyche sein. Wenn diese anderen Aspekte nicht erkannt werden, kann dies auch daran liegen, daß die Problematik der Beziehungen zu anderen Menschen mit all den anderen Aspekten des psychischen Lebens verwoben ist. Und es gibt noch eine weitere Möglichkeit: Weil die Psychopathologie häufig eine Angelegenheit von Beziehungen ist, werden vielleicht andere Aspekte des menschlichen Seelenlebens übersehen.

Emmanuel Ghent (1989, S. 193) schreibt: »Kohut ... fügte die Dimension der Begabung, der Ideale und des Ehrgeizes hinzu, und dabei hatte er eine Tendenz, das Schwergewicht in Richtung auf eine Ein-Personen-Psychologie zu verlagern, um sie von den Objektbeziehungs- und interpersonalen Theorien abzuheben, deren Schwergewicht fest auf der menschlichen Interaktion ruht. Es ist eine Schwäche der eben genannten Theorien, daß sie sich kaum mit Fragen befassen, die nicht direkt zwischenmenschlicher Natur sind.« Natürlich verlagert sich Kohuts Akzentuierung des Selbst ebenso tendenziell auf die Ein-Personen-Psychologie. Es ist bemerkenswert, daß viele Selbstpsychologen leugnen, wie stark ihre Theorie *auch* interpersonal orientiert ist, aus Angst, daß sie nicht als intrapsychisch orientierte Psychoanalytiker betrachtet werden könnten (Gill 1994b).

Vorläufig versichere ich nur, daß die Psychoanalyse sowohl eine Ein-Personen- als auch eine Zwei-Personen-Psychologie braucht (Ghent 1989). Ich möchte darauf hinweisen, daß diese Diskussion über eine Ein-Personen-Psychologie und eine Zwei-Personen-Psychologie sich auf die *Theorien* zur analytischen Situation bezieht. In der Praxis haben Analytiker immer – in unterschiedlichem Ausmaß – pragmatisch sowohl im Kontext der Ein-Personen- als auch dem der Zwei-Personen-Psychologie gearbeitet.

Bündniskonzepte

Ein in gewisser Weise widerwilliges Zugeständnis klassischer Analytiker an die analytische Situation als eine Zwei-Personen-Beziehung ist die Konzeption eines Bündnisses zwischen Analytiker und Analysand. Während dieses Konzept zweifellos in graue Vorzeit zurückreicht, geht seine moderne Anwendung – zumindest insofern Psychoanalyse und psychoanalytische Psychotherapie betroffen sind, auf Freud zurück. Er sprach von der Analyse als Zusammenarbeit zwischen Analytiker und Analysand, ohne die eine Analyse nicht möglich wäre. Freud brachte dies unter anderem dadurch zum Ausdruck, daß er die Übertragungsneurosen von den nicht analysierbaren Psychosen abhob. Der Begriff »Übertragungsneurose« war in diesem Sinn eher eine nosologische Kategorie als die besser bekannte inhaltsbezogene Erwähnung der Übertragungsneurose als Rekapitulation der Kindheitsneurose.

Als nosologische Kategorie waren Übertragungsneurosen für Freud jene Störungen, die durch die Psychoanalyse behandelbar waren, weil der Patient fähig ist, eine Objektbeziehung, das heißt eine Übertragung auf den Therapeuten herzustellen. Analog glaube ich, daß ein Analytiker eine Gegenübertragung (eine Beziehung) zum Patienten herstellen muß, um eine analytische Situation zu schaffen. Freud sagte, Psychosen seien nicht analysierbar, weil Psychotiker keine Übertragung entwickeln könnten. Diese Formulierung wurde im gegenwärtigen Denken dahingehend verändert, daß Psychosen als nicht analysierbar gelten, weil die Übertragung zu überbordend sei; mit anderen Worten: Es gibt keine realitätsorientierte Beziehung mit dem Analytiker als Kontext, in dem untersucht werden kann, wie der Patient den Analytiker wahrnimmt und in dem diese Wahrnehmung verändert werden kann. Je überbordender die Übertragung ist, desto weniger kann der Patient Personen und Therapeuten voneinander unterscheiden.

Bündniskonzepte spielten eine führende Rolle in den Schriften von Zetzel (1956, dt. 1974), Greenson (1965, dt. 1982) und Sandler, Dare und Holder (1973, dt. 1976). Die Bezeichnungen der Autoren für das Bündnis sind etwas unterschiedlich; sie nennen es »therapeutisches Bündnis«, »Arbeitsbündnis« oder »Behandlungsbündnis«.

Die meisten Psychoanalytiker und Psychotherapeuten scheinen diese Bündniskonzepte als nützliche Konzeptionen akzeptiert zu haben, wenngleich sie damit nur offen zum Ausdruck bringen, was in der analytischen Theorie und Praxis ohnehin stillschweigend enthalten ist. Ich glaube, daß man das Bündniskonzept nur deshalb ausdrücklich in den Vordergrund gestellt hat, weil man versuchen wollte, die allmählich als übertrieben streng, zurückgezogen und schweigsam betrachtete Haltung des Analytikers zu korrigieren. Die strenge Haltung war – zumindest in gewissem Ausmaß – eine Bemühung, die Psychoanalyse scharf von der Psychotherapie abzugrenzen, die eher eine interaktive, demonstrative Haltung beinhaltet, die man als stützend, bestätigend und im Widerspruch zum Ziel der Analyse stehend betrachtete, die einzig der Erzeugung von Einsicht verschrieben war. Eine wichtige Markierung des Umschwungs, mit dem dieser übertrieben strengen Haltung entgegengewirkt werden sollte, war Leo Stones (1961, dt. 1993) Buch *Die psychoanalytische Situation.* Stone weist darauf hin, daß diese Haltung, die in der populärwissenschaftlichen Literatur und besonders in Cartoons, ganz zu schweigen von der Fachliteratur, oft karikiert wird, zu einer unnötigen iatrogenen Regression führt, obwohl er der allgemein anerkannten Vorstellung zustimmt, daß eine signifikante Regression ein notwendiger Teil des psychoanalytischen Prozesses ist. Gleichwohl hebt Stone das irredentistische Bedürfnis hervor, zur Mutter zurückzukehren. Er verweist darauf, daß eine gewisse Erfüllung dieses Bedürfnisses notwendig und unvermeidbar ist, aber er erörtert dieses Thema nicht unter der Bezeichnung »Bündnis«, da sein Buch bereits vor der Veröffentlichung der Schriften der Analytiker erschien, die das Bündnis explizit behandeln.

Eine hervorragende Behandlung des Themas der rigiden Haltung stammt von Kurt Eissler (1953). Er war der Ansicht, jede Abweichung von der reinen Deutung sei ein »Parameter«, und jeder dieser Parameter müsse durch Deutung restlos aufgelöst werden, wenn die Therapie als echte Psychoanalyse gelten solle. Das psychoanalytische Klima hat sich bereits seit langem von einer solchen Haltung entfremdet – und daran hat sich auch heute nichts geändert; dies wurde auf einer Diskussionsrunde über Eisslers Konzept auf der Versammlung der *American Psychoanalytic Assiociation* im Dezember 1992 deutlich bewiesen. Ein weiterer Beweis für diesen Trend ist die Akzentuierung eines »freundlicheren« Ambiente in der analytischen Situation durch die Selbstpsychologie (Wolf 1988, dt. 1996).

Eine zeitgenössische Version des Bündniskonzepts ist das sogenannte *Holding*-Umfeld. Es wurde von Winnicott (1971, dt. 1973) entwickelt und wird gegenwärtig von Modell (1990) vertreten. In diesem Konzept wird der Behandlung von Patienten mit schwereren Störungen eine besondere Rolle eingeräumt. Es besagt, daß der Therapeut jede Art tiefer explorierender analytischer Arbeit möglicherweise für eine lange Zeitspanne vermeiden sollte, bis der Patient genügend Vertrauen zu ihm gewonnen hat, um dann mit einer solchen Arbeitsweise beginnen zu können. Analytiker, die für das *Holding*-Konzept plädieren, diskutieren nicht offen, daß ein solches *holding* eine nicht verbalisierte Interaktion ist, die im Widerspruch zu dem analytischen Lehrsatz steht, Interaktion und die Analyse der Interaktion, die stattfindet, sollten vermieden werden. Natürlich könnte man entgegnen, daß das *Holding*-Umfeld so lange notwendig ist, bis tiefer explorierend analytisch gearbeitet werden kann, aber es scheint auch nicht entsprechend anerkannt zu werden, daß zu diesem Zeitpunkt dann die Bedeutung des früheren *holding* untersucht werden muß. Diesem Aspekt werde ich detaillierter nachgehen, wenn ich erörtere, ob die Übertragung sofort und unerbittlich von Anfang an analysiert werden muß oder eigentlich immer nur dann, wenn der Analytiker zu erkennen glaubt, daß es sich um die frühere *Holding*-Funktion handelt.

Auch Kohut (1984, dt. 1989) empfahl, die Analyse des Bedürfnisses des Patienten nach Spiegelung oder Idealisierung manchmal für eine recht lange Zeit zurückzuhalten. Aber schließlich empfahl er sie doch. Ich frage mich, ob er meinte, man solle auch offenlegen, wie der Patient die anfängliche Zurückhaltung wie auch die Veränderung der Vorgehensweise erlebt hat.

Häufig wird nicht erkannt, daß Freud empfahl, das Bündnis, das so entscheidend für die psychoanalytische Arbeit ist, zu fördern oder dies zumindest zu fordern, weil er ihm zuerst einen anderen Namen gab, obwohl er später den Begriff »Bündnis« gelegentlich verwendete. Er nannte es die »positive Übertragung« mit »unanstößiger Komponente« (Freud 1912b) (und später die Zusammenarbeit von Patient und Analytiker [Freud 1940a]). Freud war der Ansicht, die unanstößige positive Übertragung sei ein wesentliches Element für die Aufrechterhaltung des analytischen Prozesses.

Mit dieser unanstößigen positiven Übertragung meinte er eine echte Übertragung, das heißt das Hereinnehmen eines Beziehungsmusters in die analytische Situation, das aus der Vergangenheit stammt. Manchmal wird nicht erkannt, daß dies eine »echte« Übertragung ist, weil sie – im Gegensatz zu der falschen, aber weitverbreiteten Auffassung von der Übertragung – keine Störung der gegenwärtigen Beziehung zwischen Patient und Analytiker zu sein scheint, sondern eher eine »vernünftige« Anpassung. Die Tatsache, daß sie eine hochgradig *selektive* Reaktion auf die analytische Situation sein kann, ist häufig bereits deutlich, weil eine plausible Reaktion auf die analytische Situation am Anfang natürlich ein vorsichtiges Prüfen dieser neuen Beziehung wäre, um herauszufinden, welcher Art sie ist. Rückhaltloses Vertrauen, das sich darauf gründet, daß man sich in Händen eines zugelassenen Praktikers befindet, selbst wenn es sich um jemanden mit einem hervorragenden Ruf handelt, ist kaum die einzig mögliche adaptive Reaktion. Es ist dennoch diese unanstößige positive Übertragung, die für Freud der Hauptgrund dafür war, daß der Analysand dem Analytiker überhaupt zuhört, besonders wenn der Analytiker ihn mit Phantasien konfrontiert, von denen er lieber nichts wissen will.

Aber mit Sicherheit ist ein *gewisses* Maß an Vertrauen notwendig und sei es auch nur, um überhaupt eine Analyse zu beginnen. Ob das Vertrauen wachsen wird oder nicht, hängt davon ab, ob das Geschehen in der Analyse es rechtfertigt oder nicht. Dies wird sogar im Tumult der negativen Übertragung ebenso überprüft werden wie in der weniger deutlichen defensiven Idealisierung, wenn das Geschehen in der Analyse das Vertrauen nicht zu rechtfertigen scheint. Das Arbeitsbündnis ist dann ein *Resultat* der Arbeit, wenn sie gut verläuft. Eindeutiges und vollkommenes Vertrauen zu Beginn einer Analyse sollte eine Warnung vor dem Mißtrauen sein, das es wahrscheinlich verbirgt.

Martin Stein (1981) hat einen sehr guten Beitrag darüber geschrieben, wie die offenbar unanstößige positive Übertragung als Hauptwiderstand dienen kann. Das Phänomen kann in einer Lehranalyse besonders deutlich sein, in der der Kandidat oft vom Analytiker abhängig ist, und ihm daher ungern ein Widerpart ist.

Stones (1961, dt. 1993) Buch war ein wichtiger Schritt in Richtung einer Revision des Konzepts vom Analytiker als unbeteiligtem Außenstehenden. Für mich war dieses Buch besonders wichtig, weil es mir half, meine klassische Ausbildung zu überwinden. Niemals habe ich die Bemerkung in seiner vorsichtigen, recht pedantischen Darstellung vergessen: »Die enthusiastische und engagierte Behauptung eines älteren Kollegen vor vielen Jahren, daß sein Patient dieselbe intensive Übertragungsliebe ihm gegenüber entwickelt hätte, ›wenn er ein Blechaffe gewesen wäre‹, ist leider (oder glücklicherweise) schlicht falsch« (ebd., S. 34).

Das Bündniskonzept ist weitgehend als wichtiges Mittel akzeptiert, einen Aspekt in der Beziehung zwischen Patient und Therapeut zu konzeptualisieren, nicht nur in der Psychotherapie, sondern auch in der Psychoanalyse. Manchmal wurde es – speziell bei Greenson (1965, dt. 1982) – in dem Sinn diskutiert, daß der Analytiker offener eine menschliche Haltung einnehmen solle, statt sich streng distanziert zu verhalten. Greenson betont auch, daß es zusätzlich zu der »irrationalen« Übertragung eine reale Beziehung zwischen Patient und Therapeut gibt.

Es gab jedoch auch andere Meinungen, besonders von Kanzer (1975), Brenner (1979), Curtis (1979) und Stein (1981). Sie halten das Bündnis – zumindest so, wie es von Greenson und Zetzel konzeptualisiert wurde – für gefährlich verändert in Richtung Psychotherapie und zu weit entfernt von der Analyse, da es anscheinend als beruhigender Kunstgriff eingesetzt werde. Sie leugnen zwar nicht, daß Beruhigung und Unterstützung im analytischen Prozeß eine Rolle spielen, argumentierten jedoch, diese Haltung sei ein inhärentes Element des analytischen Prozesses und die Bemühung, sie als eine Art *gefördertes* Risiko zu isolieren, sei eine Manipulation, wenn man im Anschluß daran nicht analysiert, wie eine solche Haltung sowohl in die Übertragung als auch in die Gegenübertragung einfließt.

Eine gewisse Rechtfertigung für diese unterschiedlichen

Ansichten leistet das Werk Zetzels (1970, dt. 1974); darin werden aktive Schritte für die Entwicklung eines solchen Bündnisses als *Einleitung* für die richtige analytische Arbeit empfohlen. Des weiteren – sosehr sie diese Vorgehensweise auch ausschließlich zur Einleitung empfiehlt – hält sie es nicht explizit für notwendig, diese Unterstützung und Beruhigung anschließend zu analysieren.

Brenner (1979) prüfte besonders die klinischen Fälle, die Greenson und Zetzel darstellten, um zu zeigen, daß seiner Ansicht nach diese nicht-analytischen Aktivitäten nicht nur unnötig, sondern auch potentiell schädigend sind. Brenner unterstellte beispielsweise, ein Analytiker, der Mitgefühl zum Ausdruck bringe, wenn ihm ein Patient vom Tod eines Verwandten erzählt, könne seinen Patienten daran hindern, über diesen Verwandten etwas Negatives zu sagen, vielleicht sogar Erleichterung und Freude über dessen Tod. Brenner gab deutlich zu verstehen, daß es in einem solchen Fall angemessen wäre zu schweigen und zu warten, bis der Patient assoziiert.

Schweigen als Interaktion

In Brenners Darstellung scheinen die möglichen Implikationen eines solchen Schweigens übergangen zu werden. Der Patient kann das Schweigen als einen schwerwiegenden Mangel an Mitgefühl auffassen. Brenner würde wahrscheinlich entgegnen, eine solche Reaktion wäre Material, das man analysieren müsse. Die Folgerung ist jedoch, daß eine derartige Reaktion eine irrationale Übertragung darstellen würde. Vielleicht ist es noch wichtiger hervorzuheben, daß der Analytiker auch nicht nichts tut, wenn er nichts sagt.

Ich behaupte, daß der Analytiker sogar *etwas* tut, wenn er *nichts* sagt; mit anderen Worten: Er bleibt schweigsam angesichts eines Ereignisses, das sehr wohl von schwerwiegender Bedeutung im Leben des Patienten sein kann. Brenner mag abermals entgegnen, der Patient habe wahrscheinlich gelernt, daß der Zweck einer Analyse nicht darin besteht, ihn mit Mitgefühl zu versorgen, sondern seine Reaktionen zu analysieren. Ich stimme dem wiederum nicht zu. Aber ich gehe davon aus, daß die Reaktionen des Patienten sehr wohl in seinen Assoziationen verborgen sind, eine stillschweigende Reaktion der Freude zum Beispiel darüber, daß der Analytiker ihn nicht daran gehindert hat, negative Gefühle, die er gebenüber dem Toten hegt, zum Ausdruck zu bringen, oder vielleicht unausgesprochenen Zorn auf den Analytiker, weil jener schweigt angesichts dieses schwerwiegenden Ereignisses. Brenner könnte abermals entgegnen, daß er solche Implikationen in den Assoziationen des Patienten aufmerksam verfolgen und die notwendige Deutung geben würde. Ich glaube, er würde dies möglicherweise häufig tun. Aber meiner Meinung nach wäre ein Analytiker nicht wachsam gegenüber der Tatsache, daß es eine persönliche Reaktion auf seiten des Patienten (ebenso wie seitens des Analytikers) geben *muß*, es sei denn, ein Analytiker ist durchgehend vom interpretativen Charakter der analytischen Situation überzeugt. Diese Reaktion kann der Patient sehr gut verheimlichen, weil er möglicherweise darin geschult ist, das Schweigen des Analytikers als korrekte Vorgehensweise hinzunehmen und zu bedenken, daß es als irrationales Beharren darauf gewertet würde, die Regeln der Analyse zu verletzen, wenn er sich darüber beschweren würde, daß der Analytiker kein Mitgefühl zeigt.

Welche Handhabung einer derartigen Situation aber empfehle dann ich? Ich biete keine Regel an, die vorschreibt, ob der Analytiker sein Mitgefühl bekunden sollte oder nicht, oder ob er tatsächlich etwas sagen sollte oder nicht. Was ich betone, ist, daß es, *was immer* der Analytiker tut oder nicht tut, sowohl für den Analytiker als auch für den Analysanden eine interpersonale Bedeutung hat und daß der Analytiker diese interpersonale Bedeutung aufmerksam beobachten muß. Häufig wird diese Bedeutung wohl nur indirekt in seinen Interventionen und den Assoziationen des Patienten zum Ausdruck gebracht.

Es wäre eine mögliche offene Reaktion des Therapeuten, wenn er sagen würde: »Was empfinden Sie dabei?« Dies würde dem Patienten vermitteln, daß es hier keine bestimmte Art gibt, in der er unbedingt auf den Tod reagieren müßte. Er muß weder konventionell trauern noch wird er daran gehindert, Freude zu zeigen. Natürlich kann die Frage »Was empfinden Sie dabei?« auch die Art des Therapeuten sein, sich gegen seine eigene Reaktion im interpersonalen Kontext zu wehren, zum Beispiel dagegen, für kalt und fühllos gehalten zu werden. Diese Frage wird wahrscheinlich eine Reaktion hervorrufen – wiederum wahrscheinlich eher implizit als explizit. Der Patient könnte, wenn er es zuläßt, sich dessen bewußt zu sein, zum Beispiel fühlen: »Jetzt stellt der Analytiker schon wieder diese verdammte leere Frage, als ob er dabei nichts empfinden würde.« Ich bleibe trotzdem dabei: Es gibt keine Intervention, Schweigen eingeschlossen, die nicht gleichzeitig eine Handlung ist, die aus einer interpersonalen Reaktion entsteht und auf die es im Gegenzug eine interpersonale Reaktion geben wird (Gill 1991).

Brenners Konzeptualisierung der Situation beinhaltet einen Gratifikations-Frustrations-Index, über den der Patient vielleicht mit Gratifikation oder Frustration auf die Haltung des Analytikers reagiert. Seine Position suggeriert, daß es am sichersten wäre, den Patienten zu frustrieren. Wenn er tatsächlich eine derartige Position einähme, würde ich daraus schließen, daß er damit den zentralen psychoanalytischen Lehrsatz verletzt, daß man die Übertragung nicht manipulieren darf. Aber wenn ich darauf beharre, daß jede Intervention, auch das Schweigen, eine Handlung ist, wie kann ich dann sagen, daß die Übertragung nicht manipuliert werden darf? Die Antwort ist, daß ich unter Manipulation nur eine *absichtsvolle* Intervention verstehe, die der Analytiker bewußt nicht analysiert. Weder eine unabsichtliche Suggestion noch eine absichtliche Suggestion, die man, wenn möglich, analysieren will, stellen eine »Manipulation« dar. Aber ich möchte, daß der Analytiker sein Schweigen als absichtliche Intervention betrachtet.

Eine absichtliche Frustration ohne die Absicht, sie zu analysieren, ist eine Manipulation. Und wie kann man sicher sein, in welcher Weise sich eine interpersonale Manipulation auswirken wird? Es ist nicht möglich, im voraus zu sagen, was der Patient als frustrierend oder gratifizierend erleben wird. Ein häufig angeführtes Beispiel dafür ist, daß die meisten von uns vermutlich glauben würden, die Frau eines Mannes, der aufgehört hat, sie zu schlagen, sei nun erleichtert; es ist aber auch möglich, daß ihr Milieu oder ihre Persönlichkeit so beschaffen sind, daß sie furchtbar verwirrt ist, weil sie meint, die Tatsache, daß er sie nicht mehr schlägt, sei ein Hinweis darauf, daß er sie nicht mehr liebt oder zumindest das Interesse an ihr verloren hat.

Die Probleme der Gegenübertragung, die in dem klinischen Beispiel Brenners angeführt werden, müssen ebenfalls durchdacht werden. Das Ausbleiben einer Reaktion des Analytikers, wenn ihm der Patient vom Tod eines Verwandten erzählt, könnte die Rationalisierung eines sadistischen Motivs sein. Es könnte aber auch ein Ausdruck von Empathie seitens des Analytikers sein, weil er vielleicht erkennt, daß eine Bekundung seines Mitgefühls bei diesem bestimmten Patienten tatsächlich den Ausdruck von Freude verhindern würde. Aber der Analytiker findet es vielleicht als Mensch schwierig, wenn er keine mitfühlende Bemerkung machen darf angesichts der Todesnachricht. Würde er der dann vorgeschriebenen analytischen Technik folgen und trotzdem schweigen, könnte dies für ihn selbst so unangenehm sein, daß er Schwierigkeiten hätte, sich damit zu beschäftigen, falls der Patient sich über sein Schweigen beklagen würde. In diesem Fall wäre er wahrscheinlich stärker geneigt, es als irrationale Übertragung zu betrachten, wenn sich der Patient beklagt. Dies wiederum könnte ihn dazu verleiten, den Beitrag, den er zu der Reaktion des Patienten geleistet hat, zu übersehen, nämlich sein Schweigen, besonders, wenn die Reaktion des Patienten auf das Schweigen im Kontext der interpersonalen Situation in seinen Assoziationen nur implizit mitschwingt.

Meine These lautet, daß der Therapeut sich das folgende Prinzip zu eigen machen sollte: Was er auch unternimmt oder nicht unternimmt, ist eine Handlung, die im interpersonalen Kontext eine Bedeutung hat; er trägt eine große Verantwortung dafür, diese Bedeutung herauszufinden und bei ihrer Interpretation zu erkennen, daß seine Reaktion (und hier ist Schweigen die Reaktion) ein Stimulus ist, der eine Reaktion auf seiten des Analysanden erzeugt. Die Reaktion des Analysanden ist keine nur irrationale Reaktion, sondern sie hat ihre Grundlage im interaktionalen Geschehen.

Natürlich ist es nicht möglich zu sagen, ob das Schweigen des Therapeuten die Rationalisierung eines sadistischen Motivs ist oder ob sein Ausdruck von Mitgefühl Ausdruck eines »mütterlichen« Impulses ist oder andere Motive hat. Ich wiederhole es noch einmal: Man kann ein Verhalten nicht beurteilen, wenn man nicht weiß, wie es intrapsychisch erlebt wird. Es ist der Patient, der in der Analyse ist, und nicht der Therapeut. Man kann nur hoffen, daß der Therapeut durch seine eigene Analyse mit sich selbst vertraut ist und daß er die Analyse, die er durchführt, durch eine kontinuierliche Selbstanalyse ergänzt. Ich glaube, daß das Schweigen des Analytikers trotzdem eine interpersonale Bedeutung für ihn selbst hat, wie vor- oder unbewußt sie auch sei, auch wenn er sich subjektiv wohlfühlt bei seiner Entscheidung zu schweigen, weil er meint, er würde einfach der richtigen Technik folgen.

Im folgenden Kapitel werde ich mit meiner Kritik am Neutralitätskonzept eine allgemeine Diskussion der Idee der analytischen Interaktion und ihrer Beziehung zur Interpretation eröffnen.

Viertes Kapitel

Neutralität

Die Neutralität des Analytikers ist ein vieldiskutiertes Thema in der psychoanalytischen Literatur. Ich habe bereits gesagt, daß der Analytiker im Extremfall die Funktion eines Spiegels haben soll, der dem Patienten nur das zurückspiegelt, was von ihm gekommen ist.

Eine nichtanalytische Therapie, die versucht, dieses Gebot der Neutralität in die Praxis umzusetzen, ist die nondirektive oder klientenzentrierte Psychotherapie (Rogers 1951, dt. 1973), die einst unter Psychologen sehr in Mode war. Aus möglicherweise gerechtfertigten Gründen werden die Patienten von diesen Therapeuten Klienten genannt. Klientenzentriert arbeitende Therapeuten sprachen damals oft sehr tadelnd darüber, mit welchen plumpen Zumutungen die Analytiker mit ihren Konzepten und Wertvorstellungen ihre schikanierten Patienten belasteten. Im Gegenzug machten Psychoanalytiker die klientenzentrierten Therapeuten wegen ihrer vermeintlichen Passivität lächerlich. Ich erinnere mich an eine Karikatur, die etwa folgende Situation darstellte: Ein selbstmordgefährdeter Patient will aus dem Fenster im Büro des Therapeuten springen. Der Therapeut sagt: »Sie spüren Selbstmordgelüste. Jetzt spüren Sie, daß Sie gern zum Fenster hinübergehen möchten. Jetzt spüren Sie, daß Sie aus dem Fenster springen möchten. Na los!«

Obwohl sich die nondirektive Therapie um den Versuch verdient gemacht hat, die psychische Realität des Patienten wirklich zu verstehen (Schwaber 1992), leugnete sie mit ihrem Grundsatz, der Therapeut dürfe sich selbst gegenüber dem Patienten überhaupt nicht ins Spiel bringen, daß die therapeutische Situation eine Dyade ist und daß es unmöglich ist, sich selbst nicht ins Spiel zu bringen. Es ist bereits ein entscheidender Beitrag zu der Beziehung, was der Therapeut aus der gesamten Kommunikation des Patienten auswählt, um es ihm zurückzuspiegeln. Eine kritische Durchsicht der Protokolle nondirektiver Therapien enthüllt diesen fatalen Fehler am deutlichsten, wenn der Therapeut die stillschweigenden oder sogar laut und deutlich geäußerten Hinweise auf die Übertragung nicht aufgreift.

Die meisten aktuellen Definitionen der Neutralität beruhen auf dem Modell der leeren Leinwand, selbst wenn sie durch die konservative Kritik dieses Modells modifiziert wurden. Am häufigsten wird die Definition von Anna Freud (1936) zitiert. Sie sagte, der Analytiker bleibe gegenüber Es, Ich und Überich gleichermaßen distanziert, das heißt, er ergreife für keine der drei Persönlichkeitsinstanzen Partei. Das Ganze bedeutet eigentlich, daß der Analytiker nur das zurückspiegelt, was vom Patienten kommt. Fenichel (1941, S. 70) rückte von diesem Rezept ab, als er sagte, der Analytiker arbeite immer mit dem Ich, und er erreiche das Es und das Überich über das Ich. Daher, so Fenichel, sei er dem Ich näher als dem Es oder Überich. Levy und Inderbitzin (1992) empfahlen dem Analytiker, nicht nur gegenüber dem Es, Ich und Überich neutral zu sein, sondern auch gegenüber der äußeren Realität. Aber im wesentlichen behalten sie die Konzeption der leeren Leinwand bei (Gill 1994c).

Eine echte Karikatur der Neutralität ist das Konzept der sogenannten Verhaltensneutralität (Lipton 1977; Apfelbaum und Gill 1989). Neutralität ist in der Tat der Aspekt der Psychoanalyse, der am häufigsten in Karikaturen der populärwissenschaftlichen Literatur dargestellt wird. Der Analytiker schweigt. Als Grund für sein Schweigen wurde die »zweite Grundregel« genannt: »*Die analytische Kur soll, soweit es möglich ist, in der Entbehrung – Abstinenz – durchgeführt werden*« (Freud 1919a, S. 187; Hervorhebung im Original). Und: »Es ist zweckmäßig, ihm gerade die Befriedigungen zu versagen, die er am intensivsten wünscht und am dringendsten äußert« (ebd. S. 189).

Viele Analytiker scheinen zu glauben, der Analytiker tue nichts, wenn er schweigt, und er würde dadurch die Neutralität aufrechterhalten. Nur eine Fixierung auf die Vorstellung, der Analytiker sei unbeteiligt, könnte jemanden dazu verleiten, so blind zu sein. Menninger (1958, dt. 1977) befaßt sich in seinem Lehrbuch mit dem Schweigen des Analytikers auf eine Weise, die verdeutlicht, daß es eine Handlung ist, die den Patienten frustrieren soll. Schweigen ist überhaupt nicht neutral!

Apfelbaum und ich (1989) schlugen das Konzept der »interpretativen Neutralität« vor, weil wir es für eine wichtige technische Schlußfolgerung aus der Strukturtheorie halten, daß ein bestimmter psychischer Inhalt ein Impuls in Richtung eines Inhalts sein kann, der ich-syntoner ist, und eine Abwehr gegen einen Inhalt sein kann, der ich-dystoner ist, und daß der Analytiker das deuten sollte, was dem Ich am nächsten ist. Aber diese Formulierung besagt wirklich dasselbe wie Fenichels (1941) Konzept, immer vom Ich ausgehend zu arbeiten.

Wie muß dann Neutralität definiert werden? Ich empfehle, die Antwort sollte darauf beruhen, daß man den dyadischen Charakter der therapeutischen Situation ernstnimmt. Der Analytiker beeinflußt den Patienten *immer*, und umgekehrt beinflußt auch der der Patient den Analytiker *immer*. Dieser wechselseitige Einfluß kann nicht vermieden – er kann nur gedeutet werden. Die Aufmerksamkeit des Analytikers für den unaufhörlichen Einfluß, den Patient und Analytiker wechselseitig aufeinander ausüben, und der Versuch des Analytikers, diesen Einfluß so ausführlich wie möglich darzustellen, sind das Konstituens der »Neutralität«.

Heinrich Racker (1978) brachte dieselbe Idee zum Ausdruck, indem er behauptete, der Analytiker habe in der analytischen Situation immer eine Gegenübertragungsneurose, und ihr Charakter variiere entsprechend der Interaktion des Analytikers mit dem jeweiligen Analysanden. Ich verweise darauf, daß ein neutraler Analytiker ein Analytiker ist, der kontinuierlich (mit Hilfe der Assoziationen des Patienten) seine Gegenübertragungsneurose selbst analysiert parallel zu seiner Analyse der Übertragung des Patienten, und der wiederum letztere (und erstere!) als Beitrag beider Beteiligter versteht; des weiteren versucht er, mit den Auswirkungen seiner Gegenübertragung auf die analytische Situation so vollständig wie möglich umzugehen. Ich meine damit nicht unbedingt eine offene Preisgabe seiner Gegenübertragung; dies ist ein Thema, dem ich mich später zuwenden werde.

Interessante Definitonen der Neutralität aus der interpersonalistischen Perspektive wurden von Greenberg (1986) und Aron (1991) geäußert. Der Analytiker hält sich zu gleichen Teilen als »altes« und als »neues« Objekt (Hoffman 1991) für den Patienten verfügbar. In den Worten Arons: »Nach Piaget fördert die Neutralität des Analytikers das Gleichgewicht zwischen Assimilation und Akkomodation, welches zu optimalem Wachstum und optimaler Adaptation befähigt« (Aron 1991, S. 105). Wenn man von der »Verfügbarkeit« des Analytikers spricht, kann dies natürlich absichtliche Manöver beeinhalten, die nicht analysiert werden.

Die Frage, wie die Rolle des Analytikers von seiner normalen sozialen Rolle unterschieden werden kann, wenn es stimmt, daß der Analytiker in der analytischen Situation immer affektiv involviert ist, werde ich später erörtern, wenn ich die Spontaneität auf seiten des Analytikers diskutiere. Gibt es dann keinen Raum für die Konzeption eines neutralen Analytikers? Eine Antwort kann gefunden werden, wenn man ein allgemeines Konzept der dialektischen Verwobenheit von Elementen anwendet, die zunächst bipolare Gegensätze zu sein scheinen (Hoffman 1991, 1994). Die analytische Situation findet immer in einem Kontext statt, in dem jede Interaktion nachträglich Gegenstand der Untersuchung, das heißt der Analyse sein kann. Die Unbeteiligtheit des Analytikers findet dann ihren Ausdruck darin, daß jede Interaktion potentiell analysiert werden kann, selbst wenn dieses Potential zu jedem gegebenen Zeitpunkt im Hintergrund bleibt.

Interaktion und Interpretation

Die Interpretation ist eines der Hauptbeispiele für eine Intervention, deren interaktiver Charakter übersehen werden kann. Wenn ein Analytiker interpretiert, denkt er auf der bewußten Ebene, er würde lediglich auf etwas hinweisen ohne die Absicht, dem Patienten etwas zu suggerieren. Aber wenn man darüber nachdenkt, sollte deutlich werden, daß es unmöglich ist, eine Interpretation zu geben, die nicht gleichzeitig eine Suggestion ist oder – anders gesagt – eine Handlung. Da für den Einfluß des Analysanden auf den Analytiker das gleiche zutrifft, kann die analytische Situation als Interaktion beschrieben werden, oder wie Stolorow, Brandschaft und Atwood (1987) aus konstruktivistischer Sicht schreiben, als intersubjektive Interaktion.

Der Patient erlebt die Deutung – bewußt oder unbewußt – als Vermittlung von Einsicht und als Handlung. Vielleicht ist die augenscheinlichste Implikation vieler Deutungen eine Anregung, ein bestimmtes Verhalten oder Gefühl zu ändern. Die Aussage: »Sie haben Angst, Ihren Zorn zu zeigen« kann sehr leicht aufgefaßt werden als: »Hören Sie auf, so ängstlich zu sein, und bringen Sie Ihren Zorn zum Ausdruck. Mein Schweigen macht Ihnen angst. Sie empfinden mich als distanziert und unerreichbar, genau so, wie Sie Ihren Vater erlebt haben.« Und für den Analytiker hat dies wahrscheinlich die Bedeutung: »Mein Schweigen ist nur Teil der analytischen Methode. Wenn Ihnen das angst macht, dann deshalb, weil Sie mein Schweigen auf irrationale Weise mit der Distanziertheit und Unerreichbarkeit Ihres Vaters gleichsetzen. Hören Sie auf, mich falsch zu interpretieren.« Ich habe einmal eine Studie darüber organisiert, wie Deutungen interpersonal erlebt werden.

Nicht nur die Interpretationen, sondern jedes verbale und nonverbale Verhalten des Analytikers wird vom Patienten als Handeln erlebt (Namnum 1976). Die Äußerung »hmhm« kann eine gewichtige Bestätigung sein. Dadurch, daß der Analytiker sein Verhalten relativ geringhält, wird aus seinen offenen Handlungen ein noch bedeutsamerer Beitrag zur therapeutischen Situation. Nimmt der Analytiker die Serviette vom Kissen, bevor der Patient den Raum verlassen hat? Lächelt er bei der Begrüßung? Begrüßt er den Patienten überhaupt? Gibt er dem Patienten die Rechnung persönlich oder schickt er sie ihm per Post? Ist er pünktlich mit der Rechnung? Es gäbe viele Aspekte seines Verhaltens, die jeweils im Erleben des Patienten eine große Bedeutung erlangen können. Analytiker erkennen natürlich, daß ein krasses Verhalten ihrerseits – wie etwa die Verabredung mit dem Patienten zu vergessen oder auch nur ein paar Minuten zu spät zu kommen – für den Patienten äußerst wichtig sind, aber dasselbe Prinzip gilt für das gesamte Verhalten des Analytikers, nicht nur für diese krassen Beispiele.

Natürlich sind äußerst wichtige Quellen für den Beitrag des Analytikers zur Situation seine Person und sein Büro. In Chicago wird oft die Geschichte von dem WASP[1]-Bankmenschen erzählt, der verdutzt schaute, als sich die Tür des Analytikers zum ersten Mal öffnete und er einen schmächtigen, nicht besonders gut gekleideten kleinen Mann sah, der offenbar Jude zu sein schien. »Kommen Sie nur, kommen Sie trotzdem herein«, sagte der Analytiker.

Phyllis Greenacre (1954) empfahl, das Büro des Analytikers karg und schmucklos zu halten. Sie glaubte auch, daß ein Analytiker nicht an öffentlichen Aktivitäten teilnehmen sollte, zum Beispiel nicht zu einem Thema Stellung nehmen, wenn diese Stellungnahme an die Öffentlichkeit gelangen könnte. Als ich noch in der Klinik arbeitete, gab es unter den Mitarbeitern eine hitzige Diskussion darüber, ob man es einem Analytiker, der in der Klinik arbeitet, oder auch nur der Frau eines in der Klinik tätigen Analytikers erlauben sollte, als Schauspieler in einem örtlichen Laientheater zu spielen. Ein analytisches Institut verweigerte einer Frau die Erlaubnis, einen Abendkurs zu besuchen, weil der Leiter dieses Kurses ein Analysand ihres Mannes war. In meinem ersten Kursus in analytischer Technik sagte der Ausbilder, dessen Namen ich aus Barmherzigkeit nicht nennen möchte, daß sich der Analytiker in einer idealen analytischen Situation hinter einem Schirm befinden und man seine Stimme verfremden sollte, damit der Patient nicht wisse, ob er es mit einem Mann oder einer Frau zu tun habe. Im übrigen, so wurde schnell deutlich, wäre die Verstellung kaum nötig, weil der Analytiker in den ersten paar hundert Stunden am besten ohnehin nichts

1 A.d.Ü.: *White Anglo-Saxon Protestant.*

sagen sollte. Ich nehme an, der Leser wird glauben, ich übertreibe. Das tue ich keineswegs. Die einzige Stelle, an der ich etwas leicht verändert habe, ist, daß der Ausbilder sagte, der Analytiker solle in den ersten paar hundert Stunden *fast* nichts sagen. Und obwohl er die ideale analytische Situation als Situation beschrieb, in der man eine richtige Leinwand benutzt, gab er nicht die Anweisung, wir sollten eine verwenden. Fairerweise sollte ich sagen, daß er diese Einengung nicht als Verkörperung der Neutralität anpries, sondern als Taktik, den Patienten zu frustrieren, damit er regrediert und auf diese Weise das erforderliche analytische Material produziert. Wenn er selbst arbeitete, las er während der analytischen Sitzungen tatsächlich oft seine Post und spielte per Brief Schach!

Noch ein Wort zum Schweigen des Analytikers: Ich habe bereits mehrmals erwähnt, wie außerordentlich wichtig es ist, daß viele Analytiker zu glauben scheinen, ein schweigender Analytiker tue nichts. Natürlich kann das Schweigen vom Patienten auf vielfältige Weise ausgelegt werden – von sturer Zurückhaltung über nachdenkliche Aufmerksamkeit bis hin zu einfühlsamer Zurückhaltung, damit er sich nicht bedrängt fühle.

Manchmal wird angenommen, die analytische Situation könne sich endlos rückwärts bewegen, wenn jede Intervention auch eine Interaktion ist. Ich meine dies in dem Sinn, daß die Interpretation der Bedeutung der Interaktion ebenfalls eine Bedeutung für die Interaktion hat. Kann man denn der Interaktion nie entkommen? Nein, aber die Bedeutung der Interaktion kann sich verändern. Eine Deutung der Homosexualität kann vom Patienten als homosexueller Angriff erlebt werden. Wenn man dann deutet, daß diese Deutung als homosexueller Angriff erlebt wurde, kann dies wiederum als homosexueller Angriff erlebt werden. Was macht man dann?

Ich weise darauf hin, daß die zweite Deutung wahrscheinlich eine andere interaktive Bedeutung hat als die erste. Die zweite Deutung ist eher eine unsensible Wiederholung der ersten als daß sie untersuchen würde, auf welche Weise die erste Deutung als Angriff erlebt wurde. Vermutlich wird es mit der Zeit möglich sein, eine Deutung der Homosexualität zu geben, die nicht als homosexueller Angriff erlebt wird, sondern als Versuch, dem Patienten zu einer Einsicht zu verhelfen.

Obwohl die Interaktion nie aufhört, erreicht ihre Deutung – wenn die wichtigsten Themen der Interaktion und die Muster der Psychopathologie des Patienten gut analysiert und durchgearbeitet worden sind – einen Punkt, von dem an der Ertrag im klinischen Sinn abnimmt, da der Patient bereits so viel aus der Analyse gewonnen hat, wie er durchaus erwarten kann, und dann damit weiterleben muß. Es ist eines der Ziele der analytischen Behandlung zu verstehen, daß alles, was wir sagen oder nicht sagen, tun oder nicht tun, in interpersonalen Beziehungen interaktive Implikationen hat; ein solches Verständnis könnte im Gegensatz zum Verstehen einer spezifischen Interaktion als prozessuales Ziel bezeichnet werden.

Ich möchte noch verschiedene Punkte zu der Anweisung hinzufügen, die Interaktion müsse gedeutet werden. Diese Anweisung kann zu einer Perversion des analytischen Prozesses führen, wenn das Beharren darauf, jedes Jota und jedes I-Tüpfelchen der Interaktion zu interpretieren, selbst zur hauptsächlichen Interaktion mit einer ungünstigen Wirkung auf die Analyse wird. Man muß davon ausgehen, daß in der Interaktion vieles einfach vorübergeht, aber ich glaube, die Hauptthemen der Interaktion werden häufig wiederholt, und sie werden zu einem Fokus der analytischen Arbeit, wenn der Analytiker von dem Prinzip, das ich hier darstelle, überzeugt ist. Dies gilt besonders für Themen, die regelmäßig, vielleicht sogar immer, hauptsächlich – und oftmals unerkannt – Gegenstand der Interaktion sind, nämlich, welche Auffassung Analytiker und Analysand vom analytischen Prozeß haben. Eine solche Interaktion, wie wahrscheinlich die meisten anderen, wenn nicht alle, wird vom Analytiker, der eine Zeitlang selbst darin verstrickt war, meistens nur retrospektiv erkannt und gedeutet (Renik 1993).

Aufgrund des Gewichts, das ich der Analyse der Interaktion

im Hier und Jetzt beigemessen habe, wird häufig fälschlicherweise der Schluß gezogen, ich würde keinen Wert auf die Rekonstruktion der Vergangenheit legen. Ich glaube, daß eine solche Rekonstruktion oft einen Wert hat, obwohl ich natürlich auch glaube, daß solche Rekonstruktionen in dem Sinn auch Konstruktionen sind, wie ich vorher anhand der Erörterung des Konstruktivismus dargelegt habe. Eine Rekonstruktion kann zwar gelegentlich ein Pfad zum Hier und Jetzt sein; ich glaube jedoch, daß normalerweise das Hier und Jetzt der Pfad zur Vergangenheit ist. Natürlich ist eine Rekonstuktion, die das Hier und Jetzt mit der Vergangenheit verbindet, wahrscheinlich die effektivste Interpretation überhaupt.

Ronald Ganellen (persönliche Mitteilung) ist der Ansicht, daß die Kenntnis der Entwicklungsgeschichte des Patienten wertvoll bei der Bestimmung sein kann, welche der verschiedenen Themen im Hier und Jetzt behandelt werden sollen. Bei der Betrachtung der Rolle der Interpretation außerhalb der Übertragung ist es wichtig, zwischen aktuellen und genetischen Aspekten außerhalb der Übertragung zu unterscheiden. Bei den aktuellen Aspekten, die nicht Gegenstand der Übertragung sind, ist es wahrscheinlicher, daß Themen der Übertragung zwischen Patient und Therapeut im Hier und Jetzt verborgen werden. Natürlich ist es möglich, die Übertragung zu mißbrauchen, um mit dem Widerstand des Patienten gegen Material außerhalb der Übertragung zu kolludieren, aber es ist weitaus wahrscheinlicher, daß sich der Widerstand gegen die Übertragung selbst richtet. Der Patient ist häufig nur zu glücklich, wenn er sich auf ein Problem außerhalb der Analyse stürzen kann, um den unmittelbaren, affektgeladenen Themen der Übertragung zu entkommen. Wenn man nach der Bedeutung eines äußeren Ereignisses für die Übertragung sucht, ist es wesentlich, die Wichtigkeit dieses Ereignisses bei der Deutung seiner möglichen Übertragungsrelevanz nicht zu entwerten, wenn es in den Assoziationen des Patienten auftaucht.

Ist Zurückhaltung des Analytikers notwendig?

Durch die Erkenntnis, daß äußere Ereignisse zwangsläufig in der echten Psychoanalyse (die ich als »psychoanalytische Therapie« bezeichnet habe) und in der psychoanalytischen Psychotherapie eine Rolle spielen, ist eine Gefahr entstanden. Es gibt Positionen, die schlußfolgern, daß man sich, da Interaktion zwangsläufig ist, keine Sorgen machen müsse, wenn sie auftaucht; sie könne trotzdem analysiert werden. Wie ich bereits erwähnte, haben Levy und Inderbitzin (1992) das Sprichwort »Alles ist Wasser auf die Mühlen« untersucht, womit gemeint ist, die Interaktion biete immer die nächste Gelegenheit für eine weitere Analyse. Aber dieses Sprichwort tauchte im Zusammenhang mit unbeabsichtigten Interaktionen auf, wie etwa dem zufälligen Zusammentreffen von Patient und Analytiker außerhalb der analytischen Situation – vielleicht im Fahrstuhl oder in einem Konzert, wo auch der Ehemann oder die Ehefrau dabei ist, oder im Supermarkt mit den Kindern im Schlepptau; oder beide müssen wegen einer Krankheit des Analytikers oder auch nur einer engeren Terminplanung wegen des Umzugs des Analytikers kommunizieren. Andere Beispiele sind die Veränderung des »Rahmens«, wie zum Beispiel Termine, die ausfallen oder vergessen wurden, oder die noch spannungsgeladenere Situation, daß der Patient seinen Urlaub dann nehmen muß, wenn der Analytiker Urlaub macht.

Diskussionen über diese Art von Problemen sind in der Literatur recht häufig, aber sie befassen sich fast durchgehend mit einer *unbeabsichtigten* Interaktion. Levy und Inderbitzin warnen, daß es eine zunehmende Bereitschaft auf seiten des Analytikers gibt, sich auf beabsichtigte Interaktionen einzulassen, etwa bewußt an demselben sozialen Ereignis teilzunehmen, wo er mit dem Analysanden zwanglos gesellschaftlichen Umgang hat. Mit zunehmender Akzeptanz des dyadischen Charakters der analytischen Situation würden sogar absichtliche, recht vertrauliche Interaktionen ungeniert stattfinden.

Die Interaktion von Analytiker und Analysand spielt in der

analytischen Ausbildung der Kandidaten eine besondere Rolle, weil hier die Grenze zwischen beabsichtigter und unbeabsichtigter Interaktion weniger scharf gezogen wird. Sollte ein Kandidat ein Seminar besuchen, das sein Analytiker leitet, eine Vorlesung hören, die sein Analytiker wahrscheinlich auch hört? Die Möglichkeiten sind natürlich endlos variabel. Ich habe bereits einen aktuellen Vorfall erwähnt, der vor einigen Jahren geschah und der in der Realität wichtige Folgen hatte: Der Frau eines Lehranalytikers wurde die Erlaubnis verweigert, einen Abendkurs zu besuchen, den sie brauchte, um ein Ausbildungsprogramm zu vervollständigen, weil der Kurs von einem Ausbildungskandidaten ihres Mannes geleitet wurde.

Levy und Inderbitzin haben darauf hingewiesen, daß äußere Ereignisse benutzt werden können, um intrapsychische Themen abzuwehren. Dies stimmt ohne Zweifel, aber es stimmt auch, daß die gedankliche Beschäftigung mit intrapsychischen Inhalten als Abwehr gegen eine bedeutsame äußere Interaktion verwendet werden kann. Levy und Inderbitzin beschäftigen sich primär mit Interaktionen zwischen dem Analytiker und dem Analysanden außerhalb der analytischen Situation. Ich stimme zu, daß solche absichtlichen groben Verstöße gegen die analytische Zurückhaltung außerhalb der analytischen Situation die Analyse intrapsychischer Themen erschweren kann. Aber die Art von häufig übergangenen Interaktionen, an die ich denke, sind oft subtile und häufig vorkommende Interaktionen innerhalb der analytischen Situation selbst. Ich meine zum Beispiel den Analytiker, der glaubt, er schweige, aber häufig »hm-hm« sagt und auf das Schweigen des Analysanden reagiert, indem er ihn regelmäßig fragt, woran er denkt, obwohl der Analysand voll und ganz weiß, daß man von ihm erwartet, alles zu sagen, was ihm in den Sinn kommt. In solchen Interaktionen können wichtige Bedeutungen des Geschehens verborgen werden. Ich erinnere den Leser nochmals daran, daß ich dabei an jene subjektiven intrapsychischen Bedeutungen dieser Interaktionen denke, die nur durch Exploration enthüllt werden können, wie sehr der Analytiker sie auch bewußt beabsichtigt haben mag. Vielleicht bleibt es sogar dem Bewußtsein des Analytikers verborgen, daß er sich damit beschäftigt. Es ist die Pflicht des Analytikers zu versuchen, seine Aufmerksamkeit auf alles zu richten, was zwischen ihm und dem Analysanden geschieht, sei es verbal oder nonverbal.

Mit der Erkenntnis der zwangsläufigen und unaufhörlichen Interaktion zwischen Patient und Therapeut tauchen Vorschläge dazu auf, wie Handlung und Deutung kombiniert für eine wirksamere Therapie eingesetzt werden könnten. Paul Wachtel (1977, dt. 1981) war einer der ersten, die solche Experimente befürworteten. In neuerer Zeit hat sich auch Kenneth Frank (1993) für ein solches Vorgehen ausgesprochen. Manchmal erscheint vielleicht eine Weisung, ein kleiner Hinweis oder ein Vorschlag, wie man sich in einer schwierigen Situation verhalten sollte, wünschenswert, um eine Sackgasse oder einen obsessiven Teufelskreis zu durchbrechen. Die mögliche Nützlichkeit eines solchen Handelns seitens des Analytikers scheint viel akzeptabler, wenn man erkannt hat, daß Interaktion in jedem Fall permanent stattfindet, und wenn man darauf achtet, solche Interaktionen zu analysieren. Ob die Therapie dann noch eine psychoanalytische Therapie bleibt, hängt vom Charakter der bewußten Interaktion ab und davon, ob ihre Bedeutung für die Übertragung analysiert wird. Wenn eine analytische Situation erst einmal hergestellt ist, so daß beide Beteiligten wissen, wie wichtig die Analyse der Interaktion ist, kann es hilfreich sein, die Beschränkungen der Interaktion zu lockern, um die Therapie wirksamer zu gestalten.

Mit einer so veränderten Sichtweise der absichtsvollen Handlung muß auch die Anwendung von Pharmakotherapie in Kombination mit Psychotherapie neu beurteilt werden. Traditionell ist man der Meinung, daß eine echte Psychoanalyse prinzipiell nicht mit einer Pharmakotherapie vereinbar ist. Aber dies muß nicht notwendig der Fall sein, wenn untersucht wird, welche Bedeutung das Verschreiben von Medikamenten für die Interaktion hat. Das Hilfsmittel, einen anderen Therapeuten das Medikament verschreiben zu lassen, auch wenn der behandelnde Therapeut autorisiert dazu ist, halte ich für eine törichte Heuchelei, bei der man vorgibt, der behandelnde Therapeut habe damit nichts zu tun. Weitaus abträglicher als eine absichtsvolle Interaktion ist es zu leugnen, daß eine solche Interaktion stattfindet.

Suggestion

Suggestion wird in der Psychoanalyse häufig als psychotherapeutische »Kontaminierung« bezeichnet. Ich verwende diesen Begriff jedoch, wie Freud (1921c), in einem allgemeineren Sinn; ich meine damit sowohl absichtliche wie auch unbeabsichtigte, das heißt direkte und indirekte Suggestion.

Daß Freud die Ubiquität der Interaktion nicht erkannte, kann an seiner Handhabung des Problems der Suggestion beobachtet werden. Er erkannte klar, daß Suggestion in der Hypnose und generell im Sinn von interpersonaler Beeinflussung angewandt wird. Er definierte Suggestion als »... Überzeugung, die nicht auf Wahrnehmung und Denkarbeit, sondern auf erotischer Bindung gegründet ist« (ebd., S. 142 f.). Die Suggestion, die er für einen notwendigen Teil der analytischen Situation hielt, ist seiner Meinung nach eine unanstößige erotische Übertragung oder, wie er es ausdrückte, eine »positive Übertragung« mit »unanstößiger Komponente« (Freud 1912b, S. 371) – im Gegensatz zu einer anstößigen erotischen Übertragung. Ich nehme für mich den Freudschen Sprachgebrauch in Anspruch, die unanstößige positive Übertragung ein Derivat der anstößigen erotischen Übertragung zu nennen, weil für Freud jedes positive interpersonale Gefühl ein psychosexuelles Derivat ist. Freud verwendete den Begriff »Suggestion« auch als Äquivalent für Übertragung – nicht im Sinne einer Verzerrung, sondern der Beeinflußbarkeit, wie dies auch in der Gruppe der Übertragungsneurosen der Fall ist.

Freud (1916/17) hat sich mit der Suggestion sehr ausführlich beschäftigt. Er sah ein, daß man behaupten könnte, alle vermeintlichen Erkenntnisse der Psychoanalyse würden auf Suggestion oder Übertragung beruhen; sie seien daher ein

Produkt des Psychoanalytikers und nicht des Patienten. Er dachte, er hätte das Problem gelöst, indem er davon ausging, Suggestion könne den Patienten unterstützen, Vertrauen in den Analytiker zu gewinnen (die unanstößige positive Übertragung) und somit die Möglichkeit schaffen, psychoanalytisch zu arbeiten; der Einfluß der Suggestion könne dann durch die Analyse der Übertragung aufgelöst werden. Es wird leicht übersehen, daß er nicht empfahl, jede Übertragung zu analysieren, sondern nur die unanstößige positive oder erotische Übertragung und die negative oder feindselige Übertragung. Wie bereits angemerkt, hielt Freud die unanstößige Übertragung für die echte Übertragung, und er betrachtete sie auch als realistisch und rational. In diesem Sinn ergibt sich ein Unterschied zur Verwendung des Begriffs der Übertragung für Verzerrungen.

Sollte auch die unanstößige positive Übertragung auflösbar sein, wenn man sie analysiert? Ich habe darauf hingewiesen, daß diese Vorstellung unlogisch ist; aber es wäre auch nicht wünschenswert, die unanstößige positive Übertragung völlig aufzulösen, selbst wenn es möglich wäre. Dies würde auf die Behauptung hinauslaufen, nach einer Analyse solle der Analysand keine affektiven Reste mehr für den Analytiker hegen. Ein derartiges Ideal verletzt die grundlegende Interaffektivität des Menschen. Tatsächlich dachte Freud, die unanstößige positive Übertragung sei ein wesentlicher Verbündeter bei der Überwindung des Widerstands. Ich habe bereits darauf hingewiesen, daß das, was angeblich eine unanstößige positive Übertragung ist, vielleicht tatsächlich einen Hauptwiderstand freilegt und keinesfalls unanstößig ist. Aber wenn die Übertragung entsprechend meiner Definition als etwas verstanden wird, was durch die Beiträge beider Beteiligten entsteht, dann beruht die unanstößige positive Übertragung nicht nur auf dem Verhalten der Bezugspersonen, die den Patienten in der Vergangenheit freundlich behandelt haben, sondern auch auf dem freundlichen Verhalten des Analytikers.

Grünbaum (1984, dt. 1988) machte ein ziemliches Theater wegen der Vorstellung, die Durchdringung der analytischen

Situation mit Suggestion mache jegliche Schlußfolgerung aus dieser Situation suspekt. Er ist der Ansicht, die Erforschung zum Nachweis der Wirkung von Suggestion könne im Bereich der Psychoanalyse daher nur außerhalb der analytischen Situation durchgeführt werden. Dem stimme ich überhaupt nicht zu. Erstens kann der Analytiker Suggestion heute weitaus systematischer und umfassender untersuchen als damals Freud, weil er von der Ubiquität der Interaktion, das heißt der Suggestion, Kenntnis hat. Zweitens sollte das analytische Material nicht von dem behandelnden Analytiker selbst untersucht werden, sondern von anderen Analytikern. Diese anderen Analytiker, die sich ebenfalls der Ubiquität der Suggestion bewußt sind und daher objektiver sein können als der behandelnde Analytiker, können eine gute, vielleicht sogar einwandfreie Bewertung der Rolle der Suggestion in der Analyse liefern.

Die Suggestion spielt bei der Frage, was die Veränderung in der Analyse bewirkt, eine äußerst wichtige Rolle. »Übertragungskur« ist ein Schimpfwort, das sich Analytiker gegenseitig an den Kopf werfen. Es bedeutet, die Kur, die angeblich auf der Analyse und der Lösung der Konflikte des Patienten beruht, sei in Wirklichkeit das Ergebnis einiger hauptsächlich unanalysierter Interaktionen mit dem Analytiker – gleichgültig, ob diese Interaktion nun aus Absolution, Bestätigung, Strafe oder was auch immer besteht.

Ich erwähnte bereits den Aufsatz von Nella Guidi (1993), in dem sie parallel zu dem Konzept der unanstößigen positiven Übertragung das Konzept einer unanstößigen *negativen* Übertragung vorschlägt. Diese Idee erweist sich sofort als sinnvoll. Es ist vernünftig, mit Sicherheit wünschenswert, wenn der Analysand etwas dagegen hat, daß der Analytiker ein anstößiges Verhalten an den Tag legt. Was »anstößiges« Verhalten ist, ist natürlich eine andere Sache!

Bevor ich mich einer allgemeineren Diskussion darüber zuwende, was heilend in der Analyse ist (oft sagt man auch »mutativ«; es geht um die Frage, was Veränderungen beim Patienten bewirkt, vielleicht in Anbetracht der Erkenntnis, daß eine vollständige »Kur« ein unmögliches Unterfangen ist), möchte ich die analytische Situation detaillierter beschreiben. Zunächst jedoch möchte ich die vieldiskutierte Frage der Beziehung zwischen Psychoanalyse und Psychotherapie erörtern.

Fünftes Kapitel

Psychoanalyse und Psychotherapie

Eine neuere Monographie von Jerome Oremland (1991), die auch ein von mir verfaßtes, kritisch gehaltenes Kapitel enthält, stellt detailliert dar, auf welche Weise die analytische Situation, die Interpretation eingeschlossen, eine interaktive Situation ist. Diese Einsicht hat wichtige Implikationen für die Unterscheidung zwischen Psychotherapie und Psychoanalyse im engeren Sinn, das heißt abgehoben von der weitgefaßten Bedeutung, in der auch die Psychoanalyse eine Psychotherapieform ist. Obwohl ich das Thema bereits in der Einleitung angesprochen habe, möchte ich es nun weiterentwickeln.

In der klassischen psychoanalytischen Literatur wird als hauptsächliches Unterscheidungsmerkmal zwischen Psychoanalyse und Psychotherapie angeführt, daß in der Psychoanalyse eine Ein-Personen-Situation und eine Ein-Personen-Psychologie beibehalten werden, wohingegen dies in der Psychotherapie nicht der Fall ist. Dieser Unterschied beruht natürlich auf der Konzeption einer idealen analytischen Situation, von der ich behauptete, sie sei unhaltbar.

Um es nochmals zu wiederholen: Die Erfahrung ist viel zu brutal, als daß man sie übersehen könnte. Viele klassische Analytiker sehen inzwischen ein, daß das Ideal kaum, wenn überhaupt, erreichbar ist. Es wurde zum Beispiel zugegeben, daß die analytische Situation mit den Merkmalen Regelmäßigkeit, hoher Sitzungsfrequenz und verdichteter Aufmerksamkeit des Psychoanalytikers von vielen Patienten wohl als Versorgung mit machtvoller Unterstützung erlebt wird. Das *Holding*-Konzept als Unterstützung, dem Winnicott (1971, dt. 1973) und Modell (1990) besonderes Gewicht beimessen, wird häufig diskutiert, als hätte die herkömmliche analytische Situation nicht auch oft eine starke unterstützende Funktion. Natürlich kann sie auch andere Funktionen haben. Während viele Patienten vielleicht die Regelmäßigkeit, die Häufigkeit und die verdichtete Aufmerksamkeit in den Sitzungen als unterstützend erfahren, werden diese Merkmale von anderen Patienten womöglich als terrorisierendes Beharren auf der Preisgabe ihrer selbst erlebt.

Jedenfalls wird anscheinend weitgehend zugegeben, daß das Ideal unerreichbar ist und daß interaktive Elemente sich in *jeder* Analyse in mehr oder minder großen Ausmaß einstellen. Massive Unterstützung für diese Position kam von der wichtigen Forschungsarbeit, die über viele Jahre von Wallerstein (1986) geleitet wurde. Er und sein Team fanden heraus, daß es nicht möglich war, das Ideal der Psychoanalyse aufrechtzuerhalten. Aber leider haben sie aufgrund ihrer Forschungsergebnisse dieses Ideal im Prinzip nicht aufgegeben, sondern sie schlossen daraus, daß es in der Praxis unerreichbar sei. Sie sagten sogar, der Versuch, dem Ideal gerecht zu werden, könne in vielen Fällen destruktiv sein, und therapeutische Zwecke würden häufig das Einbringen interaktiver *Kontaminierung* in die analytische Situation notwendig machen. »Kontaminierung« ist übrigens ein Begriff, der von mir stammt und nicht von ihnen, obwohl er im selben Zusammenhang im Titel einer Diskussion auf einer Konferenz der *American Psychoanalytic Association* verwendet wurde (*Sources and Contaminants of Analytic Data*, Dezember 1990).

Meine Position ist eine andere als die Wallersteins. Ich halte die Interaktion in der psychotherapeutischen Situation nicht für kontaminierend, sondern für ein Element, das dem Verfahren inhärent ist. Ich halte das Ideal nicht nur in der Praxis für unerreichbar, sondern für prinzipiell irreführend. Aus dieser anderen Sichtweise folgt ein prinzipieller Unterschied in der Beurteilung der Differenz zwischen Psychoanalyse und Psychotherapie.

Wallerstein (1989) unterstellte, da ich in der Vergangenheit auf einer Unterscheidung zwischen Psychoanalyse und Psychotherapie beharrt hätte, sei durch meine veränderte Sichtweise der Unterschied zwischen Psychoanalyse und Psychotherapie so stark verwischt, daß ich Franz Alexanders (1956) Position wieder aufgegriffen hätte, der zufolge Psychoanalyse und Psychotherapie tatsächlich nicht klar voneinander unterscheidbar seien. Gegen Wallersteins Behauptung habe ich mich in einem Briefwechsel mit ihm verteidigt (Gill und Wallerstein 1991). Dabei habe ich die Position vertreten, daß *er* derjenige sei, der den Unterschied aufhebt, wohingegen ich ihn sogar noch schärfer als zuvor unterstreiche. Mein Argument hat zwei Gründe: Erstens beruht es darauf, daß ich zwischen der Betrachtung der Interaktion als intrinsisches Element beider Prozesse und der Betrachtung der Interaktion in der Psychoanalyse als »Kontaminant« der psychoanalytischen Situation unterscheide. Zweitens beruht es darauf, daß ich die Übertragung als Interaktion betrachte, die psychoanalytisch untersucht werden muß. Der erste Punkt besagt mit anderen Worten, daß für Wallerstein die Psychoanalyse eine Ein-Personen-Situation ist, wohingegen ich sie auch als Zwei-Personen-Situation betrachte. Der zweite Punkt ist mein Argument, daß das *entscheidende* Kriterium der Psychoanalyse der Umstand ist, daß die Übertragung – das heißt die Art, wie der Patient die Interaktion erlebt – so eingehend wie möglich analysiert wird; in der Psychotherapie hingegen wird sie mehr oder minder *absichtlich* nicht analysiert. Ich möchte darauf hinweisen, daß die Gleichsetzung der Übertragung damit, wie der Patient die Beziehung erlebt, nicht mißverstanden werden darf, als würde ich meinen, die Übertragung beruhe allein auf der unmittelbaren Interaktion. Natürlich wird die Interaktion auch durch die Beteiligten und deren Beitrag dazu gestaltet.

Ich glaube, daß Wallersteins Beurteilung meiner Ansichten irrig ist, weil ich die äußeren Kriterien der Sitzungsfrequenz und der Verwendung der Couch als Definition für die analytische Technik abgelehnt habe. Wallerstein bringt mich mit Alexander in Zusammenhang, weil Alexander ebenfalls diese äußeren Kriterien als definierendes Element der Psychoanalyse ablehnte, und deshalb meint Wallerstein, ich verwische die Unterschiede zwischen Psychotherapie und Psychoanalyse. Ich betone nochmals: Wallerstein ist derjenige, der die Unterschiede zwischen Psychoanalyse und Psychotherapie verwischt, weil er ein Kontinuum von psychoanalytischer Psychotherapie zu echter Psychoanalyse sieht, wobei die Psychoanalyse sich von der psychoanalytischen Psychotherapie durch die Tatsache unterscheidet, daß interaktive Elemente in ihr kontaminierend wirken. Wallerstein glaubt, es gebe eine Grauzone, in der Psychoanalyse und Psychotherapie nur willkürlich voneinander unterschieden werden könnten. Ich glaube, daß die Unterschiede zwischen beiden Therapieformen sehr deutlich sind, auch wenn sie nur konzeptuell beschrieben werden. Es handelt sich dann um eine psychoanalytische Situation, wenn beabsichtigt ist, die Interaktion so tiefgreifend wie möglich zu analysieren; ist dies nicht der Fall, handelt es sich um eine psychotherapeutische Situation. Ich muß natürlich zugeben, daß diese Absicht nicht immer leicht zu bestimmen ist, aber das *Prinzip* grenzt beide Modalitäten trennscharf voneinander ab. Nach Wallersteins Prinzip geschieht dies nicht, weil es nicht anerkennt, daß Interaktion ubiquitär ist.

Wie ich bereits bei der Diskussion des endlosen Zurückverfolgens sagte, ist die Vorstellung unlogisch, daß die Interaktion »aufgelöst« werden könnte, wenn sie doch ubiquitär ist. Die Analyse der Interaktion ist nicht dasselbe wie die Auflösung der Interaktion. Um es zu wiederholen: Interpretation ist auch eine Interaktion, jedoch eine spezifische Art.

Ich schlage vor, daß man zwischen der herkömmlichen Psychoanalyse, die sowohl das intrinsische als auch das extrinsische Kriterium der Psychoanalyse erfüllt, und einem therapeutischen Verfahren, welches das intrinsische Kriterium erfüllt, nicht jedoch das extrinsische, unterscheidet. Diese Fragen wurden von Oremland (1991) diskutiert. Er schlägt vor, das Verfahren, welches das intrinsische Kriterium erfüllt, nicht aber das extrinsische der herkömmlichen Psychoanalyse, als »psychoanalytisch orientierte Psychotherapie« zu bezeichnen; ich (Gill 1991) habe jedoch meine Einwände dagegen zum Ausdruck gebracht und die Bezeichnung »psychoanalytische Therapie« vorgeschlagen. Meines Erachtens sind die Kriterien sowohl für die psychoanalytische Therapie als auch für die Psychoanalyse erfüllt, wenn eine psychoanalytische Situation hergestellt worden ist.

Meine Konzeption der Beziehung zwischen Psychotherapie und Psychoanalyse kann aus vielerlei Gründen wichtige Rückwirkungen auf die praktische Arbeit eines Psychoanalytikers haben. Nicht zuletzt wegen der Kosten ist die Zahl der Patienten für eine klassische Analyse deutlich abnehmend. Als Folge davon sind viele Analytiker, besonders die jüngeren, gezwungen, einen großen Teil ihrer praktischen Arbeit der Psychotherapie zu widmen.

Dies kann ungünstige Konsequenzen sowohl für ihre psychotherapeutische als auch für ihre psychoanalytische Arbeit haben. Sie erlangen keine angemessene Erfahrung in der Anwendung der herkömmlichen Psychoanalyse, weil sie sie nicht oft genug praktizieren. Weil sie Interaktion in der Psychotherapie für zulässig halten, nicht jedoch in der Psychoanalyse, bemerken sie vielleicht, daß ihre Vorstellungen von der jeweiligen Therapiemodalität die jeweils andere beeinflußt. Insbesondere gestalten sie vielleicht in der Psychoanalyse die Interaktion zu frei, ohne die Deutung dieser Interaktion zu verfolgen, und sie halten sich vielleicht bei der Durchführung von Psychotherapie zu sehr zurück – wiederum, ohne diese Interaktion zu deuten.

Das Prinzip, welches ich befürworte, führt dazu, daß der Analytiker die analytische Technik ungeachtet der äußeren Dimensionen der Therapie praktiziert. Natürlich müssen die äußeren Dimensionen trotzdem mitbedacht werden. Man kann Material bei einem Patienten interpretieren, der wahrscheinlich am nächsten Tag wiederkommt, was man nicht bei einem Patienten tun würde, wenn er seinen nächsten Termin erst eine Woche später hat. Aber es gibt auch Interpretationen, die man unterläßt, selbst wenn man den Patienten am nächsten Tag wiedersieht. Wie Hoffman (persönliche Mitteilung) sagte, gibt es ein therapeutisches Prinzip, welches das Prinzip aufhebt, immer und jedesmal eine Einsicht mitzuteilen, die man gewonnen zu haben glaubt.

Ich habe mich mit diesem Thema im Zusammenhang mit der »Konversion« einer Psychotherapie in eine Psychoanalyse (Gill 1988) beschäftigt. Ich bin der Ansicht, daß ein Psychoanalytiker die Psychoanalyse nur in dem Sinn praktizieren sollte, in dem ich psychoanalytische Therapie definiert habe (Gill 1984). In der Terminologie des hier vorliegenden Buches würde ich sagen, ein Analytiker sollte immer psychoanalytische Therapie praktizieren, es sei denn, er trifft die bewußte Entscheidung, in einem bestimmten Fall eine stützende Therapie durchzuführen. Wenn ich empfehle, die analytische Technik bei jedem Patienten anzuwenden, beschäftigt mich für den Fall, daß die Therapie relativ kurz sein muß, die Sorge, daß mit einer stützenden Therapie für den Patienten vielleicht mehr erreicht werden könnte.

Freud sagte, der Abbruch einer Analyse sei wie »eine unvollendete Operation« (1913c, S. 462). Dies mag wohl für die Art von Psychoanalyse stimmen, die häufig praktiziert wird. Aber ich glaube, wenn man der Übertragung im Hier und Jetzt, wie ich es vorschlage, mehr Aufmerksamkeit widmet, braucht eine Unterbrechung nicht mehr zu bedeuten, als daß das, was hätte erreicht werden können, nur verkürzt wurde. Ich gebe zu, daß viel Erfahrung und viel Forschung erforderlich sind, um diese Forderung zu unterstützen.

Wie Hoffman (1991, 1996) betont, ist es wichtig zu erwähnen, daß die Technik Risiken einbegreift. Ein Therapeut sollte mit relativ vorsichtigen Deutungen der Übertragung beginnen. Ein Beurteilungsfehler, der durch den Eifer begünstigt wird, die Technik anzuwenden, könnte bedeuten, daß eine ungereifte oder unakzeptable Deutung zur Folge hätte, daß der Patient aus der Therapie flüchtet. Ich würde sagen, ein gelegentlicher Fehler kann dadurch ausgeglichen werden, daß er zu vielen Erfahrungen führt, die andernfalls nicht möglich wären.

Extrinsische Faktoren der psychoanalytischen Situation

Ich habe die Kriterien für die psychotherapeutische Situation (diesen Begriff verwende ich für Psychotherapie im allgemeineren Sinn) in die Kategorien »extrinsisch« und »intrinsisch« untergliedert (Gill 1984). Ich hebe diese Unterglliederung hervor, weil ich erörtern möchte, daß die extrinsischen Kriterien einer Therapie nicht die entscheidenden sind, wenn man bestimmen will, ob es sich bei einer Therapie um Psychotherapie oder um Psychoanalyse handelt. Mit extrinsischen Kriterien meine ich: Sitzungsfrequenz, Verwendung von Couch oder Stuhl, Sitzungsdauer, Behandlungsdauer, Honorarsätze und auch die formale Ausbildung des Therapeuten.

Die Sitzungsfrequenz

Anfangs arbeitete Freud mit seinen Patienten an jedem Werktag, und dies bedeutete damals in Mitteleuropa sechsmal die Woche. Wie kam das? Vielleicht machte er es wie Breuer, der Anna O. mindestens sechsmal die Woche behandelte (und manchmal sogar zweimal am Tag). Vielleicht hat dies seinen Grund darin, daß es bei Ärzten damals Brauch war, einen Klinikpatienten jeden Tag zu sehen, wie dies bei den meisten Patienten, über die in den *Studien über Hysterie* (Freud und Breuer 1895d) berichtet wird, der Fall war. Kardiner (1977, dt. 1979) berichtet, als er damals bei Freud eine Analyse machte, habe Freud ihm erklärt, er habe geplant, in den 30 Stunden, die ihm zur Verfügung standen für Patienten, die von außerhalb nach Wien zu ihm kamen, fünf Patienten zu behandeln; es seien aber sechs Patienten gekommen, und so konnte er jedem nur fünf Stunden in der Woche widmen. Vielleicht meinte man deshalb, daß fünf Sitzungen in der Woche angemessen seien. In jedem Fall zählt die gegenwärtige Arbeitswoche in der westlichen Welt fünf Tage.

Für wie wichtig man damals eine hohe Sitzungsfrequenz hielt, kann man daraus ersehen, daß Freud von der »Montagskruste« (1913c, S. 460) sprach. Ernst Kris (1956) schrieb darüber, wie besorgt er gewesen sei, die Nähe zum Unbewußten des Patienten zu verlieren, wenn die Häufigkeit der Sitzungen reduziert wurde. Übrigens hebt sein Standpunkt hervor, inwiefern die Analyse primär als Verfahren aufgefaßt wurde, zu den Tiefen durchzudringen, das heißt zum Es, als sogenannte Analyse des Inhalts. Interessanterweise sagte

Freud (1913c), drei Sitzungen in der Woche könnten bei einer gut fortgeschrittenen Behandlung ausreichend sein.

Wie sieht die gegenwärtige Praxis aus? Meistens sind es fünf Sitzungen in der Woche, oft auch nur vier. Die *International Psychoanalytical Association* fordert für die Lehranalyse vier Sitzungen in der Woche. Das *William Alanson White Institute* in New York wurde durch die neue Politik in Verlegenheit gebracht, der zufolge amerikanische Institute, die nicht mit der *American Psychoanalytic Association* verbunden sind, trotzdem die Mitgliedschaft in der *International Psychoanalytical Association* beantragen können. Das *William Alanson White Institute* fordert ein Minimum von nur drei Sitzungen in der Woche für die Lehranalyse. Sollte es nun seine Politik ändern, um sich für die Mitgliedschaft in der *International Psychoanalytical Association* zu qualifizieren? Das Institut beschloß, dies nicht zu tun. Man sollte seine Erfahrung, daß drei Sitzungen in der Woche ausreichend sein können, nicht ignorieren.

Ich glaube, Analytiker stimmen generell darin überein, daß manche Menschen eine analytische Situation mit weniger als vier Sitzungen in der Woche gestalten können (ich werde später erläutern, was dies bedeutet), während andere dies nicht können – gleichgültig, wie häufig die Sitzungen stattfinden. Individuelle Unterschiede sind offensichtlich entscheidend. Als ich vor einigen Jahren einen Fall aus meiner Praxis vorstellte, bei dem die analytische Situation erst hergestellt werden konnte, als die Häufigkeit der Sitzungen beschränkt wurde, bemerkte Jules Eisenbud dazu in der Diskussion, wenn die Sitzungen häufig stattfänden, fühle sich der Patient unerträglich bedrängt.

Natürlich hängt die Häufigkeit, die erforderlich ist, um eine analytische Situation herzustellen, vom Analytiker ab und vielleicht ebenso stark vom Patienten. Die Angewohnheit, die analytische Technik nicht anzuwenden, wenn die Sitzungen nicht häufig stattfinden, ist jedoch so eingefleischt, daß wir gar nicht wissen, wie häufig die Sitzungen bei welcher Art von Patient – und Analytiker – sein müssen, um eine analytische Situation zu ermöglichen. Es scheint offenkundig, daß mit mehr Zeit auch mehr getan werden kann; aber Eisenbuds

Erfahrung suggeriert, daß sogar diese Binsenweisheit nicht immer wahr sein muß. Meine Ansicht ist, daß die Möglichkeit, eine analytische Situation herzustellen, unabhängig von der Häufigkeit der Sitzungen existiert. Die Beurteilung, ob es empfehlenswert ist zu versuchen, unter bestimmten Bedingungen eine analytische Situation herzustellen oder nicht, erfordert viel Forschung. Natürlich müssen die Umstände der Realität in Betracht gezogen werden. Es sollte die Entscheidung des Patienten sein, wieviele Opfer er hinsichtlich Zeit und Geld bringen will, und nicht die des Analytikers – zumindest sollte diese Entscheidung von beiden gemeinsam getroffen werden. Ich halte die Entscheidung eines Analytikers, die analytische Technik am Anfang nicht anzuwenden, weil er glaubt, die Therapie könne aus praktischen Gründen nur von kurzer Dauer sein, für problematisch. Wenn die Therapie schon eine Zeitlang gedauert hat, in der der Analytiker die analytische Technik angewandt hat, möchte der Patient vielleicht zu einer umfassenden Analyse übergehen oder einfach die Häufigkeit der Sitzungen erhöhen; ich glaube nicht, daß der Analytiker diese Möglichkeit von vornherein ausschließen sollte, indem er im voraus entscheidet, welche Opfer der Patient bringen muß, damit solche Entwicklungen stattfinden können. Die Opfer, die erbracht werden müssen, werden in der Therapie ohnehin eine eigene Rolle spielen.

Es ist nicht nachgewiesen, daß eine Häufigkeit von vier oder fünf Sitzungen pro Woche immer nötig ist, damit eine analytische Situation hergestellt werden kann oder damit Fortschritte möglich sind. Was Brauch geworden ist, muß nicht notwendig oder vielleicht auch nur wünschenswert sein. Als Alexander sich damit beschäftige, unnötige Abhängigkeit durch eine reduzierte Häufigkeit der Sitzungen abzubauen, wurde dies als nichtanalytische Manipulation schlechtgemacht. Aber ist es keine Manipulation, wenn man auf vier oder fünf Sitzungen in der Woche insistiert, um Regression zu induzieren? Wann wird aus einer Manipulation eine nichtanalytische Manipulation? Die Antwort lautet vielleicht: Wenn sie nicht analysiert wird.

Eine Veränderung der Häufigkeit der Sitzungen bedeutet etwas ganz anderes als die Beibehaltung einer zu Beginn beschlossenen Sitzungsfrequenz. Eine Abnahme oder Zunahme der Häufigkeit bekommt für den Patienten wahrscheinlich eine spezielle Bedeutung. Selbst die Ankündigung, daß man eine Therapie von einer Psychotherapie in eine Psychoanalyse umwandelt, ohne die Häufigkeit der Sitzungen oder die Position von Patient und Analytiker zu verändern, kann eine große Bedeutung haben. Daher erlangt eine Erklärung im nachhinein, nachdem man schon zu Beginn festgelegt hat, daß man mit der einen oder anderen Therapieform arbeiten wird, eine wichtige Bedeutung für den Patienten, besonders, wenn es sich um einen Patienten handelt, der etwas über die vorgeblichen Unterschiede zwischen den einzelnen Therapieformen weiß, selbst wenn die Häufigkeit und die Position bei beiden Modalitäten gleichbleiben sollten.

Gibt es bei geringerer Sitzungsfrequenz mögliche Nachteile gegenüber einer größeren? Fördert diese nicht vielleicht eine unerwünschte Abhängigkeit bei manchen Patienten? Ist nicht eine bestimme Zeitspanne, während der dem Patienten die Möglichkeit gegeben wird, neue Interaktionsmuster außerhalb der Analyse zu erproben, notwendig? Ist es nicht möglich, daß eine geringere Sitzungsfrequenz über eine längere Zeitspanne wirksamer ist als dieselbe Anzahl von Sitzungen in einer kürzeren Zeitspanne? Ist es unbedingt richtig, daß jede zusätzliche Stunde in der Woche denselben zusätzlichen Beitrag zum Prozeß leistet? Klinische Erkenntnisse besagen, daß eine zweite Sitzung in der Woche schon bedeutend mehr bewirken kann als eine einzige Sitzung; aber trifft dies auch unbedingt auf eine dritte zu? Oder auf eine vierte?

Aus diesen Überlegungen kann sich für die Praxis die Konsequenz ergeben, daß mehr Menschen eine Analyse machen können, und die Einrichtungen des Gesundheitssystems sind vielleicht auch eher bereit, eine Therapie von längerer Dauer zu unterstützen, wenn die Sitzungsfrequenz pro Woche geringer ist. Außerdem sind vielleicht viel mehr Menschen in der Lage, ihre Analyse selbst zu finanzieren, wenn die Sitzungen nur ein- oder zweimal pro Woche stattfinden.

Es ist diskutiert worden, daß die Lehranalyse der Ausbildungskandidaten mit einer größeren Sitzungsfrequenz in der Woche durchgeführt werden sollte, auch wenn man die praktische Arbeit als psychoanalytischer Therapeut mit geringerer Sitzungsfrequenz durchführt. George Klein (1973) ging davon aus, daß eine Zeit kommen werde, in der die klassische Analyse mit vier oder fünf Sitzungen pro Woche nur noch in die Lehranalyse angewandt wird. Warum? Würde eine solche Praxis nicht den Ausbildungskandidaten in dem Glauben bestärken, die Psychoanalyse könne nur mit einer großen Sitzungsfrequenz durchgeführt werden? Würde dies nicht den Glauben bestärken, eine geringere Frequenz sei nur die zweitbeste Lösung, einzig durch Realitätszwänge bewirkt? Letztlich sollte man mehr über eine Reduzierung der Sitzungsfrequenz bei einer bereits begonnenen Analyse – die Lehranalyse eingeschlossen – nachdenken.

Hinsichtlich der Frage, ob an psychoanalytischen Instituten Psychotherapie gelehrt werden sollte oder nicht, gibt es stark voneinander abweichende Meinungen. Ich schlage vor, daß in der Supervision eine psychoanalytische Therapie mit unterschiedlichen Sitzungsfrequenzen enthalten sein sollte. Eine solche Ausbildung prägt dem Praktiker mit höherer Wahrscheinlichkeit eine Grundlage für eine psychoanalytische Haltung ein, als dies durch die gegenwärtige Unterscheidung zwischen herkömmlicher Psychoanalyse und psychoanalytischer Psychotherapie geschieht.

Wie trifft man zu Beginn der Therapie die Entscheidung über die notwendige Sitzungsfrequenz? Natürlich kann man die Beantwortung dieser Frage aufgrund finanzieller Überlegungen entscheiden. Ich schlage vor, daß man sich dabei von zwei Prinzipien leiten läßt: Erstens, dem Patienten so viel Entscheidungsfreiheit wie möglich zu geben, aber mit der Vorgabe, daß die anfänglich beschlossene Frequenz, auf die sich beide miteinander geeinigt haben, nicht unbedingt beibehalten werden wird. Zweitens sollte, wenn möglich, jede Veränderung, die vorgenommen wird, auf Erkenntnissen aus der Arbeit beruhen, und Patient und Therapeut sollten Veränderungen in gegenseitigem Einvernehmen vornehmen.

Auf dieser Basis kann dann beschlossen werden, die Frequenz zu erhöhen oder zu reduzieren. Dieses Prinzip hat mich zu der Schlußfolgerung geführt, daß es unklug ist, eine Therapie mit der Ankündigung der »Grundregel« zu beginnen; es ist besser, wenn im Verlauf der Arbeit deutlich wird, daß es um so besser ist für die Therapie, je freier der Patient preisgeben kann, was in ihm vorgeht.

Das gleiche Prinzip gilt für die oft ärgerlichen Fragen wie etwa, ob versäumte Sitzungen in Rechnung gestellt werden sollen, ob der Patient seinen Urlaub zur gleichen Zeit nehmen soll wie der Analytiker. Festgelegte Regelungen vermeiden vielleicht Streitereien, aber diese Streitereien könnten wertvoll für die Therapie sein. Rigidität erzeugt Rigidität oder ein Pseudoeinverständnis. Der Therapeut ist zwangsläufig eine Art Vorbild für den Patienten.

Die Sitzungsdauer

Lange Zeit hielt man sich an Freud und empfahl 50 Minuten als angemessene Dauer für eine Sitzung. Eine Stunde ist anscheinend eine natürliche Zeitspanne, und es scheint – oder schien zumindest bisher – vernünftig zu sein, daß der Analytiker zwischen den Sitzungen eine Pause von zehn Minuten einschiebt. Telefongespräche müssen geführt werden, und man braucht Zeit, um auf die Toilette zu gehen, aber – was viel wichtiger ist – braucht der Analytiker nicht einen Moment, um Atem zu schöpfen, etwas zu trinken, um zwischen den Sitzungen seinen Gaumen zu erfrischen? Dies erinnert mich an die Klage Hamlets, seine Mutter habe geheiratet, bevor das Essen von der Begräbnisfeier für seinen Vater erkaltet war. Greenson (1974) schrieb reuevoll über das Ende der 50-Minuten-Stunde. Viele Analytiker behandeln ihre Patienten inzwischen in 45-Minuten-Sitzungen ohne Pause zwischen den einzelnen Sitzungen. Die Dauer ist offensichtlich eine Frage des Geldes. Ein Analytiker kann nur der Dauer der Sitzungen entsprechend viele Patienten am Tag haben – acht, zehn? Wenn er seine Patienten für 45

Minuten kommen läßt und keine Pause zwischen den Sitzungen macht, dann kann er noch einen oder zwei Patienten am Tag »einschieben«.

Sollte die Dauer der Sitzungen überhaupt festgelegt werden? Ich denke schon. Wenn die Zeit flexibel ist, auch wenn es sich nur um fünf Minuten handelt, ist anscheinend der Spielraum für verwirrende Übertragungs- und Gegenübertragungsakte groß. Innerhalb der Konstanz des analytischen Rahmens – wie manche (Langs 1979) die extrinsischen Kriterien bezeichnen – können sich schon ein paar Minuten zu einem mächtigen Katalysator für solche Interaktionen zusammenbrauen. Die Analyse ist auch ohne derartige Elemente schon kompliziert genug. Und trotzdem, ich sage es nochmals: Rigidität sollte vermieden werden. Vielleicht benötigt der Patient einige Minuten, um sich zu sammeln, oder vielleicht ist gerade ein besonders bedeutsamer Aspekt aufgetaucht. Wenn der Analytiker in seinem Verhalten solche Eventualitäten berücksichigt, kann dies auf besonders wichtige Weise veranschaulichen, wie zentral die Analyse der Interaktion ist.

Die Frage der Sitzungsdauer ist im Werk Lacans (1966, dt. 1973-1980) ein wichtiges Thema. Unter Umständen schickte er einen Patienten nach fünf Minuten wieder weg. Ich halte dies für äußerst maßlos. Und wie konnte er dabei wohl seinen Terminplan einhalten! Dehnte er jemals Sitzungen über die übliche Dauer hinaus aus? Hatte er die Dauer der Sitzungen festgelegt? Ich habe mich einmal mit jemandem unterhalten, der von Lacan analysiert worden ist. Er erzählte mir, die wertvollste Sitzung in seiner Analyse sei eine Sitzung gewesen, aus der er nach fünf Minuten wieder weggeschickt worden war. Ich fragte ihn, was daran so wertvoll gewesen sei, und er wußte dazu nichts zu sagen.

Einmal habe ich erlebt, wie es ist, wenn man teilweise in Zwei-Stunden-Sitzungen analysiert wird. Dies wurde praktiziert, wenn Ausbildungskandidaten an den Wochenenden von Topeka nach Chicago zur Lehranalyse fuhren. Ich persönlich konnte keine besonderen qualitativen Unterschiede entdecken, obwohl ich in den langen Zeitblock genoß. Es hatte natürlich eine Bedeutung für die Übertragung. Ich habe gehört, daß man behauptet, manche Patienten fingen an, sich gegen Ende einer 50-Minuten-Sitzung zu öffnen, und es sei deswegen klug, für solche Menschen längere Sitzungen abzuhalten. Ich glaube, solche Patienten öffnen sich nur deshalb gegen Ende der Sitzung allmählich, weil sie wissen, daß sie bald flüchten können. Ein solches Verhalten wäre eindeutig Gegenstand für die Deutung. Würde man damit umgehen, indem man die Sitzungen verlängerte, wäre dies eine Manipulation à la Alexander.

Edmund Bergler (1938) hielt in der Regel Sitzungen von 30 Minuten Dauer. Er sagte, er könne in dieser Zeitspanne genausoviel tun wie in einer längeren Sitzung, weil er dem Patienten einfach ziemlich früh sage, gegen was er Widerstände habe! Wie klar dabei doch wird, daß es hier um die *Bedeutung* der Dauer geht und nicht um die bloße Dauer. Natürlich gibt es auch einen grundlegenden Realitätsfaktor: Ein Minimum an Zeit ist erforderlich, um etwas in allen Einzelheiten zu besprechen.

Die Couch

Die Couch, die berühmte Couch! Was würden die Karikaturisten tun, wenn es sie nicht gäbe? Die Couch ist sogar noch charakteristischer als der Bart des Mannes in dem Sessel dahinter. Warum benutzte Freud die Couch? Vielleicht war sie ein Überbleibsel aus seiner Zeit als Hypnosetherapeut. Viele meinten damals – und meinen es übrigens auch heute noch –, Hypnose habe eine große Nähe zum Schlaf, und die liegende Position sei für den Schlaf förderlicher. Leider sagte Freud (1913c), er könne es nicht ertragen, acht Stunden am Tag angestarrt zu werden. Ich sage »leider«, weil diese Bemerkung es den Kritikern so leicht macht zu behaupten, die Verwendung der Couch sei nur eine Reaktion auf eine Idiosynkrasie Freuds. Aber ist die Couch wirklich nötig? Als übliche Begründung für die Verwendung der Couch wird angeführt, sie würde den Zugang zur Phantasie vermitteln: Der Patient sei weniger abgelenkt. Man sagt auch, der Nutzen der Couch stehe damit in Verbindung, daß der Patient in der ruhenden Positon relativ unbeweglich sei. Freud (1900a) führte die relative Freiheit des Zugangs zum Unbewußten in Träumen auf die Bewegungshemmung im Schlaf zurück; der Träumende sei so davor geschützt, seine Impulse in die Tat umzusetzen. Eine andere Begründung für die Verwendung der Couch lautet, der Analytiker wolle vermeiden, daß der Patient durch das Spiel der Emotionen im Gesicht des Analytikers als Reaktion auf das, was der Patient sagt, abgelenkt werde. In Anknüpfung an meinen allgemeinen Ansatz würde ich sagen, daß diese Argumentation eine weitere Art ist zu versuchen, die interpersonale Natur der analytischen Situation herunterzuspielen, wenn nicht ganz auszulöschen. Sie kann dies auch nicht leisten. Wie Freud (1905e) in bezug auf die Fähigkeit des Menschen, seine Reaktion zu verbergen, sagte: »... aus allen Poren dringt ihm der Verrat«. Ein zunächst verworrener Satz Freuds wird klar, wenn man begreift, daß es sich um einen Fall handelt, in dem er die fortdauernde Interaktion in der analytischen Situation nicht erkennen konnte: »Ich beharre jedoch auf dieser Maßregel [der Couch], welche die Absicht und den Erfolg hat, die unmerkliche Vermengung der Übertragung mit den Einfällen des Patienten zu verhüten, die Übertragung zu isolieren und sie zur Zeit als Widerstand scharf umschrieben hervortreten zu lassen« (Freud 1913c, S. 467).

Was ist daran nun Begründung und was Rationalisierung? In der Psychotherapie sprechen Patienten wahrscheinlich über sehr vertrauliche Dinge. In der Übertragung bringen sie vielleicht Wünsche nach einem intimen körperlichen Kontakt mit dem Therapeuten zum Ausdruck. Ist es leichter für sie, das zu tun, wenn sie den Therapeuten nicht anschauen müssen? Oder ist dies vielleicht einfacher, wenn sie den Therapeuten anschauen können und sehen, daß er ihre Wünsche nicht abstoßend findet? Ist es für den Therapeuten einfacher, den Patienten zu ermutigen, derartiges Material zu erzählen, oder ihm einfach zuzuhören, ohne ihn zu entmutigen, wenn er liegt? Oft schauen Patienten spontan weg, selbst wenn sie über vermeintlich banale Angelegenheiten sprechen. Außerdem kann die Couch von beiden Beteiligten defensiv eingesetzt werden: Sie ist vielleicht eine symbolische Barriere, die das Gesagte irreal, sogar null und nichtig machen kann. Daher fällt die Antwort für unterschiedliche Patienten, unterschiedliche Analytiker und unterschiedliche Analytiker-Patient-Paare gewiß verschieden aus.

Manchmal wird behauptet, die Rolle der Couch bei der Förderung des Zugangs zu tieferem Material sei eine plausible Schlußfolgerung aus dem seltenen, aber nicht gänzlich unbekanntem Fall, daß beim Wechsel vom Stuhl zur Couch eine Psychose ausbrechen könnte. Ich habe das nie erlebt, aber ich nehme an, daß in solchen Fällen die subtileren Zeichen einer Psychose im Vorfeld übersehen worden sind und daß der manifeste Ausbruch beim Wechsel zur Couch eine Folge der *Bedeutung* der Couch ist; vielleicht besteht diese Bedeutung in der Erlaubnis, alles zu enthüllen, oder in irgendeiner anderen Dynamik. Entsprechend meiner Angewohnheit glaube ich, daß nicht die Couch als solche bedeutsam ist, sondern ihre Symbolik. James McLaughlin hat den Fall eines Patienten beschrieben, für den die Couch unbewußt einen Sarg symbolisierte. Viele Therapeuten empfehlen, den Patienten wieder zum Stuhl wechseln zu lassen, wenn von ihm auf der Couch psychotisches Material kommt, damit die direktere Verbindung zum Therapeuten ihm einen sichereren Zugriff auf die Realität geben kann. Aber könnte der Wechsel zurück auf den Stuhl nicht auch bedeuten, daß der Therapeut Angst hat, was wiederum zur Folge hat, daß der Patient noch mehr Angst bekommt? Ich wiederhole: Das wichtigste ist die Symbolik der Couch; dabei ist die Bedeutung für beide Beteiligten wichtig, nicht nur für den Patienten. Sogar wenn bestimmte Reaktionen auf die Couch nahezu universal sind, kann dies immer noch bedeuten, daß die Symbolik der Couch verantwortlich ist für die Reaktion und nicht die Couch an sich.

Aber was meine ich nun mit der Couch »an sich«? Wenn es wahr ist, daß eine Hemmung der Bewegung den Zugang zu tieferem Material erleichtert, geschieht dies dann nicht durch das Stichwort »Couch« an sich? Das glaube ich nicht. Es ist immer noch die Bedeutung der Couch, die dabei eine Rolle spielt. Dies gibt mir die Gelegenheit, eine wichtige Generalisierung zu wiederholen. Ich glaube nicht, daß es nur zu überlegen gilt, wie etwas erlebt wird. Es ist nicht wahr, daß *irgendwas* einfach *irgend etwas* bedeuten kann. Es gibt sowohl eine materielle Realität als auch eine psychische Realität, wie ich bereits in meinen Bemerkungen zum Konstruktivismus dargelegt habe. Man kann Reaktionen auf die Couch sowohl auf der Grundlage einer Ein-Personen-Psychologie als auch einer Zwei-Personen-Psychologie begreifen. In der Ein-Personen-Psychologie kann dies zum Beispiel folgendermaßen geschehen: »Ich werde nicht in der Lage sein, nach meinen Impulsen zu handeln, also werde ich den Teufel tun, mich wissen zu lassen, wie diese Impulse aussehen.« Und in der Zwei-Personen-Psychologie: »Sie haben mir die Erlaubnis gegeben, alles zu sagen.« Oder wenn von der Couch zum Stuhl gewechselt wird: »Sie glauben, ich sei zu krank, um auf der Couch liegen zu können.« Offensichtlich macht jeder Wechsel von einer Position in die andere eine besonders detaillierte Analyse notwendig. Und ich betone nochmals: Es gibt keine notwendige Dichotomie zwischen Ein-Personen- und Zwei-Personen-Perspektive. Beide können angemessen sein.

Ein Aspekt des Realitätszwangs ist die Wahrscheinlichkeit, daß bestimmte äußere Arrangements auf eine andere spezifische Weise erlebt werden als andere. Das Liegen auf der Couch beispielsweise wird vom Patienten wahrscheinlich eher als Infantilisierung erlebt als die Position, in der er aufrecht sitzt. Aber für einen spezifischen Patienten kann eine dieser beiden Positionen eine Bedeutung haben, die der üblichen entgegengesetzt ist.

Die Couch hat eine wichtige soziale Bedeutung, die allgemeiner ist als die unmittelbare interpersonale Bedeutung. Für viele Patienten – und Therapeuten – ist die Couch ein Statussymbol. In dieser Bedeutung kann sie leicht mißbraucht werden. Ich nehme an, in Zukunft wird in Analysen mit häufigeren Sitzungen die Couch weiterhin gebräuchlich bleiben; bei Therapien mit weniger häufigen Sitzungen hingegen, selbst wenn die analytische Technik meiner Definition entsprechend Anwendung findet, wird der Stuhl gebräuchlicher werden. Ich denke, die Tatsache, daß es solche konventionellen Präferenzen gibt, macht die genaue Exploration der Bedeutung der Couch um so wichtiger.

Jerome Oremland (1991) behauptete, daß die aufrecht sitzende Position für die Berücksichtigung der Zwei-Personen-Situation förderlich ist, während die liegende Position die monadische, intrapsychische Struktur akzentuiert. Wenn dies so ist, habe ich darauf entgegnet (Gill 1991), kann dies sehr wohl eine *self-fulfilling prophecy* sein, die auf den Erwartungen des Therapeuten beruht.

Honorare

Hier gibt es viele komplexe Aspekte. Kann eine Analyse zu einem geringeren Honorar als sonst üblich durchgeführt werden? Vielleicht sogar ohne Bezahlung? Viele Analytiker sind davon überzeugt, daß die Übernahme des ganzen Honorars oder eines Teilbetrags durch Dritte die Analyse beeinträchtigt. Ich gebe meine übliche Antwort: Es ist die Symbolik, nicht nur die Tatsache als solche, die eine Rolle spielt. Eine solche Sichtweise öffnet dem Argument die Tür, daß jedes äußere Arrangement erlaubt sein kann, wenn es nur analysiert wird. Dies ist nicht meine Ansicht. Nicht alles ist durch Deutung einer Lösung zugänglich: Ein niedriges Honorar für einen Patienten, der das normale Honorar aufbringen kann, ist etwas völlig anderes als ein niedriges Honorar für jemanden, der dies nicht kann. Ich habe Analysen für ein niedrigeres Honorar mit Patienten durchgeführt, die nicht mehr aufbringen konnten, mit der Erlaubnis als Gegenleistung für mich, das Material aufzuzeichnen und für Forschungszwecke verwenden zu dürfen. Zwar behaupte ich nicht, daß die Implikationen von Übertragung und Gegenübertragung bei einem solchen Arrangement durch Deutung gänzlich aufgelöst werden können, aber ich glaube schon, daß sich eine authentische analytische Situation unter solchen Bedingungen entwickeln kann.

Im sozialen Kontext ist es ein interessanter Aspekt, ob ein Analytiker das übliche Honorar in Rechnung stellt oder weniger oder mehr. Es gibt unter Analytikern derselben Gruppierung überraschende Unterschiede bei den Honoraren, und dies hat jeweils natürlich komplexe Bedeutungen, nicht nur für die Beziehung zwischen Patient und Analytiker, sondern auch für die Beziehungen zwischen den Kollegen. Analytiker, die zugleich Ärzte sind, stellen in der Regel die höchsten Honorare in Rechnung, danach folgen die Psychologen, und dann kommen die Sozialarbeiter.

Behandlungsdauer

Analysen sind berüchtigt dafür, daß sie viele Jahre dauern. Zu Freuds Zeiten waren sie viel kürzer, und dies machte übrigens die Anordnung, während der Analyse keine wichtigen Entscheidungen zu treffen, sehr viel leichter durchführbar als heute, wo eine Analyse ein Jahrzehnt oder länger dauern kann. Warum dauern Analysen so lange? Ist die allgemein akzeptierte relative Passivität des Analytikers ein Faktor? Gibt es das unzumutbare Ideal, alle Konflikte vollständig zu lösen? Kann eine Analyse aufgrund ihrer nicht anerkannten Stützfunktion Suchtcharakter bekommen? Oder wegen der chronischen, unerkannten und daher nicht analysierten Übereinkunft von Übertragung und Gegenübertragung? Kann die Trennungsangst des Analytikers es schwierig machen, den Patienten loszulassen? Macht die Idealisierung des analytischen Prozesses es uns unmöglich zuzugeben, daß es Grenzen dessen gibt, was wir erreichen können oder sogar, daß wir gescheitert sind? Ich habe einmal eine unglückliche Konsequenz der Unfähigkeit erlebt, die Grenzen der Analyse anzuerkennen, als einem ungeeigneten Ausbildungskandidaten fortwährend noch mehr Analyse empfohlen wurde; dabei wurde nicht einmal überlegt, ob er versuchen sollte, den Analytiker zu wechseln. Ich habe einmal ohne Erfolg empfohlen, ein Ausbildungsinstitut solle die Regelung einführen, daß jeweils nach fünf Jahren der Analytiker gewechselt werden sollte.

Freud (1937d) konnte nur im Kontext der damals relativ kurzen Analysen empfehlen, Analytiker sollten alle fünf Jahre eine Zeitlang selbst eine Analyse machen. Denn sonst befänden sich Analytiker immer in Analyse – vielleicht keine schlechte Idee, wenn man die Ubiquität und Zentralität der Gegenübertragungsneurose und die Veränderungen der psychischen Verfassung des Analytikers im Verlauf seines Lebens in Betracht zieht.

Ich sollte deutlich machen, daß ich mit psychoanalytischer Therapie keine Kurztherapie meine. Eine psychoanalytische Therapie kann sich über Jahre erstrecken, sie kann genauso lange dauern wie eine Psychoanalyse.

Psychoanalyse und psychoanalytische Therapie

Die Ansicht ist weit verbreitet, eine Analyse verlaufe in einer ziemlich gleichmäßigen Aufeinanderfolge von Phasen. Einige sind der Meinung, die Übertragung benötige Zeit, um zu reifen, nur dann sei sie für die Deutung zugänglich. Hyman Muslin und ich (Gill und Muslin 1976) haben vor langer Zeit über die frühe Übertragungdeutung geschrieben. Im allgemeinen glaubt man sogar, es dauere noch länger, bis sich eine Übertragungsneurose entwickelt hat – eine Vorstellung, über die es immer noch viele Kontroversen gibt. Ich kann dem, was ich darüber bereits geschrieben habe, nichts mehr hinzufügen (Gill 1982, dt. 1996). Besonders habe ich auf die Ansicht Edward Glovers (1955) verwiesen, daß die Übertragung aktiv verfolgt werden müsse. Es ist immer noch ein umstrittenes Thema, ob die Übertragungsneurose eines Patienten mit einer »ödipalen Neurose« sich von der eines Patienten mit einer schwereren Pathologie unterscheidet. Ich glaube, es müßte trotzdem erst bewiesen werden, daß die Entwicklung einer Übertragung oder einer Übertragungsneurose unbedingt eine lange Zeit in Anspruch nimmt. Die

Welt der Psychoanalyse steht immer noch unter dem Diktum Freuds, der Analytiker könne den analytischen Prozeß zwar in Gang bringen, aber danach nehme sie ihren eigenen Verlauf (Freud 1913c, S. 463). Dieses Diktum geht deutlich von der monadischen Konzeption der Analyse aus.

Die Vorstellung, Übertragung und Übertragungsneurose entwickelten sich nur während einer langen Zeitspanne, ist deshalb begründet, weil sie davon ausgeht, daß die Übertragung Regression voraussetzt und weil die Regression viel Zeit erfordert. Trotz der gehaltvollen Schrift Ida Macalpines (1950) vor mehr als 40 Jahren wird relativ wenig diskutiert, was es eigentlich mit der analytischen Situation auf sich hat, die zur Regression führt. Ich nehme an, ein Grund dafür, daß die Regression des Patienten selbstverständlich für notwendig gehalten wird, ist, daß eine schonungslose Offenlegung des Beitrags, den der Analytiker zur Interaktion leistet, bei einer offenen Diskussion dieses Themas unvermeidlich wäre. Um die ichsyntonen Anteile des Patienten in den Status von Symptomen mit charakteristischem Zustand umzuwandeln, ist nicht Zeit für Regression notwendig, sondern die Intervention seitens des Analytikers. Dies zeigt sehr anschaulich ein Fallbericht von Owen Renik (1993). Er mußte hartnäckig darauf hinweisen, daß die Lebensweise des Patienten pathologisch war, bevor die Analyse in eine neue Phase übergehen konnte.

Es ist erwiesen, daß im Fortschreiten einer Therapie sukzessive verschiedenartige Probleme zum Thema werden. Bedeutet dies unbedingt Regression in dem Sinn, daß eine Bewegung in Richtung zunehmend früherer Entwicklungsphasen des Patienten stattfindet? Ich glaube nicht. Es bedeutet jedoch vielleicht, daß massiv unterdrücktes Material zunehmend ans Licht kommt. Man kann dies zwar als Regression betrachten, aber der Gedanke ist zumindest ebenso vernünftig, es handle sich dabei um eine Progression in dem Sinn, daß der Patient fähig ist, sich zunehmend mit belastenden Themen zu konfrontieren.

Eine andere weitverbreitete Vorstellung vom zu erwartenden Verlauf einer Analyse beruht auf der Ansicht, Themen, die auf der körperlichen Ebene zum Ausdruck kommen, bildeten den Kern des analytischen Prozesses und der Psyche. Daher könne nur dann davon die Rede sein, ein authentischer analytischer Prozeß habe sich entwickelt, wenn diese »Tiefen« erreicht werden. Da die klassische Analyse diesen Ausdruck des psychischen Konflikts auf der körperlichen Ebene als idiosynkratisches und pathognomisches Zeichen der authentischen Analyse betrachtet, und da man glaubt, eine größere Zeitspanne sei notwendig, damit Themen auf der körperlichen Ebene auftauchen könnten, folgt daraus, daß die psychoanalytische Therapie, auch wenn ich sie von der psychoanalytischen Psychotherapie unterschieden habe, wahrscheinlich nicht als echte Analyse betrachtet wird. Ich wiederhole meine Behauptung, daß die Ansicht des Analytikers eine große Rolle dabei spielt, wann explizit oder implizit Anzeichen körperlicher Phantasien ins Zentrum der Betrachtung gerückt werden.

Ich habe gehört, daß man sagt: »Gill glaubt, man könne eine Analyse mit einer Stunde pro Woche im Sitzen durchführen.« In gewisser Weise trifft dies zu, aber andererseits ist diese Aussage grob irreführend. Es stimmt, daß ich der Meinung bin, man könne in vielen Fällen authentische analytische Arbeit einmal in der Woche mit einem Patienten durchführen, der aufrecht sitzt. Dies bedeutet aber noch lange nicht, daß ich glaube, es könne dasselbe geschehen, wenn ein Patient einmal in der Woche kommt und während der Stunde aufrecht sitzt, wie bei der Regelung, daß er fünfmal in der Woche kommt und auf der Couch liegt.

Was ich bekämpfe, ist die mechanische Übernahme der Vorstellung, eine Analyse könne einzig und allein mit mindestens vier oder fünf Sitzungen in der Woche auf der Couch durchgeführt werden. Ich kämpfe gegen die mechanische Übernahme der Vorstellung, daß alles, was weniger als vier oder fünf Sitzungen in der Woche und keine Couch erfordert, eine Therapieform sei, die sich von der echten Analyse unterscheidet. Ich möchte, daß der Sitzungshäufigkeit als Kriterium für den analytischen Prozeß eines bestimmten Patienten die geringste Rolle zukommt, damit die Analyse mehr

Menschen zugänglich wird. Ich plädiere für diejenige Position (Sitzen oder Liegen), die dem analytischen Prozeß eines bestimmten Patienten am besten dient.

Es bringt zwar Wiederholungen mit sich, wenn ich betone, daß die optimale Sitzungsfrequenz und die optimale Position genauso eine Funktion des Analytikers sind wie des Patienten; aber ich möchte nicht, daß der Analytiker die Sitzungsfrequenz und die Couch einfach zum Prinzip erhebt, statt beides aufgrund der Überlegung zu beurteilen, welcher analytische Prozeß für einen bestimmten Patienten erforderlich ist. Zugegeben, ich bin vielleicht ungeduldiger als viele andere, und ich bin nach wie vor davon überzeugt, daß eine aktivere Haltung, als sie viele Analytiker an den Tag legen, das Geschehen beschleunigen könnte. Man hat die Passivität des Analytikers als Neutralität mißverstanden. Wie üblich betone ich, daß der Analytiker die Bedeutung seiner Aktivität gegenüber seinem Patienten aufmerksam verfolgen muß, genauso wie er wachsam beobachten sollte, was es für den Patienten bedeutet, wenn er schweigt. Ich kann nicht oft genug wiederholen, daß ein Analytiker, der schweigt, keineswegs nichts tut. Die Unterlassung, etwas zu sagen, was gesagt werden muß, ist genauso entscheidend, wie etwas zu sagen.

Hier ein Beispiel: Kürzlich stellte ich in einer Supervision fest, daß ein Ausbildungskandidat, obwohl er genau verstanden hatte, worum es ging, große Schwierigkeiten hatte, dieses Verständnis in die Praxis umzusetzen. Wenn während der Analyse, die er durchführte, etwas geschah, was beim Analysanden mit großer Wahrscheinlichkeit starke Gefühle hervorrief, worüber er jedoch nicht sprach und worauf er auch keine anderen Hinweise gab, fragte ihn der Ausbildungskandidat, was er fühle, anstatt ihn darauf aufmerksam zu machen, daß er nicht berichte, was er fühlte. Wenn der Analysand dann natürlich antwortete, er sei sich keiner solchen Gefühle bewußt, verwies der Ausbildungskandidat auf die Diskrepanz zwischen seiner Erwartung, der Patient habe Gefühle wegen der Angelegenheit, und dem Umstand, daß dieser sich solcher Gefühle nicht bewußt sei.

Als ich mich bei dem Ausbildungskandidaten nach dem

Grund für seine Schwierigkeiten erkundigte, den Patienten zu fragen, warum er nicht berichte, was er fühle, und statt dessen frage, was er fühle, antwortete er, er sei der Meinung, es sei seine Pflicht herauszubekommen, was der Patient fühle. Meine Bemerkung bezog sich auf die Entwicklung der analytischen Situation: Diese Entwicklung muß ein kooperativer Prozeß sein. Andernfalls baut der Analytiker vielleicht eine chronische Übertragungs-Gegenübertragungs-Interaktion auf, die stillschweigend so aufgefaßt wird, daß der Analytiker als konstanter Ansporn dienen muß, mit weiß der Himmel welcher unbewußten Bedeutung für den Analysanden, der Objekt solchen Ansporns ist, ganz zu schweigen von der unbewußten Bedeutung, die es für den Analytiker hätte, Ansporn für den Analysanden zu sein.

Wenn Therapie so durchgeführt wird, wie ich es beschrieben habe (Gill 1988), erscheint das Thema der »Umwandlung« einer Psychotherapie in eine Psychoanalyse in einem ganz anderen Licht. Das übliche Argument, wenn bei einem Patienten bereits Psychotherapie angewandt wurde, dann sollte dieser an einen anderen Analytiker überwiesen werden, wenn eine Analyse durchgeführt werden muß, beruht auf der Vorstellung, daß die Psychotherapie die Übertragung wahrscheinlich so »kontaminiert« hat, daß die Analyse der Übertragung nicht mehr möglich ist. Aufgrund meiner Erörterung sollte deutlich geworden sein, daß ich dieser Sichtweise nicht zustimme, da sie beinhaltet, daß eine Analyse ohne »Kontaminierung«, das heißt ohne Interaktion durchgeführt werden könnte. Meine Ansicht beruht auch auf der Vorstellung, daß die vorherige Psychotherapie gemäß den Richtlinien einer psychoanalytischen Therapie durchgeführt worden ist, wie ich sie beschrieben habe. Daher komme ich zu der Schlußfolgerung, die manche Kollegen dazu verleitet hat zu meinen, ich hätte die Psychoanalyse nicht wirklich begriffen: Ein Psychoanalytiker sollte immer psychoanalytisch arbeiten oder, vielleicht besser ausgedrückt, psychoanalytische Therapie, wie ich sie definiert habe, anwenden.

Ich möchte den Leser auf einen gedankenreichen Artikel von Helmut Thomä (1993) lenken, der viele akzeptierte

Dogmen der analytischen Ausbildung in Frage stellt, einschließlich der Sitzungsfrequenz sowohl für die Lehranalyse des Kandidaten selbst als auch für die Analysen, die der Kandidat unter Supervision durchführt.

Sechstes Kapitel

Freie Assoziation und analytischer Prozeß

Ich werde die freie Assoziation sehr detailliert erörtern, weil ich glaube, daß dieses Thema sich gut für die Betrachtung vieler Aspekte eignet, in denen sich eine Ein-Personen-Psychologie von einer Zwei-Personen-Psychologie unterscheidet. Die freie Assoziation wird wahrscheinlich als intrinsisches Kriterium der psychoanalytischen Situation eingestuft, aber die Überlegung, ob man sie als extrinsischen oder intrinsischen Faktor bezeichnen sollte, führt dazu, daß man sich deutlicher klarmacht, daß sich intrinsische Faktoren in solche unterteilen lassen, für die primär der Therapeut verantwortlich ist, und solche, für die primär der Patient verantwortlich ist. Ich habe die Analyse der Übertragung als intrinsischen Faktor bezeichnet. Sie ist in erster Linie Aufgabe des Analytikers, die freie Assoziation hingegen ist primär Aufgabe des Patienten. Aber solche Formulierungen können irreführend sein. Alles, was in der Analyse geschieht, speist sich aus den Beiträgen, die beide Beteiligten dazu leisten.

Der autoritäre Charakter der Grundregel

Freud nannte das Gebot der freien Assoziation die Grundregel der Analyse. Der ausdrückliche Gebrauch des Wortes »Regel« führt zu der Frage, ob dies eine autoritäre Haltung seitens des Therapeuten beinhaltet, die sich antithetisch zu der Anweisung verhält, daß der Therapeut sich zurückzuhalten soll und seine Wünsche und Forderungen dem Patienten nicht aufzwingen darf.

Der autoritäre Charakter dieser Regel wird vielleicht durch die Tatsache verschleiert, daß sie *freie* Assoziation genannt wird. Der Ausdruck »freie Assoziation« wird eigentlich als Gegensatz zu einer gelenkten Assoziation benutzt, denn dies war die Technik, die der freien Assoziation vorausging. Die gelenkte Assoziation beinhaltete auch eine Drucktechnik: Freud drückte auf die Stirn des Patienten, wenn die Assoziationen ausblieben. Das Ausbleiben der Assoziationen bedeutete in dem Zusammenhang, daß der Patient nichts oder nichts Weiterführendes auf die Fragen Freuds antworten konnte. Während er auf die Stirn des Patienten drückte, gab Freud ihm die Anweisung zu sagen, was ihm zuerst in den Sinn kam. Daher die Bezeichnung »gelenkte Assoziation«. Freud schreibt: »Er dürfe es nicht für sich behalten, weil er etwa meine, es sei nicht das Gesuchte, das Richtige, oder weil es ihm zu unangenehm sei, es zu sagen. Keine Kritik, keine Zurückhaltung, weder aus Affekt noch aus Geringschätzung!« (Freud und Breuer 1895d, S. 270).

Mark Kanzer (1972) hielt Freuds Art, über die Grundregel zu sprechen, für ein Überbleibsel des hypnotischen Autoritarismus in der Psychoanalyse. Er schreibt: »Die Grundregel enthob sich selbst nicht völlig der Drucktechniken und mobilisierte eigentlich das Überich heimtückischer, indem sie die äußere Figur des ›unfehlbaren‹ Analytikers durch die Verpflichtungen und das Bewußtsein des Patienten ersetzte« (Kanzer 1972, S. 257). Er zitiert Freud als jemanden, der von der Grundregel als »Vorschrift« (Freud 1910a, S. 31) oder »Vertrag« (Freud 1940a, S. 99) spricht, der den Patienten »unverbrüchlich« (Freud 1916/17, S. 113) auf »Gehorsam« (ebd., S. 299) »verpflichte« (Freud 1940a, S. 99). Obwohl Kanzer glaubt, Freud sei toleranter geworden und habe erkannt, daß Verletzungen der Grundregel unvermeidbar seien, nahm er an, Freud habe sich vielleicht getäuscht, als er »die höhere Autorität der ›Realität‹ beschwor und sich selbst als deren neutrales Instrument darstellte« (Kanzer 1972). Als Beispiel beschreibt er, wie Freud dem »Rattenmann« gesagt habe, »es liege nicht in seiner Macht, ihm die Notwendigkeit zu ersparen, die Details seiner analen Tortur zu schildern, von der er besessen sei« (ebd., S. 258).

Inzwischen wurde von einigen Analytikern der Sinn der Grundregel in Frage gestellt. Ihre Zweifel reichen von der Vermutung, daß ihre Anwendung eher als Vorschlag gemeint war, bis hin zu der Schußfolgerung, daß sie genau die Freiheit verletzt, um derentwegen sie angeblich aufgestellt wurde, indem man dem Patienten eine Verpflichtung aufzwingt.

Ernst Kris (1956) lehnte es ab, die Grundregel eher als Erlaubnis denn als Verpflichtung darzustellen. Er zitiert aus einem Aufsatz über die Gegenübertragung von Margaret Little aus dem Jahr 1951, in dem sie schreibt: »Wir fordern von unseren Patienten nicht mehr, daß sie uns alles erzählen, was sie denken und empfinden. Im Gegenteil, wir geben ihnen die Erlaubnis, dies zu tun ...« (Little 1951, S. 39). Kris fährt fort:

»Diese Aussage soll die ›analytische Grundregel‹ beschreiben, wie sie normalerweise ›heutzutage‹ formuliert wird. Diese veränderte Akzentuierung scheint mir weitreichende Konsequenzen für die Struktur der analytischen Situation zu haben. Sie wird ›*persönlicher*‹, da der Analytiker, der die freie Assoziation ›erlaubt‹ und nicht ›fordert‹, eher einem Elternteil gleicht, der nichts dagegen hat, wenn das Kind ungezogen ist. Vielleicht erklärt dies, warum in dem zitierten Aufsatz Übertragung und Gegenübertragung als völlig gleichwertige Phänomene behandelt werden« (Kris 1956, S. 451, Hervorhebung M. M. Gill).

Kris' Feststellung beinhaltet, das Beharren auf der Grundregel sei unpersönlich, eine nachgiebige Haltung dagegen sei *persönlich.* Die Implikation, daß es einen korrekten Weg gibt, etwas zu sagen, was den Patienten davor schützt, den Analytiker als einen Menschen zu erleben, der es persönlich meint, ist ein eklatantes Beispiel dafür, daß die psychische Realität des Patienten nicht ernst genommen und die Verantwortlichkeit des Analytikers für seine Interventionen geleugnet wird.

Definition der freien Assoziation

In der Literatur sind die Meinungen geteilt darüber, ob die freie Assoziation als das definiert werden soll, was auch immer der Patient sagt, wenn er die Anweisung bekommen hat, frei zu assoziieren, oder ob sie als eine bestimmte Art von Assoziation definiert werden soll, die durch Inkohärenz und

Verworrenheit charakterisiert ist, also im wesentlichen als Produktion des »Primärvorgangs«. Ich stimme mit Samuel Lipton (1982) darin überein, daß es richtig ist, wenn man Freuds Meinung hinsichtlich der freien Assoziation so versteht, daß sie aus dem besteht, was immer der Patient als Reaktion auf die Forderung, der Grundregel zu folgen, sagt. Freud kann zu dieser Wirkung nicht direkt zitiert werden, aber ich glaube, es ist widerspricht dem nicht, was ich über die freie Assoziation und die Grundregel geschrieben habe. Weil diese Idee zu seinen Lebzeiten nicht geäußert wurde und daher keine Widerlegung erforderlich machte, kann Freud nicht zitiert werden, um die Vorstellung zu widerlegen, die freie Assoziation sei ein Fließen des Primärvorgangs, und dieses Fließen sei in seiner entwickeltsten Form frei von Widerstand.

Ich kann jedoch verschiedene Bemerkungen zitieren, die der Formulierung, die freie Assoziation sei das, was der Patient als Reaktion auf die Forderung, der Grundregel zu folgen, sagt, nahekommen. Freud schreibt zum Beispiel: »Ein anderer Vorteil der Methode ist, daß sie eigentlich nie zu versagen braucht. Es muß theoretisch immer möglich sein, einen Einfall zu haben, wenn man seine Ansprüche an die Art desselben fallenläßt« (Freud 1925d, S. 67).

Muß das freie Assoziieren gelernt werden?

Wenn als freie Assoziation die beliebige Produktion des Patienten als Reaktion auf die Aufforderung, der Grundregel zu folgen, definiert ist, folgt daraus, daß die Fähigkeit zur freien Assoziation nicht gelernt werden muß. Abermals zitiere ich Freud: »Die hier geforderte Einstellung auf anscheinend ›freisteigende‹ Einfälle mit Verzicht auf die sonst gegen diese geübte Kritik scheint manchen Personen nicht leicht zu werden« (Freud 1900a, S. 107).

Aber auf der nächsten Seite schreibt er: »Und doch ist ein ... derartiges sich in den Zustand der kritiklosen Selbstbeobachtung Versetzen keineswegs schwer. Die meisten meiner

Patienten bringen es nach der ersten Unterweisung zustande« (ebd., S. 108).

Im Gegensatz zu Freuds Ansicht, die freie Assoziation müsse nicht gelernt werden, und in Übereinstimmung mit der Vorstellung, daß es sich hierbei um eine besondere Art von Kommunikation handelt, haben Dewald, Kanzer und Loewenstein behauptet, die freie Assoziation müsse sehr wohl gelernt werden. Dewald (1972) ist hier am deutlichsten. Er schreibt: »Die meisten Patienten lernen in der Analyse die Technik der freien Assoziation nur in gewissem Ausmaß, und normalerweise gelingt die freie Assoziation in der Mitte und in späten Phasen der analytischen Behandlung am besten« (Dewald 1972, S. 612). Kanzer schreibt: »Die Fähigkeit zur freien Assoziation wird nicht spontan angeeignet, wie oft behauptet wird, sondern sie ist ein erlernter Prozeß, der so gelenkt wird, daß Einsicht ermöglicht wird« (1972, S. 247). Und Loewenstein beobachtet: »Nahezu alle Patienten brauchen nicht nur Zeit, sondern auch eine gewisse analytische Arbeit zur Vorbereitung, damit sie die Fähigkeit erlangen, der Grundregel zu folgen« (1963, S. 463). Eissler (1963) ist der Ansicht, es sei sogar noch schwerer, die Fähigkeit der freien Assoziation zu erlangen:

»Im psychoanalytischen Prozeß bedeutet ›alles sagen‹ nicht nur, jedes vergangene und gegenwärtige Ereignis mitzuteilen, jedes Gefühl, jeden Impuls und jede Phantasie, sondern auch das, was vom Patienten als Lüge, Fälschung, als unwichtig oder unnötig angesehen wird. Um zu dem Punkt zu kommen, an dem all dieses Material in die Analyse eingebracht werden kann, müssen im Patienten gewisse Veränderungen stattfinden. So seltsam es auch klingen mag, diesen Bedingungen gerecht zu werden ist eine der allerschwierigsten Aufgaben, und es ist fraglich, ob jemals jemand dieser Aufgabe gerecht geworden ist« (Eissler 1963, dt. 1983, S. 244 f.).

Und welche Position vertrete ich hinsichtlich dieser Frage? Ich erkenne an, daß man vielleicht etwas Übung braucht, bis man fließende Gedanken erfassen kann, und daß Patienten gelegentlich Teile ihrer Assoziationen bewußt ausklammern, aber diese Überlegungen stehen nicht im Gegensatz zu der Vorstellung, daß die freie Assoziation nicht gelernt werden muß. In jedem Fall kann die operationale Definition der freien Assoziation der Patienten daran festgemacht werden, daß sie alles sagen, was ihnen subjektiv bewußt ist.

Erweiterte Kommunikation

Freud betrachtete die freie Assoziation als eine *erweiterte* Kommunikation, die logisch und kohärent ist, aber bestimmte Arten von Material einschließt, das gewöhnlich aus der Kommunikation ausgeschlossen ist. Dies bedeutet, daß die Patienten mehr Vorstellungen schildern als in einem gewöhnlichen Gespräch; es bedeutet aber nicht, daß sie nur die zusätzlichen Vorstellungen schildern. Es gibt eine bemerkenswerte Übereinstimmung bei den Vorstellungen, so daß Freud sagte, die Patienten sollten auch sagen, wenn sie eine Abneigung dagegen hätten, sie zu schildern. Diese Vorstellungen sind ziemlich trivial, irrelevant, sinnlos und peinlich.

In den *Studien über Hysterie* schreibt Freud:

»Wenn man aber die Darstllung, die man vom Kranken ohne viel Mühe und Widerstand erhalten hat, mit kritischem Auge mustert, wird man ganz unfehlbar Lücken und Schäden in ihr entdecken« (Freud und Breuer 1895d, S. 297). »Man darf nämlich an einen Gedankengang bei einem Hysterischen, und reichte er auch ins Unbewußte, dieselben Anforderungen von logischer Verknüpfung und ausreichender Motivierung stellen, die man bei einem normalen Individuum erheben würde. Eine Lockerung dieser Beziehungen liegt nicht im Machtbereiche der Neurose. Wenn die Vorstellungsverknüpfungen der Neurotischen und speziell der Hysterischen einen anderen Eindruck machen, wenn hier die Relation der Intensitäten verschiedener Vorstellungen aus psychologischen Bedingungen allein unerklärbar scheint, so haben wir ja gerade für diesen Anschein den Grund kennen gelernt und wissen ihn als *Existenz verborgener, unbewußter Motive* zu nennen« (ebd., S. 298; Hervorhebung im Original).

Aber Lücken können nur dann als solche identifiziert werden, wenn sie im Kontext eines logischen Diskurses auftreten. Dies bedeutet, daß der Analytiker die manifeste Bedeutung verstehen muß, bevor er die latente Bedeutung analysieren kann. Beide Beteiligten haben die Verantwortung, darauf zu achten, daß sie vom jeweils anderen verstanden werden, obwohl die Verantwortung des Analytikers natürlich größer ist. Wenn der Analytiker etwas nicht versteht, sollte er nachfragen, und wenn er bemerkt, daß er mißverstanden worden ist, sollte er erklären, was er sagen wollte. Gewiß können Mißverständnisse auch Aspekte der Übertragung enthüllen, mit denen man sich beschäftigen muß. Wenn der Patient keine verzerrte Auffassung von der freien Assoziation hat, wird er im allgemeinen alles erklären, von dem er annimmt, der Analytiker verstehe es vielleicht nicht, wie etwa ein technisches Detail in Verbindung mit seinem Beruf oder ein Hobby. Aber wenn er irrtümlich davon ausgeht, der Analytiker verstehe diese Dinge, ist es Sache des Analytikers, genügend Informationen zu erfragen, damit er in der Lage ist, die manifeste Bedeutung zu verstehen. Solches Nachfragen kann natürlich Auswirkungen auf die Übertragung haben. Die Annahme des Patienten, der Analytiker wisse über bestimmte technische oder abgelegene Dinge Bescheid, kann für die Übertragung verschiedene Bedeutungen haben. Der Patient kann zum Beispiel prüfen, ob der Analytiker vielleicht nur vortäuscht, über etwas Bescheid zu wissen, von dem der Patient glaubt, er wisse es nicht. Ebenso kann es eine Bedeutung für die Wechselwirkung von Übertragung und Gegenübertragung haben, wenn der Analytiker sich nicht erkundigt. Es gibt unendlich viele Möglichkeiten.

Kris (1956) beschreibt die freie Assoziation in ähnlicher Weise wie ich.

»Wir haben hervorgehoben, daß der analytische Prozeß den Patienten in eine Situation bewußt gewählten Strukturmangels setzt. Eben diese Tatsache, daß der Übergang von einem Sujet zum anderen nicht geregelt ist, gibt der Rolle der freien Assoziation ihre zentrale Position. Dies ist eine Position, die von dem Bedürfnis gekennzeichnet ist, verständlich zu bleiben, zu informieren, darzustellen, zu berichten oder zu einem Traum zu assoziieren. Während der Patient mit der freien Assoziation beschäftigt ist, muß er im Kontakt mit dem Analytiker ermitteln, ob das, was er sagt oder denkt von seinem schweigenden Zuhörer verstanden werden kann. Es ist immer von entscheidender Bedeutung, wenn wir beobachten, daß ein bestimmter Patient diesen Kontakt tendenziell verliert und sich in ein Selbstgespräch und in psychische Isolation zurückzieht, wenn er gebeten wird, dem Drängen der Gedanken und geistigen Bilder so zu folgen, wie sie ihm in den Sinn kommen. Sehr viel vertrauter ist die entgegengesetzte Schwierigkeit: das Verhalten des Patienten, der glaubt, es sei unmöglich, die Kontrolle aufzugeben, sich des inneren Drucks zu entledigen oder diesen Druck zuzugeben. In beiden Extremen und manchmal aus denselben Gründen scheint eine analytische Therapie nicht durchführbar zu sein. Im ersten Fall zeigt die Regression ihre Macht, indem sie den Kontakt zum Analytiker zerstört. Wir sind mit dem Zugang zur Regression als unkontrollierbarer Macht konfrontiert, die genau durch die Bedingung der analytischen Situation ausgelöst wird. Im zweiten Fall kann dieselbe Gefahr bestehen, aber gegenläufige Energie, die sich gegen die Bedrohung durch Auflösung richtet, produziert absoluten Widerstand gegen die Regression« (1956, S. 450 f.).

Auf diese Weise beschreibt Kris die zwei gegensätzlichen Behinderungen der freien Assoziation als daraus resultierend, daß in der analytischen Situation der Kontakt zum Analytiker aufrechterhalten werden muß und daher daraus eine Zwei-Personen-Situation wird, obwohl er möglicherweise Einwände gegen diese Art der Darstellung hätte.

Die Ansicht Kris' zeigt einen interessanten Gegensatz zu der Ansicht von Gedo (1981) und Bollas (1987), daß Phasen, in denen der Patient Selbstgespräche führt, unvermeidbar und sogar wünschenswert seien.

Ein anderer Bewußtseinszustand

Im fünften Kapitel habe ich geschrieben, daß einige Autoren die Couch für ein wesentliches Mittel halten, um – in Abhebung von einer *psychotherapeutischen* Situation – die *analytische* Situation herzustellen. In Ergänzung zu den bereits angeführten Gründen behaupten manche Analytiker, die Couch sei notwendig, um die freie Assoziation zu ermöglichen, und der Geisteszustand des Patienten unterscheide sich bei der freien Assoziation von seinem normalen Geisteszustand. Wenn das stimmt, das heißt, wenn die freie Assoziation ein intrinsisches Kriterium für die Psychoanalyse ist, erhebt sich eine ernsthafte Frage zu meiner Behauptung, die analytische Technik könne sogar mit veränderten extrinsischen Kriterien angewandt werden – zum Beispiel ohne Couch. Ich werde auf diesen Punkt zurückkommen.

Freuds Erörterung der freien Assoziation beinhaltet, daß die Vorstellungen, die in der erweiterten Kommunikation enthalten sind, nicht im gewöhnlichen Geisteszustand präsent sind; sie tauchen auf, weil die Lockerung des Widerstands zu einem anderen Bewußtseinszustand führt. Er hebt den Unterschied zwischen der Selbstbeobachtung eines Menschen, der frei assoziiert, und dem Zustand kritischer Reflexion hervor. Er schreibt: »Wie man sieht, handelt es sich darum, einen psychischen Zustand herzustellen, der mit dem vor dem Einschlafen (und sicherlich auch mit dem hypnotischen) eine gewisse Analogie in der Verteilung der psychischen Energie (der beweglichen Aufmerksamkeit) gemein hat« (Freud 1900a, S. 106).

Bertram Lewin (1954, 1955) unterscheidet zwischen freier Assoziation und der Situation, in der sie angewandt wird, das heißt dem Zweck, zu dem sie eingesetzt wird. Er verweist darauf, daß sich die freie Assoziation in der analytischen Situation von der bloßen freien Assoziation durch die Übertragung unterscheidet, obwohl Widerstand (er spricht in bezug auf die bloße freie Assoziation von »Abwehr«) beidemal gegeben ist. Er behauptet, er habe der Konzeption der freien Assoziation dadurch ein sehr lockeres Gefüge gegeben. Er geht noch weiter, indem er die Traumpsychologie auf den spezifischen Einsatz der freien Assoziation in der analytischen Situation anwendet und die Schlußfolgerung zieht:

»In ihrem Kern ... steht Freuds spezielle, enge Definition einer Bedingung der ruhigen Selbstbeobachtung, ... etwas, was sich von Reflexion ziemlich stark unterscheidet, ohne sie auszuschließen ... Um diese streng definierte Norm im Mittelpunkt kreisen die Bewußtseinszustände aller Abstufungen von Wachheit bis zu Schläfrigkeit ..., und es gibt bewußtlose Übergänge zu Träumereien und

Träumen in der einen Richtung und zu gelenkter, vom Sekundärvorgang geleiteter, struktureller geistiger Arbeit in der anderen Richtung« (Lewin 1955, S. 185).

Lewins Positionierung der freien Assoziation entlang einem solchen Kontinuum hebt hervor, daß die verbale Assoziation ein notwendiger Aspekt der freien Assoziation ist. Selbst bei Regression auf visuelle und akustische Bilder nähert sich eine derart definierte Regression dem Schlaf, etwa im hypnagogischen Zustand. In einer anderen Schrift über ein ähnliches Thema beschreibt Lewin (1954) den Zustand des Patienten auf der Couch als Stadium zwischen Schlafen und Wachen. Die Deutung von Wünschen stimuliere den Patienten zur Wachheit, die Deutung von Widerstand hingegen habe einen einlullenden Effekt. Ich persönlich bezweifle dies. Jede Deutung kann als Herausforderung erfahren werden, und somit steigt die Wachheit, oder sie kann einlullend erlebt werden, dann sinkt die Wachheit.

Kanzer (1972) schlägt vor, die Grundregel von der freien Assoziation zu unterscheiden; diese Unterscheidung liegt parallel zu Lewins Unterscheidung der freien Assoziation an sich und der freien Assoziation in der analytischen Situation. Er schreibt: »Das Überich ist in den Operationen sowohl der freien Assoziation als auch der Grundregel manifest – beide beeinflussen sich wechselseitig, aber sie sind keine identischen Aspekte des analytischen Verfahrens ... Die Vorstellung, ersteres sei ein Zustand freischwebener Gedanken, kann nur gelten, wenn die Forderung an den Patienten außer acht gelassen wird, diese Gedanken durch Verbalisierung dem Analytiker mitzuteilen« (Kanzer 1972, S. 247).

Die von Lewin und Kanzer vorgeschlagene Unterscheidung bezieht sich implizit auf den Unterschied zwischen Ein-Personen- und Zwei-Personen-Psychologie. Ich gehe davon aus, daß es ein Zeichen von Widerstand ist, wenn ein Patient in eine Träumerei verfällt und sich sich gegenüber dem Analytiker verschließt. Grobe Formen solchen Widerstands zeigen sich in Schwindelgefühl, Einschlafen und spontanen hypnotischen Zuständen, wie Dickes und Papernick (1977) es beschrieben haben. Ich glaube, wenn der Analytiker sich seinerseits vom Patienten zurückzieht, kann dies im Zusammenhang damit stehen, daß er nicht erkennt, wann es sich bei dem Rückzug des Patienten um Widerstand handelt. Tatsächlich kann die neue Definition der freien Assoziation als ein dem Primärvorgang ähnlicher Prozeß mit unverholen regressivem Inhalt ein Aspekt dieses beiderseitigen Rückzugs sein. Ich habe bereits angemerkt, daß manche Analytiker glauben, solche Rückzugsphasen seien ein notwendiger und wünschenswerter Aspekt des analytischen Prozesses. Ich räume ein, daß es eine treffendere Formulierung wäre zu sagen: Die analytische Situation weist immer gleichzeitig aktive Ein- und Zwei-Personen-Aspekte auf, aber einer der beiden Aspekte wird zu einem gegebenen Zeitpunkt immer im Vordergrund sein (Hoffman 1991).

Freie Assoziation und Widerstand

Ein Patient, der inkohärent assoziiert, tut dies vielleicht nicht einfach bloß deshalb, weil er die Gundregel mißverstanden hat, sondern weil er sich darüber lustig macht. Die Ansicht, die freie Assoziation würde im Idealfall Material des Primärvorgangs produzieren, ist gleichbedeutend mit der Vorstellung, sie sei im Prinzip frei von intrapsychischer Abwehr. Loewenstein (1963) scheint beispielsweise diese Position zu vertreten, wenn er meint, die ideale freie Assoziation sei frei von jeglichem Widerstand: »Obwohl die Grundregel selbst zum Angriffspunkt des Widerstands wird und obwohl sie den Strom der Assoziationen behindert, sind Widerstände unvermeidlich ... Das primärprozeßhafte Denken des Patienten wird reaktiviert, aber er vermittelt es in Worten und verleiht so dem Primärprozeß wichtige Merkmale des sekundärprozeßhaften Denkens« (Loewenstein 1963, S. 468 f.). Die Ansicht, der Widerstand sei der idealen freien Assozitation äußerlich, steht natürlich in krassem Gegensatz zu Freuds Sichtweise: »Der Widerstand begleitet die Behandlung auf jedem Schritt« (1912b, S. 368). Gemäß dem Gebot, den Widerstand vor dem Inhalt zu deuten, scheint klar zu sein, wie

Busch (1993) betont, daß Widerstand gegen die freie Assoziation analysiert werden sollte, statt ihn durch Ermahnung oder auch nur Fragen zu bezwingen. Wenn der Analytiker meint, der Patient halte Material zurück, statt zu versuchen, es aufzuspüren, wie es leider häufig vorkommt, sollte er den Widerstand gegen das Mitteilen analysieren. Freud selbst folgte nicht immer seinem eigenen Gebot, den Widerstand zu analysieren. Statt dessen versuchte er, ihn mit verschiedenen Mitteln zu bezwingen, wie etwa den zurückgehaltenen Inhalt zu erraten, wie beim »Rattenmann«, als dieser Schwierigkeiten hatte, die Folter zu beschreiben. In *Die Frage der Laienanalyse* schreibt Freud:

»Sie würden es gar nicht so einfach finden, aus den Mitteilungen, die der Patient macht, auf die Erlebnisse zu schließen, die er vergessen, die Triebregungen, die er verdrängt hat ... Sie sind dann auch vorbereitet, viele Tonnen Erz zu verarbeiten ... Indem man annimmt, daß die Mitteilungen und Einfälle des Kranken nur Entstellungen des Gesuchten sind, gleichsam Anspielungen, aus denen Sie zu erraten haben, was sich dahinter verbirgt. Mit einem Wort, Sie müssen dieses Material, seien es Erinnerungen, Einfälle oder Träume, erst *deuten*« (Freud 1926e, S. 248 f.).

Ein Jahrzehnt früher hatte Freud geschrieben:

»Zwangsneurotiker verstehen es ausgezeichnet, die technische Regel fast unbrauchbar zu machen, dadurch, daß sie ihre Übergewissenhaftigkeit und ihren Zweifel auf sie einstellen. Angsthysteriker bringen es gelegentlich zustande, sie ad absurdum zu führen, indem sie nur Einfälle produzieren, die so weit von dem Gesuchten entfernt sind, daß sie der Analyse keinen Ertrag bringen« (Freud 1916/17, S. 298 f.).

Es sei angemerkt, daß Freud nicht sagte, solche Patienten assoziierten nicht frei, sondern man könne mit ihren Produktionen kaum arbeiten.

Fenichel schreibt dazu:

»Überlegen wir, um das zu verstehen, erst einmal die Theorie der Grundregel. Was wollen wir mit ihr erreichen? – In jedem Menschen spielt sich der unausgesetzte Kampf ab zwischen Triebimpulsen, die zu Bewußtsein und Motilität drängen, und den Kräften des Ichs, die unzeitgemäße Triebforderungen zurückweisen und, geleitet von Zielvorstellungen, nur das zulassen, was zur gegenwärtigen Handlung oder Rede gehört. Mit der Grundregel wollen wir zunächst diese tausenderlei ›Widerstände‹ des Alltags, die sonst das Leben und die Verständigung überhaupt erst möglich machen, ausschalten. Gelänge es wirklich, alle ›Zielvorstellungen‹ auszuschalten und die Aufmerksamkeit nur darauf zu konzentrieren, das, was von selber auftaucht, zu konstatieren, so bekämen wir auch damit noch nicht das Verdrängte zu sehen. Es wären zwar die meisten ›Widerstände‹ aufgehoben, aber gerade die der Intensität nach stärksten, die Verdrängungswiderstände, nicht, denn diese sind *per definitionem* gerade solche, die dem bewußten Willen des Ichs nicht zugänglich sind« (1935, S. 337).

Fenichel glaubte offenbar, sogar ein Patient, der der Grundregel gehorcht, das heißt der frei assoziiert, bekunde Widerstand. Im Hinblick auf diesen Aspekt des Widerstands kann man zwischen dem Ansatz unterscheiden, der die freie Assoziation mit der primärprozeßartigen Produktion unverhüllten und regressiven Materials gleichsetzt, und jenem, der die freie Assoziation einfach als das betrachtet, was der Patient produziert. Die erste Perspektive betrachtet die freie Assoziation als frei von Widerstand, die zweite hingegen (Freuds Sichtweise), betrachtet die Produktion der freien Assoziation sowohl als Demonstration der Ubiquität des Widerstands wie auch als Vermittlung von Material, welches dazu dient, die Erkenntnis und somit die Deutung dieses Widerstands zu ermöglichen. Die Produktionen des Patienten sind Kompromisse zwischen gegensätzlichen Wünschen, die gegeneinander resistent sind. Freuds eigene klinische Voreingenommenheit richtete sich, wie bereits angemerkt, auf die Enthüllung des »Inhalts«, statt sich mit dem Widerstand zu befassen. Daher weist er darauf hin, daß ein Analytiker, dessen Patient behauptet, er sei zu verlegen oder ähnliches, ihn an die Grundregel erinnern sollte, statt sich auf den Widerstand zu konzentrieren. Freuds verengte Sichtweise führt eher zur Manipulation der Übertragung als zu ihrer Deutung.

Freies Assoziieren als Produktion des Primärvorgangs

Wenn Dewald (1972) explizit feststellt, die freie Assoziation sei eine bestimmte Art von Produktion, nämlich eine primärprozeßartige, dann erkennt er offensichtlich nicht, daß sich sein Ansatz von dem Freuds unterscheidet. Mit gebührender Wertschätzung für den Dienst, den uns Dewald leistet, indem er in seinem Buch Primärdaten präsentiert, und unter Berücksichtigung der Tatsache, daß ich es mit einem Werk zu tun habe, das vor mehr als 20 Jahren geschrieben wurde, muß ich dennoch sagen, daß seine Beschreibung der Analyse eine grundlegende Fehlkonzeption der freien Assoziation beinhaltet. Diese Angelegenheit ist ausführlich in einer exzellenten Kritik von Samuel Lipton diskutiert, aus der ich zitiere:

»Daß Dewald die freie Assoziation als inhärent unlogisch konstruiert ..., ist, glaube ich, für jeden offensichtlich, der das Buch liest, aber es ist schwer nachzuweisen. Es ist eine Tatsache, daß die Patientin während der ganzen Analyse unlogisch spricht. Vieles, was sie sagt, scheint ohne Sinn zu sein. Dies rührt nicht daher, daß sie irgendwelche Schwierigkeiten hätte zu denken, sondern daß sie es Dewalds Zustimmung, Ermutigung und Beharrlichkeit verdankt, einfach so sprechen zu können. Die Folge ist, daß sie verbindende, erklärende und vernünftige Vorstellungen so inkonstistent hervorbringt, daß Dewalds Notizen aus den Stunden so extrem schwer zu lesen sind. Man kann dem, was die Patientin in einer Sitzung sagt, nicht viel Sinn entnehmen« (Lipton 1982, S. 351).
»An einem Punkt weist die Patientin selbst darauf hin, indem sie sagt: ›Ich fühle mich wie ein aufgeregtes kleines Mädchen. Ich fühle mich wie meine eigene Tochter. Wenn sie unsicher ist, spricht sie, um sich zu vergewissern, daß wir eine enge Verbindung miteinander haben. Es ergibt keinen Sinn und alles ist wirr. Statt einfach zu sagen: Ich habe Angst, ich brauche Sie so sehr, muß ich immer weiterreden‹. Dewald (1972, S. 184) fragte dann: ›Was ist das für ein Gefühl, wenn man solche Angst hat?‹ Für meine Begriffe klärt diese Frage nichts und lenkt die Patientin von dem wichtigen Punkt ab, daß sie Unsinn redet; aber bei keinem Ereignis in diesem Buch fand ich Hinweise darauf, daß die Tatsache, daß sie Unsinn redete,

weder unmittelbar noch sonstwie angesprochen worden wäre« (Lipton 1982, S. 351).

Weiter unten schreibt Lipton:

»Ich konnte eine einzige explizite Bestätigung dafür finden [daß Dewald die freie Assoziation als ›inhärent unlogisch‹ begreift] .... Daß es nur eine gab, ist nicht überraschend, weil der Anlaß für Dewalds Darstellung dessen, was er sich vorstellte, sein eigener Irrtum war. In einer Stunde (Dewald 1972, S. 255) schwieg die Patientin eine Minute und machte dann die unverständliche Aussage: ›Sie dachten, ich hätte Würmer.‹ Dewald sagte: ›Mir ist nicht klar, was Sie meinen.‹
Für meine Begriffe war Dewalds Aussage sowohl natürlich als auch nötig. Es schien offensichtlich, daß die Patientin während des Schweigens, welches der unverständlichen Aussage vorausging, es vermieden hatte, Vorstellungen zu verknüpfen. Was mich schon vorher verblüfft hatte, war, daß Dewald bei vielen ähnlichen Gelegenheiten keinen solchen Kommentar gegeben hatte. Dewald selbst jedoch dachte, er habe einen Fehler gemacht, denn er schrieb in seiner Erörterung, seine Aussage sei ›nicht ideal, weil sie impliziert, daß die letzte Assoziation nicht in den Kontext zu gehören schien und daher *suggeriert, daß ich eine Art von logischer Bedeutung erwartete,* aber gleichzeitig ist sie genügend allgemein, so daß sie sie bei der weiteren Schilderung ihrer wichtigen Kindheitserfahrung mit dem Wurm nicht weiter störte‹« (Lipton 1982, S. 353; Hervorhebung M. M. Gill).

Gegen Liptons Vorschlag habe ich Einwände, weil er nach Klärung des Inhalts strebt, statt sich auf den impliziten Widerstand im analytischen Prozeß zu konzentrieren. Liptons Vorschlag ist eine implizite Manipulation. Ich hätte etwa gefragt: »Ist Ihnen klar, daß ich vielleicht nicht verstehen konnte, was Sie meinen? Ich frage mich, was es bedeutet, daß Sie anscheinend nicht das Bedürfnis spüren, sich mir gegenüber verständlich zu machen.« Aber es gibt, wie bereits gesagt, nichts, was der Analytiker sagt oder tut, was *keine* Suggestion beinhaltet, sei sie nun implizit oder explizit.

Ich glaube, es ist wenig wahrscheinlich, daß Dewald oder irgend ein anderer Analytiker explizit sagen würde, die freie Assoziation sei manifest unlogisch, auch wenn der Ansatz von

Dewald eine solche Sichtweise beinhaltet: »Das Verfahren der freien Assoziation … hat einen *offensichtlich strukturlosen und zufälligen Materialfluß zur Folge* … Im wesentlichen haben *Form und Inhalt der psychischen Funktion, die sich in einem fortlaufenden Muster freier Assoziationen manifestieren, eine Tendenz zu zunehmender Regression* in Richtung auf die Modalität primärprozeßhaften Denkens und daher die Tendenz, den Prozeß der ›Regression im Dienste des Ich zu fördern‹« (Dewald 1972, S. 612, Hervorhebung M. M. Gill). Würde die Regression tatsächlich »im Dienste des Ich« stattfinden, dann könnten die Assoziationen nicht generell »offensichtlich strukturlos und zufällig« sein, außer diese Attribute würden dem Widerstand des Ich dienen.

Daß Dewald seine Patientin unabsichtlich dazu brachte, zu glauben, es sei in Ordnung, wenn sie von Anfang an so spreche, kann man vielleicht an seiner Schilderung der allerersten Stunde sehen. Die Patientin fragte, was sie tun solle, wenn sie schwanger wäre. Dewald antwortete, es sei notwendig zu verstehen, was hinter dieser Frage stünde, um zu erkennen, ob es eine Bedeutung gebe, die über diese Frage hinausgeht. Obwohl die Bedeutung der Frage selbst auf der manifesten Ebene verworren ist, macht der Analytiker keinen Versuch, ihre manifeste Bedeutung zu klären (Dewald 1972, S. 21).

Ein Analytiker, der glaubt, die freie Assoziation sei eine Funktion des Primärvorgangs, kann einen Patienten daher dazu verleiten, die Grundregel als Gebot zu verstehen, *nicht* verständlich zu sprechen – vielleicht sogar in dem Sinn, daß *nur* solche Gedanken, die Freud als offenkundig irrelevant, trivial, unsinnig oder peinlich beschrieb, ausgesprochen werden sollten. Während dieses Mißverständnis vielleicht auf den ersten Blick absurd zu sein scheint, führt es zu der Schlußfolgerung, daß Vorstellungen, die relevant, wichtig, bedeutsam und nicht peinlich sind, unterdrückt werden sollten. Loewenstein erzählt eine Anekdote von einem Patienten, der sagte: »Ich wollte gerade frei assoziieren, aber ich glaube, es ist besser, ich erzähle Ihnen, was ich wirklich denke und empfinde« (1971, S. 100).

Ein-Personen-Psychologie oder Zwei-Personen-Psychologie oder beides?

Die Idealvorstellung, die freie Assoziation produziere primärprozeßhaftes Material, würde die Analyse eher zu einem Monolog als zu einem Dialog machen. Schon Freud (1926e) hatte die Analyse explizit als *Gespräch* beschrieben.

Dewalds Patientin redete natürlich oft verständlich. Dewald nahm irrtümlich an, die Brüche im logischen roten Faden seien die Essenz der freien Assoziation. In gewisser Hinsicht hatte er recht, weil die freie Assoziation in dieser Hinsicht etwas anderes ist als ein gewöhnliches Gespräch, aber *die Brüche werden nur im Zusammenhang geordnet fließender Gedanken signifikant.*

Ich betone nochmals: Entscheidend ist, ob die analytische Situation eine Ein-Personen- oder eine Zwei-Personen-Situation ist oder beides. Wenn der Analytiker zu leugnen versucht, daß er zwangsläufig an der analytischen Situation beteiligt ist, folgt daraus die Sichtweise, die ich hier beschrieben habe – daß die ideale freie Assoziation eine Produktion des Primärvorgangs ohne Abwehr ist, wie sie im Widerstand zum Tragen kommt, und nicht gedeutet werden muß –, und aus der analytischen Situation wird tatsächlich ein Monolog oder eine Ein-Personen-Psychologie. Daß dies kein Hirngespinst von mir ist, wird vielleicht an der ernstgemeinten, aber unsinnigen Ansicht des erwähnten Analytikers deutlich, daß in der idealen Analyse der Analytiker während Hunderter von Stunden kein Wort von sich gebe. Natürlich arbeitet wahrscheinlich niemand auch nur im entferntesten so. In der Praxis tritt der gesunde Menschenverstand an die Stelle einer irrationalen Theorie. Aber es existieren in der praktischen Arbeit alle Schattierungen, die dem nahekommen, daß der Analytiker nichts sagt. Der schweigende Analytiker ist kein Mythos.

Ich erinnere mich an die Geschichte eines Geschäftsmannes, der in der Analyse der Grundregel folgte, indem er nichts sagte. Dieses Schweigen dauerte einige Wochen, ohne daß einer der beiden Beteiligten etwas sagte. Schließlich brach der Geschäftsmann das Schweigen: »Vielleicht sollte ich Ihnen helfen.« Ich will hier keine Witze erzählen, sondern darauf hinweisen, daß in dieser Bemerkung latent die Zwei-Personen-Psychologie ebenso bedeutsam ist wie der manifeste Wunsch, sich an dem einfachen und lukrativen Job des Analytikers zu beteiligen: Eine Analyse ist eine Zwei-Personen-Situation.

Der Umgang mit dem Widerstand

Was sollte ein Analytiker tun, wenn der Patient mit einem Aspekt nicht umgehen kann, von dem der Analytiker meint, er müsse exploriert werden? Gewiß sollte er den Patienten nicht beschuldigen, er könne nicht frei assoziieren.

Ein Analytiker, der die analytische Situation für eine Ein-Personen-Situation hält, beschwert sich wahrscheinlich, daß der Patient nicht frei assoziiert, wenn etwas geschehen ist, wie zum Beispiel die überraschende Absage einer Stunde oder der bevorstehende Urlaub von Patient oder Analytiker. Der Analytiker ist sich wahrscheinlich sicher, daß der Patient etwas Wichtiges empfindet, was er zu ignorieren scheint. Was soll der Patient damit anfangen, wenn sich der Analytiker darüber beklagt oder seine Unzufriedenheit auf subtilere Weise mitteilt? Wenn er tatsächlich gesagt hat, was er denkt und fühlt, kann er nur folgende Schlußfolgerung ziehen: Entweder nimmt der Analytiker die Grundregel nicht ernst, da er offensichtlich will, daß ein bestimmtes Thema ins Zentrum der Aufmerksamkeit gerückt wird, oder er glaubt, der Patient halte Assoziationen zurück.

Eine andere Situation, die nicht selten vorkommt, ist die folgende: Der Analytiker glaubt, die freie Assoziation des Patienten sei trivial und irrelevant. Paradoxerweise sagt dann ein Analytiker, der sich unter diesen Bedingungen beschwert, der Patient assoziiere nicht frei, *weil* irrelevant oder trivial zu sein scheint, was der Patient sagt.

Was sollte ein Analytiker tun, wenn er damit konfrontiert ist, daß der Patient nicht über Angelegenheiten redet, von denen der Analytiker vermutet, daß sie ihn beschäftigen, oder wenn der Patient triviale oder irrelevante Assoziationen produziert? Meiner Erfahrung nach macht der Analytiker für gewöhnlich auf der Grundlage der Überzeugung weiter, daß Assoziationen eine Kompromißbildung sind, die notwendig einen Hinweis darauf enthalten, was abgewehrt wird. Der Analytiker wird daher plausible Vermutungen darüber anstellen, auf welche Weise die manifesten Assoziationen ein impliziter Hinweis darauf sind, was der *Analytiker* als Thema des Widerstands vermutet. Natürlich entdeckt er vielleicht, daß der Patient nicht das Gefühl hat, etwas auszulassen oder für trivial oder irrelevant hält, was er sagt. Meines Erachtens ist klar, daß der Analytiker sich besser bei dem Patienten erkundigt, wie er seine Assoziationen beurteilt, statt seine eigene Einschätzung von sich zu geben, und dann prüft, ob die jeweiligen Einschätzungen übereinstimmen oder nicht.

Unzufriedenheit mit den Assoziationen des Patienten sind nur dann gerechtfertigt, wenn deutlich ist, daß der Patient seine Assoziationen bewußt zurückhält. Solange er weiterhin sagt, was ihm an Gedanken und Empfindungen bewußt ist, kann er *nicht* schuld sein, wenn er nicht »richtig« assoziiert, weil die Anweisung nur besagt, alles zu sagen, was er denkt und empfindet. Sogar wenn der Patient sich weigert, der Grundregel zu folgen, kann das, was er sagt, operational als seine freie Assoziation konstruiert und der Interpretation der latenten Bedeutung unterzogen werden. Aber die Arbeit muß sich schließlich darauf konzentrieren, warum er sich weigert, frei zu assoziieren.

Die Psychoanalyse ist ein Prozeß

Wenn ich behaupte, ein Patient assoziiere von Anfang an frei, ist es dann meine Überzeugung, daß es beim Fortschreiten der Analyse keine Veränderung in den Assoziationen des Patienten gibt? Überhaupt nicht! Die Assoziationen verändern sowohl ihre Form als auch ihren Inhalt. Wenn sich die Analyse befriedigend weiterentwickelt, wird der Inhalt aller Wahrscheinlichkeit nach mehr unverhülltes Übertragungsmaterial umfassen. Er wird sich offener auf die körperliche – sowohl die sexuelle als auch die aggressive – Interaktion beziehen. Aber dies würde ich nicht beschreiben, indem ich sage, die Assoziationen seien regressiver geworden. Ich würde einfach sagen, daß der Patient sich selbst unverhüllter zeigen kann. Der Widerstand wird nicht verschwinden, sondern in Verbindung mit neuen Inhalten auftauchen (Freud 1912b).

Die Form der Assoziationen jedoch bleibt die einer erweiterten, im wesentlichen kohärenten Kommunikation. In einer erfolgreichen Analyse verbessert sich das Können des Patienten, so daß die Form tatsächlich *kohärenter und integrierter wird als vorher.* Was vorher durch Brüche in der Logik der manifesten Schilderung gekennzeichnet war, wird nun zu einem integralen und kohärenten Teil der manifesten Bedeutung. Von diesem Standpunkt aus ist der psychoanalytische Prozeß progressiv und nicht regressiv (Arlow 1975; Gill 1984).

Freie Assoziation und Übertragung

Daß die Übertragung – unabhängig von ihrem manifesten Inhalt – eine dominierende Determinante der Assoziationen des Patienten ist, wurde auch von Freud eindeutig festgestellt: »Allein man muß bedenken, daß die freie Assoziation nicht wirklich frei ist. Der Patient bleibt unter dem Einfluß der analytischen Situation, auch wenn er seine Denktätigkeit nicht auf ein bestimmtes Thema richtet. Man hat das Recht anzunehmen, *daß ihm nichts anderes einfallen wird, als was zu dieser Situation in Beziehung steht*« (1925d, S. 66; Hervorhebung M. M. Gill). An anderer Stelle habe ich (Gill 1979; 1982, dt.1996) geschrieben, daß Freud mit seiner Bemerkung über die »analytische Situation« die Beziehung zwischen Analytiker und Analysand im Hier und Jetzt meinte. Sogar wenn man annimmt, es sei fundamental für die Rekonstruktion der Genese, die Übertragung zu analysieren, kann dieses Ziel nur erreicht werden, nachdem man peinlich genau alle Schichten und ihre Derivate analysiert hat, die in der unmittelbaren Situation zum Ausdruck kommen.

Viele zeitgenössische Analytiker erwarten den Ausdruck der unverhüllten Übertragung, und dies sogar in regessiver Form, statt ihre Derivate aus inhaltlichen Hinweisen zu entschlüsseln, die sich nicht manifest in der Übertragung zeigen, und diese zu deuten. Dies ist am Anfang der Analyse besonders bemerkenswert, aber auch im weiteren Verlauf (Gill und Muslin 1976). Ein Analytiker, der erwartet, daß die Übertragung spontan und unverhüllt regressiv ist, hält es wahrscheinlich für die Unfähigkeit des Patienten, richtig frei zu assoziieren, wenn sich diese Entwicklung nicht einstellt. Ich glaube in der Tat, daß eine solche Unzufriedenheit in der Definition dessen begründet ist, wie die korrekte freie Assoziation als Zugang zur primärvorgangsartigen Produktion beschaffen sein sollte.

Die Aufforderung des Analytikers an den Patienten, der Grundregel zu folgen, kann natürlich oft zum zentralen Angelpunkt wichtiger Manifestationen der Übertragung werden. Vielleicht betrachtet der Patient den Analytiker als jemanden, der eine autoritäre Forderung stellt, eine Forderung, die vom Patienten vielleicht auf einer psychosexuellen Ebene oder deren Derivaten konzeptualisiert wird. Patienten stürzen sich geradezu auf die Grundregel als äußere Realität, die angeblich ihre (Übertragungs-)Gefühle rechtfertigt. Der Analytiker sollte diese Gefühle deuten, statt die Grundregel zu lockern oder streng darauf zu bestehen, daß sie eingehalten wird.

An anderer Stelle habe ich (Gill 1982, dt. 1996) darauf hingewiesen, daß die Übertragung eher eine gemeinsame Produktion der beiden an der analytischen Situation Beteiligten ist als eine spontane Produktion des Patienten. Ich glaube, man sollte dieselbe revidierte Definition auf die Assoziationen des Patienten anwenden. Freud faßte die Vorteile der Berufung auf die Grundregel folgendermaßen zusammen:

»Sie setzt den Analysierten dem geringsten Maß von Zwang[1] aus, verliert nie den Kontakt mit der realen Gegenwart[2], gewährt weitreichende Garantien dafür, daß man kein Moment in der Struktur der Neurose übersieht und nichts aus eigener Erwartung in sie hineinträgt« (Freud 1925d, S. 67).

Letztere Behauptung muß revidiert werden; denn es ist genau die analytische Situation, die bewirkt, daß der Analytiker ebenfalls an den Assoziationen seines Patienten beteiligt ist.

Es ist unvermeidlich, daß der Analytiker den Assoziationsfluß des Patienten mit allem, was er sagt und tut, beeinflußt. Freuds Aussage, die freie Assoziation sei nicht im wörtlichen Sinn frei, besagt nicht dasselbe; denn Freud meinte, es gebe Themen des Patienten, die den Verlauf der Assoziationen bestimmten. Ich hingegen verweise auf den kombinierten Einfluß von Analysand und Analytiker. Im analytischen Gespräch wechseln die Assoziationen des Patienten zwischen freier und gelenkter Assoziation – »freie« Assoziation bedeutet gewöhnlich, daß der unmittelbare Beitrag des Analytikers weniger offenkundig ist, während »gelenkte« Assoziation bedeutet, daß der Beitrag des Analytikers in der Regel eher erkennbar ist. In beiden Fällen beziehe ich mich natürlich auf das, was *manifest* erkennbar ist.

Der Analytiker beeinflußt mit jeder Intervention den Assoziationsfluß deutlicher. Die Intervention fokussiert die Aufmerksamkeit des Patienten auf bestimmte Aspekte seiner Assoziationen mit der Erwartung, er werde auf die Intervention reagieren. Jede Unterbrechung der »freien« Assoziaton bedeutet, daß der Analytiker die Chance verliert zu beobachten, wohin der Patient »spontan« gegangen wäre. Aber Interventionen des Analytikers sind notwendig, um dem Patienten seine Hypothesen hinsichtlich der latenten Bedeutung von dessen Assoziationen zu vermitteln. Auf diese Weise stellt jede Intervention die Entscheidung des Analytikers dar, daß

1 Man beachte die Implikation, daß ein gewisses Ausmaß an Zwang unvermeidbar ist.

2 Meint er damit die analytische Situation, die aktuelle Lebenssituation oder beides?

der Nutzen, der durch ein möglichst korrektes Verstehen einer impliziten Bedeutung erreicht werden soll, den Nachteil der Unterbrechung des »freien« Assoziationsflusses aufwiegt, der vielleicht die latente Bedeutung weiter geklärt hätte.

Was der Analytiker macht, nachdem der Patient auf die Intervention reagiert hat, ist abhängig von der Art der Reaktion. Er zieht wahrscheinlich den Schluß, daß seine Intervention ihr Ziel erreicht hat, und hört wieder zu. Vielleicht fährt der Patient fort, sich auf die Intervention zu konzentrieren, aber wenn der Analytiker weiterhin zuhört, wird der Patient früher oder später allmählich von der manifesten Richtung abgehen, die der Analytiker vorgegeben hat – zumindest, was die manifeste Produktion des Patienten betrifft.

Das analytische Gespräch besteht dann aus einer Sequenz freier Assoziationen, in denen der Einfluß des Analytikers weniger deutlich ist; diese werden von gelenkten Assoziationen unterbrochen, mit denen der Patient auf Interventionen reagiert, in denen der Einfluß des Analytikers normalerweise deutlicher zutage tritt; dann wird eine neue Sequenz freier Assoziationen folgen. Jedesmal, wenn der Analytiker deutet, riskiert er, dem Patienten seine eigenen Vorstellungen aufzudrängen. Wenn er anfänglich damit beschäftigt ist, den Assoziationen zuzuhören, sollte die darauf folgende Interpretation diese auswerten, das heißt, er sollte darauf achten, ob der Inhalt seiner Interpretation durch die Reaktion des Patienten bestätigt zu werden scheint oder nicht oder ob sie sogar völlig irrelevant ist. Er muß die interpersonalen Auswirkungen der Interpretation ebenfalls aufmerksam beobachten. Wenn er die Reaktion des Patienten auf seine Interventionen aufmerksam beobachtet, wird aus der analytischen Situation keine Aufeinanderfolge sich abwechselnder Monologe, sondern ein authentischer Dialog, bei dem es eine geringe Rolle spielt, wer wieviel spricht.

Wenn hier vom analytischen Prozeß als Gespräch die Rede ist, meine ich nicht, daß dies impliziert, daß die Rollen der beiden Beteiligten so symmetrisch sind wie in einem gewöhnlichen Gespräch, sondern daß der Analytiker sich eher distanziert gegenüber dem Patienten verhält, zwar menschlich mit ihm spricht, aber sich mit einer gewissen Reserviertheit umgibt (Freud 1926e). Wie ich bereits erwähnte, weist Lipton (1977) darauf hin, daß der Analytiker nur schweigen sollte, weil er zuhört, und nicht, weil er das Schweigen als Technik verwendet. Verwendet er es als Technik, fordert er damit den Patienten auf, einen Monolog zu führen. Das Schweigen des Analytikers kann für den Patienten vielerlei Bedeutung haben. Wir Analytiker hoffen, daß es bedeutet: »Machen Sie weiter. Ich höre Ihnen zu.« Dies ist eine Anregung in einem sehr allgemeinen Sinn, da sie beinhaltet, daß der Analytiker möchte, daß der Patient sagt, was er denkt und empfindet. Man mag vielleicht einwenden, ich würde hier das Konzept der Suggestion über Gebühr ausbreiten. Das denke ich nicht. Ich behaupte, daß jede Aktivität, das Schweigen eingeschlossen, zwischen zwei Menschen sowohl Aspekte des Inhalts als auch der Suggestion beinhaltet.

Folglich befürworte ich die Art der freieren Interaktion, auf die sich Freud einließ, obwohl er gleichzeitig darauf bestand, daß alle Auswirkungen von freien Interaktionen, die Widerstände des Patienten offenlegen, so weit wie möglich gedeutet werden sollten. Mit »so weit wie möglich« meine ich: soweit der Analytiker sich dessen bewußt ist und soweit er den Patienten für fähig hält, die Interpretation sinnvoll aufzunehmen.

Ist freie Assoziation notwendig?

Es wird vielleicht die Frage gestellt, ob die freie Assoziation tatsächlich ein notwendiger Teil der analytischen Technik ist. Es sollte klar sein, das dies eine andere Frage ist als: Soll man vom Patienten die Einhaltung der »Grundregel« verlangen? Die Antwort liegt darin begründet, ob die der Anwendung der freien Assoziation unterliegende Logik tatsächlich valide ist. Diese Logik postuliert, daß die Analyse eine Kunst der Interpretation latenter Bedeutungen ist, einschließlich solcher Bedeutungen, von denen behauptet wird, sie seien Kompromißbildungen zwischen Wunsch und Abwehr, die gleichzeitig Interaktionen zwischen Analytiker und Analysand beinhalten. Diese Kompromißbildungen und Bezüge zu der Interaktion zwischen Analytiker und Analysand, so die Logik, gestalten den Fluß der Assoziationen, wenn ein Patient sich an die Grundregel hält. Hinweise auf Bedeutungen sind besonders in jenen Assoziationen zu finden, die der Patient für trivial, irrelevant, unsinnig oder peinlich hält.

Hält der Patient diese Hinweise zurück, kann es möglich sein, verborgene Bedeutungen zu erahnen, obwohl dies wahrscheinlich schwieriger wäre. Es ist zwar die Kunst der Analyse, diese verborgenen Bedeutungen – auf welche Weise man sie auch ableitet – zu interpretieren, ihr Ziel ist jedoch, solche Bedeutungen ans Licht zu bringen. Solange man das Ziel hat, verborgene Bedeutungen ans Licht zu bringen, arbeitet man dem Ziel der Grundregel entsprechend. Es scheint mir eher hinterhältig und autoritär und nicht nachgiebig zu sein, wenn man dieses Ziel verfolgt, aber vorgibt, dies nicht zu tun, weil man die Grundregel nicht explizit genannt hat, wie dies Analytiker zu tun pflegen, die meinen, sie können vermeiden, den Patienten zu beeinflussen, indem sie nichts sagen (Parker 1965).

Ich komme auf Freuds (1925d) Behauptung zurück, einer der Vorteile, die es habe, wenn man sich auf die Grundregel stützt, liege darin, daß in die Assoziationen des Patienten durch die Erwartungen des Analytikers nichts hineingetragen werde. Es ist dieser Anspruch, der revidiert werden muß. Es ist genau die Existenz der analytischen Situation, die den Analytiker zu einem Mitbeteiligten an den Assoziationen des Patienten macht.

Ich glaube, der Unterschied zwischen vielen zeitgenössischen Techniken und Freuds Technik (nicht dem, was Freud über die Technik *schreibt*) führt zwangsläufig zu einer neuen Konzeption der freien Assoziation. Wenn ich die Sache etwas übertrieben darstellen darf, besteht die Veränderung gegenüber Freuds Technik darin, daß dem Patienten eine unmögliche und unerwünschte Aufgabe aufgebürdet wird, und der Analytiker erwartet, daß er sie erfüllt. Nie kann der Analytiker zufriedengestellt werden, und nie kann der Patient ihn zufriedenstellen. Dies geht so weit, daß der Patient schließlich erfolgreich ist und sich in eine solipsistische, autistische Träumerei zurückzieht – ohne Kontakt zum Analytiker. Dieser Rückzug ist sowohl der Unfähigkeit des Analytikers zu verdanken, sich auf ein Gespräch einzulassen, als auch seiner Unfähigkeit, die Übertragung zu deuten oder, wie Apfelbaum (1966) sagt, seiner Unfähigkeit, das Ich zu analysieren. Dieser Zustand steht in scharfem Gegensatz zu der Beziehung, die Freud mit seinen Patienten herzustellen versuchte: Diese Beziehung beinhaltete ein zusammenhängendes, erweitertes Gespräch, in dem die Produktionen der Patienten Anhaltspunkte für Deutungen – hauptsächlich für Übertragungsdeutungen – waren, aber sie beinhaltete auch die Berücksichtigung der Art und Weise, wie die Patienten durch ihre Vergangenheit geformt wurden.

Freie Assoziation und externe Kriterien

Ich hoffe, ich habe deutlich gemacht, daß ich die Grundregel nicht proklamieren will, selbst wenn ich es so in Worte gefaßt habe, daß es nicht ganz wie ein Befehl aussieht.

Epstein (1976) nimmt an, bei der Formulierung der Grundregel gebe es eine »semantische Verwirrung«; man solle sie eher als »wünschenswerte Bedingung« denn als »Regel« bezeichnen. Bei dieser Auffassung wird das primäre Thema übergangen – es handelt sich darum, wie der Patient *erlebt*, was der Analytiker sagt, und nicht einfach, was der Analytiker sagt. Ich will damit nicht andeuten, daß es keinen Unterschied macht, welche Worte der Analytiker wählt. Wenn er von einer Regel statt von einer wünschenswerten Bedingung spricht, sind die Chancen, daß der Patient dies als Forderung erlebt, im ersten Fall ein wenig größer als im zweiten. Aber dies ist, wie ich (Gill 1992) an anderer Stelle beobachtet habe, eine Frage der Statistik. Es ist der jeweilige Patient, um den es geht: Ein Patient erlebt vielleicht die Erwähnung einer »wünschenswerten Bedingung« seitens des Analytikers als drakonische Regel, ein anderer hingegen vielleicht als Ermutigung, frei zu sprechen.

Es geht darum, den Patienten zu befähigen, so unzensiert wie möglich zu sprechen. Der Weg zu diesem Ziel muß im fortschreitenden Verlauf der Behandlung ausgearbeitet werden, so daß er in bezug auf bestimmte Themen der Behandlung sinnvoll ist. Freie Assoziation kann nicht durch eine Forderung erzwungen werden. Es ist nicht möglich, durch ein prophylaktisches Manöver Widerstand nicht aufkommen zu lassen. Daher würde ich am Anfang nichts sagen, außer vielleicht: »Ich würde gern hören, was in Ihnen vorgeht.« Es bleibt genügend Zeit zu sagen: »Offenbar macht es Ihnen Schwierigkeiten, darüber zu sprechen, aber ich glaube, es könnte hilfreich sein, wenn wir schauen, warum das so ist« (nicht: »es irgendwie versuchen«). Fred Robbins (persönliche Mitteilung) berichtete über eine Patientin, die wußte, wie wichtig es ist, frei zu sprechen. Als sie gefragt wurde, woran sie gedacht habe, als sie plötzlich schwieg, antwortete sie: »Ich versuche, an etwas zu denken, was mich gerade nicht beschäftigt, um es Ihnen zu erzählen!« Die Bemerkung ist jener der Patientin von Loewenstein sehr ähnlich, die sagte, sie wollte eigentlich frei assoziieren, habe dann jedoch beschlossen, lieber zu sagen, was in ihr vorging. Sie hatte offenbar den Eindruck, man würde von ihr verlangen, etwas anderes zu sagen, als woran sie dachte – etwas Merkwürdiges und vielleicht Unpersönliches.

Aber wie steht es mit dem Trivialen, dem Unsinnigen und dem Irrelevanten? Kann man von einem Patienten erwarten, auch solche Gedanken zu äußern, ohne die Anweisung dazu zu geben? Sind solche Gedanken als Hinweise darauf notwendig, was abgewehrt wird? Unterstützen sie den Analytiker nicht bei der Deutung des Widerstands?

Die Antwort scheint in der allgemeinen Auffassung vom analytischen Prozeß begründet zu sein. Wenn man diesen Prozeß im wesentlichen als intrapsychische Exploration auffaßt, wird man solche Hinweise für äußerst wichtig erachten. Des weiteren wird die Suche nach solchen Hinweisen auf intrapsychische Abwehrstrukturen Akzente für die Interpretation setzen oder zumindest dafür, daß man den Patienten zu verstehen versucht, indem man in die Tiefen vordringt. Andererseits spricht eine Perspektive, wie ich sie befürworte, daß alle folgerichtigen Angelegenheiten ihren Weg in die Übertragung finden werden und in dieser Form der Deutung auf eine Weise zugänglich werden, die affektiver und ichsyntoner ist für den Patienten, gegen die Notwendigkeit einer besonderen Anweisung mit dem Risiko, daß der Patient sich zu etwas gezwungen fühlt.

Die Suche nach den trivialen, unsinnigen und irrelevanten Gedanken ist ein Aspekt der Förderung eines anderen Bewußtseinszustandes, den ich bereits erörtert habe und gegen den ich Einwände hatte. Wie der Leser erwarten wird, folgere ich daher – obwohl ich dagegen bin, eine Anweisung zur freien Assoziation zu geben –, daß das Wichtige an Anweisungen, ob man sie nun erteilt oder nicht, das ist, was sie für den Patienten bedeuten. Unabhängig davon, was gesagt wurde oder auch nicht, sollte die Arbeit auf eine Weise durchgeführt werden, die den Patienten in die Lage versetzt, so unzensiert wie möglich zu sprechen. Meine Erörterung der freien Assoziation läßt sich natürlich ebensogut auf die Behandlung anwenden, die ich »psychoanalytische Therapie« nenne, wie auf die herkömmliche Psychoanalyse. Heutzutage wird in der Praxis die Anweisung, frei zu assoziieren, in der Psychotherapie normalerweise nicht erteilt, aber in der Psychoanalyse ist dies die Regel.

Es ist bemerkenswert, daß in einer Studie von Joseph Lichtenberg und Floyd Galler über die freie Assoziation, in der 49 Analytiker befragt wurden, wie sie die Grundregel anwenden, nur zwei antworteten: »Was wichtig ist, sind nicht die Worte, mit denen die Grundregel formuliert wird, sondern die Art, wie sie erlebt wird« (1987, S. 67 f.). Es ist entmutigend, daß sich nur so wenige Analytiker zu dem Unterschied zwischen materieller und psychischer Realität äußerten.

Interpersonalisten, besonders Edgar Levenson (1991), sprechen von »erweiterter dekonstruktiver Befragung« statt von freier Assoziation. Ich glaube, daß sie im wesentlichen dasselbe meinen, obwohl beide Ausdrucksweisen eine Ein-

Personen-Perspektive implizieren. Die Interpersonalisten beziehen ihre Inspiration zu dieser Idee von Harry Stack Sullivan (1953). Evelyne Schwaber (1992) bezeichnet ihre Vorgehensweise, bei der sie besonderes Gewicht darauf legt, sich primär auf die Exploration des psychischen Inhalts des Patienten zu konzentrieren, ausdrücklich als Vorgehen auf der Grundlage der Ein-Personen-Konzeption.

Siebtes Kapitel

Was Analytiker sagen und was sie tun

In den vergangenen Jahren gab es eine deutliche Veränderung in der Einschätzung dessen, was in der psychotherapeutischen Situation verändernd wirkt. War die frühere Auffassung die, daß eine Veränderung nur durch Einsicht zustande kommen könne und daß es ungewiß sei, ob die Veränderung auf der Beziehung beruhe (was abwertend als »Übertragungskur« bezeichnet wurde), so wird heute weitgehend anerkannt, daß die Beziehung tatsächlich eine wichtige Rolle dabei spielt, wenn Veränderungen stattfinden. Eine gewisse Zeit lang wurde akzeptiert, daß Einsicht *emotionale* Einsicht bedeutet, wenn sie wirkungsvoll sein soll, aber was genau eine Einsicht zu einer emotionalen Einsicht macht, war nicht ganz klar. Anscheinend war damit gemeint, daß die Übertragung authentisch erlebt wird und nicht einfach nur kaltschnäutzig und intellektuell. Aber die Interaktion war damit noch immer nicht anerkannt. Es bedeutete lediglich, daß der Patient, wenn er die Vergangenheit auf die Gegenwart überträgt und dadurch angeblich die Gegenwart verzerrt, in bedeutsamem Ausmaß tatsächlich glaubt, daß sein Empfinden real sei, jedoch mit der Zeit – in welchem Umfang auch immer – allmählich erkennt, daß das, was er für real hielt, in Wirklichkeit eine Verzerrung war. Dabei bestand die Rolle des Analytikers – wie dies die konservative Vorstellung von der leeren Leinwand beschreibt – darin, gelassen und realistisch zu bleiben, kurz: neutral.

Wie veränderte sich diese Sichtweise, als man die Ubiquität der Interaktion anerkannte? Zuerst wurde akzeptiert, daß der Analytiker Reaktionen zeigt, aber man glaubte, diese Reaktionen könnten sich nur in seinem Innenleben abspielen ohne in der Interaktion mit dem Analysanden aufzutauchen (Heimann 1950, dt. 1996). Es wurde sehr viel Wert darauf gelegt, wie der Analytiker durch die Aufmerksamkeit für seine eigene Reaktion die unerläßlichen Hinweise ermitteln könnte, auf welche Weise der Patient versucht, sich auf ihn einzulassen. Eine häufig gebrauchte Formulierung lautete: Gerade so, wie man die Übertragung, die man anfänglich für ein Hindernis der Analyse gehalten hatte, später als ihr unabdingbares Instrument anerkannte (ähnlich wie es in der Bibel heißt: »Der Stein, den die Bauleute verworfen haben, ist zum Eckstein geworden« [Psalm 118, 22]), wurde auch die Gegenübertragung, einst als Hindernis in der Analyse betrachtet, als ihr unabdingbares Instrument akzeptiert. Eine große Gefahr ist dabei natürlich, daß der Analytiker, der seine Gefühle notwendig als vom Analysanden »in ihn hineingelegt« betrachtet, den Beitrag seiner eigenen Persönlichkeit nicht erkennen kann. Diese Sichtweise ist eigentlich eine weitere Variante der Rolle des Analytikers als leere Leinwand.

Radikal umgestaltet wurde die Ein-Personen-Perspektive von Melanie Klein durch ihr Konzept der »projektiven Identifizierung« (1957, dt. 1975 und 1983) . Dieses Konzept ist ein Hauptpfeiler der kleinianischen Psychoanalyse; es hat zunehmend auch andere psychoanalytische Schulen beeinflußt. Es handelt sich dabei um ein Konzept, das unterschiedlich definiert wird; viele halten es für verwirrend. Die breiteste Zustimmung findet wohl die Version, der zufolge das Konzept der projektiven Identifizierung einen interaktiven Ansatz darstellt. Das heißt, während man sich unter Projektion nur einfach vorstellt, daß eine Person einer anderen etwas zuschreibt, was ihr eigener Anteil ist, befaßt sich das Konzept der projektiven Identifizierung darüber hinaus mit der Wirkung auf die Person, der etwas zugeschrieben wird. Wenn die zweite Person einfach als Empfänger der Projektion betrachtet wird, ohne weiter davon beeinflußt zu werden, handelt es sich, wie bereits angemerkt, um eine Variante des Konzepts der leeren Leinwand.

Aber heute beschäftigen sich viele Autoren damit, wie die Projektion sowohl die erste als auch die zweite Person beeinflußt. In ihrem Buch haben Tansey und Burke (1989) verschiedene Möglichkeiten sorgfältig analysiert und speziell aus der Perspektive des therapeutischen Prozesses dargestellt. Bei der einfachen Projektion gehen die Autoren davon aus, daß das Motiv, welches die erste Person zur Projektion verleitet, darin besteht, etwas loszuwerden, was sie stört; sie hat daher den Wunsch, es zu verleugnen. Bei der projektiven Identifizierung hingegen ist es eine mögliche Absicht der projizierenden Person, der zweiten Person das Gefühl zu übermitteln, welches die erste verleugnet.

Ein weiteres interaktives Motiv ist die Hoffnung der projizierenden Person, die andere Person möge mit der Projektion verständiger umgehen, als sie selbst es kann; mit anderen Worten, die projizierende Person hofft, in der zweiten Person ein gutes Vorbild zu finden. Dieses Motiv steht klar mit dem therapeutischen Prozeß in Verbindung. Die projizierende Person identifiziert sich in jeden Fall mit der Reaktion der zweiten Person. Dies ist ein Aspekt der Identifizierung im Konzept der projektiven Identifizierung. Eine weitverbreitete Variante ist die, daß die projizierende Person sich fälschlich wegen etwas angeklagt fühlt und dies auf die zweite Person projiziert, um durch deren Vorbild Hilfe im Umgang mit der ungerechten Anklage zu finden. Ein solches Motiv steht wiederum in einem deutlichen Zusammenhang mit dem therapeutischen Prozeß.

In einem vielbeachteten Aufsatz machte Hans Loewald (1960) im Rahmen einer eigentlich *konservativen* Kritik die leere Leinwand zum Thema. In dieser Kritik wird der Beziehung trotzdem eine größere mutative Rolle als gewöhnlich eingeräumt, und es wird vorgeschlagen, der Analytiker solle, weil er wegen seiner größeren persönlichen Reife ein Vorbild sein könne und in das Wachstumspotential des Patienten Vertrauen habe, eine Art Führer für ihn sein. Ein interessanter Aspekt sind dabei die Folgen für Loewalds Reputation. Er gilt zwar im allgemeinen als klassischer Analytiker, aber man könnte meinen, die Vorstellung eines Analytikers, der als Vorbild dient, werde als Spielart der »Übertragungskur« betrachtet, der klassische Analytiker abschwören. Warum wurde dann der Aufsatz von vielen so sehr bewundert? Ich glaube, weil er offen auszusprechen wagte, was Analytiker tatsächlich tun, denn er erforschte eine Facette der Zwei-Personen-Natur der analytischen Situation. Aber gleichzeitig bewegte sich das Konzept gefährlich auf die Vorstellung zu, der Analytiker sei tatsächlich ein höheres Wesen. Wenn sich der Analytiker wie eine reife Persönlichkeit verhält, dann kann er dies, wie Schafer (1983) sagt, weil er normalerweise weniger unter Druck steht als der Analysand. Obwohl ein Analytiker, der permanent seine Beteiligung am analytischen Prozeß wahrnimmt, unter genauso starkem Streß – wenn nicht sogar unter stärkerem – steht wie der Patient.

In Sandlers (1976, dt. 1976) Einschätzung der »Rollenverantwortlichkeit« des Analytikers zeigt sich das Bemühen eines angeblich klassischen Analytikers, zu einem späteren Zeitpunkt eine Zwei-Personen-Sicht der psychotherapeutischen Situation zu erlangen. Die Vorstellung ist dabei, daß der Analysand auf den Analytiker Druck ausübt, sich auf seine neurotischen Beziehungsmuster einzulassen, und daß der Analytiker dies wohl oder übel tut. Wie unterscheidet sich diese Sichtweise von der Konzeption der Gegenübertragung? Der Unterschied besteht darin, daß dies als unvermeidbarer Aspekt des therapeutischen Prozesses betrachtet wird und nicht als gelegentliche »Kontaminierung«, der sich der gut analysierte Analytiker nicht unterwirft. Sandler entwickelte diesen Ansatz auch dahingehend weiter, daß er hilfreich sein kann für den analytischen Prozeß, weil die neurotischen Muster des Patienten lebendiger zum Ausdruck kommen und daher zum Gegenstand der Kritik und somit für Veränderung zugänglich werden. Diese Konzeption könnte als Rückschritt hinter die ältere Konzeption betrachtet werden, der zufolge der Analytiker spürt, was in ihm durch den Patienten bewirkt wird, aber diesen Gefühlen nicht gestattet, sein Verhalten gegenüber dem Analysanden zu beeinflussen. Ein Konzept entspricht dann einem echten interaktiven Ansatz, wenn es davon ausgeht, daß beide Parteien einen Beitrag zur Interaktion leisten und nicht eine Partei lediglich auf die andere reagiert.

Dieser Aspekt steht mit einer Unterscheidung in Zusammenhang, die häufig zwischen zwei Definitionen der Gegenübertragung getroffen wird. In der eng gefaßten Definition reagiert der Analytiker einfach nur auf die Übertragung des Analysanden; in der weiter gefaßten reagiert er nicht nur auf die Übertragung des Analysanden, sondern trägt dazu auch mit seiner eigenen Persönlichkeit etwas bei, das heißt, er ist authentisch.

Ich kehre zu der Frage zurück, was im therapeutischen Prozeß mutativ wirkt, und wiederhole die dem Leser inzwischen wohl vertraute Behauptung: Mutativ wirkt sowohl die interpersonale Erfahrung als auch Einsicht. Wie beides in Beziehung zueinander steht, kann durch das Konzept der affektiven Einsicht veranschaulicht werden. Dabei handelt es sich um Einsicht in die interpersonale Erfahrung zwischen Analytiker und Analysand, wenn diese interpersonale Erfahrung affektive Beiträge beider Beteiligten beinhaltet, wobei der Beitrag des Analytikers im allgemeinen »reifer« ist als die neurotischen Erwartungen des Patienten, jedoch nicht so weit entfernt von den neurotischen Erwartungen des Patienten, daß sie nicht assimilierbar wären.

Hoffman (1992b) hat diesen Vorgang als etwas Altes im Neuen und etwas Neues im Alten beschrieben; das heißt, die neue Erfahrung ist keine vollständige Umkehrung des Alten und auch keine stereotypisierte Wiederholung des Alten. Genau die Tatsache, daß Analytiker und Analysand gewöhnlich demselben kulturellen Hintergrund angehören, so Hoffman, mache die Vorstellung einer verblüffenden Umkehrung unwahrscheinlich, und eine vollständige Umkehrung könne daher auch nicht assimiliert werden. Der wahrscheinliche Verlauf ist eine langsame, graduelle Veränderung. Hier liegt vielleicht eines der Geheimnisse des »Durcharbeitens«.

Man fragt nun vielleicht, ob der Analytiker ein Ausbund an seelischer Gesundheit sein muß, um sich auf eine derartige wechselseitige Interaktion einzulassen. Nein, das muß er nicht, aber er sollte schon jemand sein, der zumindest irgendwie mehr Einsicht in sich selbst hat als der Analysand. Die Einsicht des Analytikers umfaßt die Überzeugung, daß er tatsächlich einen Beitrag zur Interaktion leistet und daß er mit allgemeinen Mustern neurotischer Interaktion ebenso vertraut ist wie mit seinen Idiosynkrasien, die er in seiner

Ausbildung kennengelernt hat. Solche Aspekte von Einsicht erhöhen seine Objektivität in den einzelnen Stadien der fortschreitenden Klärung der Interaktion zwischen Analytiker und Analysand.

Wie Schafer (1983) schreibt, sollte erwähnt werden, daß der Analytiker in seiner Tätigkeit als Analytiker wahrscheinlich bedeutend reifer ist als in anderen Beziehungen. Er muß seine neurotischen Reaktionen auf den Analysanden nicht mitteilen, obwohl er natürlich unabsichtlich manches davon in seinem Verhalten zum Ausdruck bringt. Am analytischen Prozeß ist sein »Arbeits-Ich« (Olinick 1980) beteiligt und nicht sein gewöhnliches privates Ich. Dies ist eine Erklärung dafür, warum Analytiker, die in ihren privaten Beziehungen schwer neurotisch sind, trotzdem gute Therapeuten sein können. Je neurotischer der Analytiker, desto kleiner ist natürlich der Kreis von Patienten, mit denen er im Endeffekt arbeiten kann. Jeder Analytiker, selbst einer mit nur geringen neurotischen Anteilen, hat Grenzen, die ihn bei seiner Arbeit begleiten. Mir erzählte einmal ein Analytiker, er habe einen Patienten gehabt, der Genuß dabei empfand, mit einem Gewehr aus dem Fenster auf Kinder auf der Straße zu zielen. Obwohl er auf niemanden geschossen hatte, konnte dieser Analytiker nicht mit ihm arbeiten. Manche Analytiker können Lügen nicht ertragen, andere können weinende Frauen nicht ausstehen, und wieder andere finden Machos abstoßend. Es ist ganz eindeutig die Verpflichtung des Analytikers, einen Patienten, mit dem er nicht arbeiten kann, an einen anderen Analytiker zu überweisen. Oft ist es jedoch sehr schwer, die Grenzen der eigenen beruflichen Fähigkeiten zuzugeben.

Mit der Erkenntnis, daß neue Erfahrungen zu den Faktoren gehören, die Veränderungen im psychotherapeutischen Prozeß bewirken, kann die Rolle der Einsicht übergangen und geschmälert werden. Des weiteren bleibt die neue Erfahrung nicht implizit, wie dies bei normalen Psychotherapien häufig der Fall ist, sondern wird explizit im Zusammenhang mit Einsicht. Wenn man einen Analysanden Jahre später fragt, was ihm geholfen hat, sind die Erinnerungen, die übrigens bemerkenswert spärlich sind, häufig solche an bestimmte Interaktionen und nicht etwa an eine einsichtsvolle Formulierung. Hoffman (1992b) erzählt einen Vorfall, bei dem zu seiner Überraschung eine Patientin am Ende der Analyse sagte, was ihr am meisten geholfen habe, sei eine Phase gewesen, in der er eine Meinung zu einer politischen Angelegenheit geäußert habe, die mit ihrer Ansicht nicht übereinstimmte. Er erzählt, er habe gezögert, dies zu tun – nicht nur, weil es die Anweisung zu verletzen schien, dem Patienten keine Wertvorstellungen aufzuzwingen, sondern auch, weil die Patientin deutlich gesagt hatte, daß sie mit sich kämpfe, weil sie etwas »Persönliches« über ihn erfahren wollte. Es steht nicht unbedingt in Widerspruch dazu, den Konflikt des Patienten angemessen zu analysieren, wenn er etwas über den Analytiker wissen will. Es klingt wie die Kehrseite der üblichen Abwehr, bei der es der Patient für unmöglich hält, etwas von sich selbst preiszugeben, ohne eine entsprechende Information über den Therapeuten im Gegenzug zu erhalten. Leo Stone (1961, dt. 1993) beschreibt einen Patienten, der ihn als Spiegel betrachten wollte, das heißt als eine nichtmenschliche Interpretationsmaschine. Dies ist natürlich eine andere »Spiegelfunktion«, als sie die Selbstpsychologen einsetzen, wenngleich sie einen Bezug dazu hat.

In einer meiner eigenen Analysen, von der ich dieselbe dürftige Erinnerung habe wie andere Analysanden auch, war ich einmal dreist genug zu sagen: »Wetten, daß ich aus einem Beitrag zur Analyse mehr machen werde als Sie?« Ich fiel fast von der Couch, als der Analytiker antwortete: »Das würde mich nicht im mindesten überraschen.« Ich muß bedauerlicherweise auch berichten, daß dieser Wortwechsel nicht weiter analysiert wurde, in dieser Analyse zumindest nicht. Wenn dies doch der Fall gewesen wäre, hätte es vielleicht weniger Grund gegeben, noch eine weitere Analyse zu machen!

Es stimmt offensichtlich nicht, daß der Quotient der Einsicht, die es zu erfahren gilt, für alle Analysen gleich ist. Die Menschen unterscheiden sich offenbar darin, wieviel sie für Affekt und Intellekt aufwenden, so daß entweder dieser oder jener die führende Rolle in ihrem jeweiligen Leben und ihrer jeweiligen Analyse spielt. Und dies gilt natürlich für Analytiker genauso wie für Analysanden.

Glover (1931) hat einen faszinierenden Text geschrieben, der sich mit der Rolle von Interaktion und Einsicht bei der Veränderung befaßt. In Ergänzung zu seiner Beobachtung, wie unterschiedliche Interpretationsrichtungen jeweils iatrogene hysterische oder obsessive Abwehrstrukturen in Gang setzen können (in der Regel, um jene Abwehrstrukturen abzustützen, die bereits vorhanden sind), stellte er die Frage, was wichtiger sei: die Entdeckung einer neuen Dynamik, die noch bis vor kurzem unbekannt war, oder die Entdeckung, daß die Theorie, von der sich die Deutungen leiten ließen, sich als nicht valide erwiesen hat. Da beide Möglichkeiten sehr wahrscheinlich sind, ist es interessant, zu welcher Schlußfolgerung er kam. Sie lautet, daß in dem Maße, in dem der Analytiker es versäumt hat, sich mit dem unbekannten Mechanismus zu beschäftigen, oder eine mißverstandene Formulierung verwendet, jeder günstige Effekt, der auf eine dieser beiden Möglichkeiten folgt, als psychotherapeutischer und nicht als psychoanalytischer aufzufassen sei! Dies erinnert mich an Massons (1984, dt. 1984) empörenden Hinweis, daß Freud die Realität des sexuellen Kindsmißbrauchs leugnete, um seine berufliche Reputation zu schützen, selbst als er schon erkannt hatte, daß diese falsche Annahme die Analyse seither beeinflußt hat und daß die Analysanden eigentlich »zurückgerufen« werden müßten, um auf der neuen Grundlage ehrlich mit ihnen zu arbeiten, ähnlich wie man Rückrufaktionen für Autos veranstaltet, um sie zu reparieren, wenn bei einem bestimmten Modell ein Defekt entdeckt wurde. Übrigens hat Freud nie gesagt, daß sexuelle Verführung in der Kindheit nie vorkomme. Er sagte nur, er habe sich offenbar geirrt, als er schlußfolgerte, dies sei wohl nahezu universell der Fall bei Neurosen. Und später sagte Freud (1931b), daß es vom Kind sogar als Verführung erlebt werden könnte, wenn man körperlich für es sorgt und seine Genitalien säubert.

Ich lehne Glovers Formulierung ab, daß »mißverstandene«

Formulierungen und die Entdeckung der Mechanismen, die zur Zeit der Behandlung unbekannt waren, es rechtfertigen zu bestreiten, daß eine Analyse stattgefunden habe. Da Fehler nicht vermeidbar sind und es immer neue Dynamiken geben wird, die es zu entdecken gilt, beinhaltet Glovers Formulierung nur, daß es niemals eine vollständige Analyse geben kann. Aber dies ist gewiß in jedem Fall klar, besonders nach Freuds (1937c) Spätschrift *Die endliche und die unendliche Analyse.*

Ein lebendiges Kapitel in der Geschichte der psychoanalytischen Theorie, die sich mit der Erfahrung als mutativem Faktor beschäftigt, taucht in dem Slogan der »korrektiven emotionalen Erfahrung« auf.

Die korrektive emotionale Erfahrung

Die Formulierung »korrektive emotionale Erfahrung«, die von Franz Alexander (1956) stammt, ist lange Zeit von den meisten Psychoanalytikern mit Verachtung gestraft worden, insofern sie als Einführung interpersonaler Suggestion in die Psychoanalyse betrachtet wurde, einer Technik, die als angemessen für eine Psychotherapie galt, aber gewiß nicht für die Psychoanalyse. Die Psychoanalyse, so wurde lange Zeit argumentiert, sollte ihre Wirkung allein durch intellektuelle Einsicht erzielen. In einem Aufsatz aus dem Jahr 1954 habe ich selbst etwas Ähnliches gesagt, eine Ansicht, der ich seither abgeschworen habe (Gill 1984). Da meine Schrift aus dem Jahr 1954 im Gegensatz zu meinen späteren Schriften immer noch manchmal referiert wird, erlaube ich mir die Bemerkung, daß es offenbar nach Ansicht mancher Kollegen seit damals mit mir steil bergab ging!

Wallerstein (1989) weist jedoch darauf hin, daß ich in diesem Aufsatz die korrektive emotionale Erfahrung definiert hätte und ihre Wichtigkeit damals genauso hervorgehoben hätte wie jetzt. Ich erlaube mir, diesen Punkt zu betonen, weil ich, laut Wallerstein, bis jetzt diese Ansicht durchgehend aufrechterhalten habe, obwohl ich, wie er schreibt, meine Ansicht über den »aktiven Beitrag des Analytikers zur Wahrnehmung der Übertragung durch den Patienten und darüber, wie plausibel der Patient diese Wahrnehmung deutet« (Wallerstein 1989, S. 318 f.), »dramatisch« verändert habe.

Aber das psychoanalytische Klima hat sich seither beträchtlich verändert. Inzwischen wird weithin akzeptiert, daß neue wohltuende Erfahrungen mit dem Analytiker auch eine wichtige Rolle spielen, um Veränderungen zu bewirken. Beide Faktoren, Einsicht und korrektive Erfahrung, wirken kombiniert. Jacobs schreibt:

»Einsicht und ›korrektive‹ Erfahrung wurden noch vor kurzem als das merkwürdigste Gespann betrachtet; sie haben sich jedoch in der Tat als ziemlich vertraute Partner erwiesen. Dies sind keine einander ausschließenden Prozesse, die technisch und theoretisch getrennten Welten zugehören, wie man uns einst gelehrt hat. Es handelt sich dabei eher um synergetische Kräfte der Behandlung, die sich gegenseitig den Weg festigen, jeder ist wichtig, jeder trägt wesentlich zum therapeutischen Handeln in der Psychoanalyse bei« (1990, S. 454).

Warum hat man dann ein solches Theater gemacht, als Alexander die »korrektive emotionale Erfahrung« hervorhob? Und warum ist es immer noch nahezu unmöglich, im Kontext der Psychoanalyse darauf zu verweisen, ohne als jemand zu gelten, der die Analyse zugunsten der Psychotherapie aufgibt? Wie bereits erwähnt, hat Lipton (1977) darauf hingewiesen, daß zeitweise eine übertriebene Abstinenz des Analytikers von der Interaktion (vgl. die Kritik Leo Stones [1961, dt. 1993]) propagiert wurde, um dem Einfluß der korrektiven emotionalen Erfahrung, wie sie von Alexander empfohlen wurde, entgegenzuwirken. Ich glaube, das stimmt, aber im Hinblick auf die negative Reaktion auf Alexanders Empfehlung ist es sogar noch wichtiger, darauf hinzuweisen, daß er gleichzeitig das sogenannte Prinzip der Flexibilität einführte. Damit meinte er etwas, was ich für eine bewußte und absichtliche Manipulation der analytischen Situation durch den Analytiker halte, und Manipulation ist ein weitaus abwertenderer Begriff als Flexibilität. Es gab zwei wichtige Arten dieser Manipulation: Eine bestand darin, daß der Analytiker sich emotional entgegengesetzt zu der Haltung verhielt, die er in der Entwicklung des Patienten als pathogen einschätzte. Die andere Art der Manipulation waren Veränderungen der äußeren Merkmale (Gill 1984) der analytischen Situation, vor allem durch Reduzierung der Sitzungsfrequenz, wenn der Analysand eine zu große Abhängigkeit vom Analytiker entwickelt. Es ist übrigens bemerkenswert, daß Alexander nicht empfahl, die Sitzungsfrequenz zu erhöhen, wenn der Patient sich in der Beziehung reserviert verhält.

In dem ganzen Zeter und Mordio über seine Abtrünnigkeit von der Analyse ging ein wichtiger Beitrag Alexanders verloren, denn er hatte erkannt, daß es falsch war, den Analytiker als leere Leinwand zu betrachten. Alexander (1956) lehnte das Konzept der leeren Leinwand in einer Kritik der Schrift von Balint und Balint (1939) entschieden ab, obwohl auch die Balints es ablehnten, weil sie es für einen unbedeutenden Aspekt hielten. Alexander schrieb: »Die Autoren erkennen die Tatsache an, daß Analytiker keine leere Leinwand repräsentieren, sondern von den Patienten als Individuen mit eigenen Charakterzügen wahrgenommen werden. Trotzdem halten sie diese Unsauberkeit im therapeutischen Prozeß für vernachlässigbar« (1956, S. 94).

Hoffmans (1983) scharfsinnige Unterscheidung zwischen konservativer und radikaler Kritik am Konzept der leeren Leinwand habe ich bereits beschrieben. Die radikale Kritik erkennt an, daß die analytische Situation interpersonalen Charakter hat oder, wie Hoffman schreibt, eine soziale Situation ist; und in der Konzeption der radikalen Kritik leistet der Analytiker zur neurotischen Übertragung des Patienten einen signifikanten Beitrag. Alexander schien sich in Richtung dieser radikalen Kritik zu bewegen, aber er blieb bei der Entdeckung der vollständigen Erkenntnis der sozialen Natur der analytischen Situation auf halbem Weg stecken. Er schrieb, Analytiker würden als Individuen wahrgenommen (nicht, daß sie auch Individuen *sind*), und für ihn war die Individualität des Analytikers ein Faktor der »Unsauberkeit« – ähnlich habe ich den Begriff »Kontaminierung« verwendet.

Alexander war der Ansicht, daß die angeblich »leere« Position des Analytikers ganz und gar nicht leer ist: »Die objektive Distanz des Psychonalytikers ist an sich eine übernommene, eingeübte Haltung und keine spontane Reaktion auf den Patienten« (1956, S. 94). Wenn der Analytiker schon *absichtlich* eine bestimmte Haltung einnimmt, meinte Alexander, warum nimmt er dann nicht eine Haltung ein, die so gut wie nur möglich die vorangegangenen pathogenen Erfahrungen des Patienten berücksichtigt? Er beschrieb sehr lebendig, wie bizarr die übliche analytische Haltung einem naiven Patienten wohl erscheinen mag.

Der Fehler Alexanders war, daß er mit seiner Erkenntnis der analytischen Situation nicht psychoanalytisch umging. Er hatte zwar einen Eindruck von der Ubiquität der Interaktion bekommen, statt jedoch das Problem in Angriff zu nehmen, wie man die Interaktion denn nun analysieren könnte, empfahl er, sie zu manipulieren. Die irrtümlichen Annahmen Alexanders können auch bei Freud beobachtet werden, nicht nur, weil er die Interaktion nicht entsprechend analysierte, sondern auch weil er empfahl, die Interaktion zu manipulieren. Da dieser Anwurf dem Leser vielleicht lächerlich erscheint, werde ich ihn erläutern.

Wie bereits beschrieben, betrachtete Freud die unanstößige positive Übertragung als einen Typus der Übertragung. Ich habe an anderer Stelle (Gill 1982, dt. 1996) darauf hingewiesen, daß der Begriff »Übertragung« für eine unanstößige positive Haltung angemessen ist, weil eines ihrer Kriterien das Überdauern interpersonaler Einstellungen des Patienten ist, die auf Erfahrungen in der Vergangenheit beruhen. Ich habe auch erörtert, daß jede Übertragung von der aktuellen Situation mitgeprägt wird. Dieser Aspekt der Übertragung wird im Fall einer unanstößigen positiven Übertragung nicht richtig erkannt, weil der Analytiker sich auf diese Einstellung bezieht, als wäre sie realistisch und angemessen.

Denkt man genauer darüber nach, ist an dieser Haltung jedoch nicht so offensichtlich, daß sie realistisch und angemessen ist. Wie bereits erwähnt, sagt Alexander, daß die angeblich angemessene Haltung des Analytikers einem naiven Menschen bizarr vorkommen muß. Warum sollte man einem fremden Menschen vertrauen, der hinter einem sitzt, einen auffordert, sich hinzulegen und seine persönlichsten Gedanken zu erzählen, während dieser fremde Mensch – wenn überhaupt – nur sehr wenig sagt und so wenig wie möglich von sich selbst preisgibt? Wir nennen den Widerwillen des Patienten dagegen »Abwehr«, aber von einem nicht-analytischen Standpunkt aus stellt sich die Frage: Ist es nicht eigentlich wirklich unklug, sich voller Vertrauen auf solche Bedingungen einzulassen?

Natürlich sagt Freud, daß die unanstößige positive Übertragung auf früheren Erfahrungen mit einem anderen Menschen beruht, der tatsächlich vertrauenswürdig war und bei dem der Patient es gewohnt war, mit Freundlichkeit behandelt zu werden. Und natürlich stimmt es, daß wir von den Patienten nicht erwarten, daß sie frei sprechen, solange sie uns nicht wirklich als vertrauenswürdig erlebt haben. Sagt man nicht manchmal, die Analyse sei zu Ende, wenn der Patient wirklich frei assoziieren kann?

Um auf das Thema der korrektiven emotionalen Erfahrung zurückzukommen: Ich glaube, daß Freud diese unanstößige positive Übertragung eher *benutzte,* als daß er sie analysierte. Wie konnte er sie analysieren, wenn er es als absolut essentiell für den analytischen Prozeß erachtete, sie zu bewahren? Er schreibt: »Den Ausschlag in diesem Kampfe gibt dann nicht seine intellektuelle Einsicht – die ist weder stark noch frei genug für solche Leistung –, sondern einzig sein Verhältnis zum Arzt ... Ohne solche Übertragung, oder wenn sie negativ ist, würde er den Arzt und dessen Argumente nicht einmal zu Gehör kommen lassen« (Freud 1916/17, S. 463). Übrigens dürfte ein Analytiker, der einen »Kampf« anbietet, wohl kaum ein neutraler Analytiker sein!

Wie ich bereits in meinem Buch über die Übertragungsanalyse (Gill 1982, dt. 1996) geschrieben habe, bin ich nicht derselben Ansicht wie Kanzer, daß Freud, obwohl er in der zweiten Entwicklungsphase der analytischen Technik (Freud 1920g, S. 15) die positive Übertragung benutzte, um die Verdrängung zu überwinden, sich in der dritten Entwicklungsphase der Technik nicht mehr auf diese Unterstützung verlassen habe. Meiner Ansicht nach verließ Freud sich im Gegenteil weiterhin auf die positive Übertragung, das heißt, er analysierte sie nicht (Gill 1982, dt. 1996). Ich kann nun meiner früheren Erörterung ein zusätzliches Beweisstück hinzufügen, um sie zu bekräftigen.

Die drei Phasen der Entwicklung der psychoanalytischen Technik, die Freud auflistete, waren zuerst die primäre Interpretation, in der zweiten Phase ging es darum, »... das Hauptgewicht auf die Widerstände des Kranken [zu legen]; ... und ihn durch menschliche Beeinflussung (hier die Stelle für die als ›Übertragung‹ wirkende Suggestion) zum Aufgeben der Widerstände zu bewegen« (1920g, S. 16). Die dritte Phase war jene, von der er sagte: »Er [der Analytiker] muß ihn [den Patienten] ein gewisses Stück seines vergessenen Lebens wiedererleben lassen und hat dafür zu sorgen, daß ein Maß von Überlegenheit erhalten bleibt, kraft dessen die anscheinende Realität doch immer wieder als Spiegelung einer vergessenen Vergangenheit erkannt wird« (ebd., S. 17).

Freud (1914g, S. 135) hatte diese Wiederholung vergangener Erfahrungen bereits »Übertragungsneurose« genannt statt einfach nur »Übertragung«, wie Kanzer (1966, S. 522) hervorhebt. Dieser Unterschied war für Freud nie entscheidend, da er später selten den Begriff »Übertragungsneurose« in diesem Sinn benutzte, obwohl er an anderer Stelle andeutet, daß er häufig »Übertragungsneurose« meint, wenn er von »Übertragung« spricht; das heißt, die Suggestion der zweiten Phase wurde zur Anerkennung der Zwangsläufigkeit der Übertragung, was Kanzer in Anlehnung an Freud (ebd., S. 134) »die treibende Kraft der Übertragung« nannte. Kanzer kehrte zu diesem Thema in einer späteren Schrift zurück. Detailreich und überzeugend stellt er dar, daß in der Analyse des »Rattenmannes« »das Bedürfnis, ein bestimmtes Element des ›menschlichen Einflusses‹ zu beschwören, um eine annehmbare Interpretation zu erhalten, vielleicht reduziert worden war und daß die wahrhaft vitale Sphäre der Interaktion zwischen Patient und Analytiker einen direkteren Fokus erhielt als in der dritten Phase« (1980, S. 234).

Mein Einwand gegen Kanzer lautet, daß Freud meines Erachtens nie einen durchgehenden analytischen Zugang zu dem Problem des »menschlichen Einflusses« in der analytischen Situation erlangte. Die Schrift *Jenseits des Lustprinzips* (Freud 1920g, S. 18) enthält ergänzende Belege. Freud schreibt: »Der Wiederholungszwang ... konnte sich wahrscheinlich nicht eher äußern, als bis die entgegenkommende Arbeit der Kur die Verdrängung gelockert hatte.« Und er fügte dort in einer Neuauflage 1923 eine Fußnote an: »Ich setze an anderer Stelle auseinander, daß es die ›Suggestionswirkung‹ der Kur ist, welche hier dem Wiederholungszwang zu Hilfe kommt, also die tief im unbewußten Elternkomplex begründete Gefügigkeit gegen den Arzt« (ebd.) Der Verweis gilt seiner Schrift »Bemerkungen zur Theorie und Praxis der Traumdeutung« (1923c), wo er schreibt:

»Es könnte wohl sein, daß es den Träumen in einer Psychoanalyse in ausgiebigerem Maße gelingt, das Verdrängte zum Vorschein zu bringen, als den Träumen außerhalb dieser Situation ... für solche Mehrleistung muß es einen Motor geben, eine unbewußte Macht, welche während des Schlafzustandes besser als sonst imstande ist, die Absichten der Analyse zu unterstützen. Nun kann man hiefür kaum einen anderen Faktor in Anspruch nehmen als die aus dem Elternkomplex stammende Gefügigkeit des Analysierten gegen den Analytiker, also den positiven Anteil der von uns so genannten Übertragung, und in der Tat läßt sich an vielen Träumen, die Vergessenes und Verdrängtes wiederbringen, kein anderer unbewußter Wunsch entdecken, dem man die Triebkraft für die Traumbildung zuschreiben könnte. Will also jemand behaupten, daß die meisten der in der Analyse verwertbaren Träume Gefälligkeitsträume sind und der Suggestion ihre Entstehung verdanken, so ist vom Standpunkt der analytischen Theorie nichts dagegen einzuwenden« (Freud 1923c, S. 310).

Wie ich bereits früher beschrieben habe, fürchtete Freud eindeutig, die Suggestion könnte die Erkenntnisse der Psychoanalyse in Frage stellen. In derselben Schrift, aus der ich gerade zitiert habe, schreibt er auch:

»Mit der Frage nach der Wertung der Träume hängt die andere nach ihrer Beeinflußbarkeit durch ärztliche ›Suggestion‹ innig zusammen. Der Analytiker wird vielleicht zuerst erschrecken, wenn er an diese Möglichkeit gemahnt wird; bei näherer Überlegung wird dieser Schreck gewiß der Einsicht weichen, die Beeinflussung der Träume des Patienten sei für den Analytiker nicht mehr Mißgeschick oder Schande als die Lenkung seiner bewußten Gedanken« (ebd., S. 306).

Freud beruhigte die Analytiker: »Ich brauche nur auf die Erörterungen in meinen ›Vorlesungen zur Einführung‹ zu verweisen, in denen das Verhältnis der Übertragung zur Suggestion behandelt und dargetan wird, wie wenig die Anerkennung der Suggestionswirkung in unserem Sinne die Zuverlässigkeit unserer Resultate schädigt« (ebd., S. 310). In »Erinnern, Wiederholen und Durcharbeiten« (1914g) verweist er auf die unanstößige positive Übertragung als »eine[r] milde[n] und unausgesprochene[n] positive[n] Übertragung« (S. 131) und »Bindung durch die Übertragung« (S. 133).

Die unanstößige positive Übertragung wird auch in einer wichtigen, leider zu wenig zur Kenntnis genommenen Schrift von Martin Stein (1981) erörtert. Stein legt die massiven Widerstände offen, die hinter einer vermeintlich rationalen, freundlichen Haltung des Analytikers als vertrauenswürdige Figur liegen können. Er hebt hervor, daß der Analytiker vielleicht einen narzißtisches Genuß daraus bezieht, wenn man ihn so wahrnimmt. Unter Verwendung einer Metapher von Lewin (1955) schreibt er, dieser narzißtische Genuß könne den Analytiker so einlullen, daß er daraus auch noch den Vorteil ziehen könnte, sich vor der oft unangenehmen Verpflichtung zu drücken, den ebenfalls schlafenden Patienten brutal zu wecken.

Ich füge hinzu, daß dies während der Ausbildung eines »normalen« Kandidaten ein besonders wichtiges Problem sein kann, weil dieser schwerwiegende Gründe hat, sich seinem Analytiker gegenüber demütig zu verhalten und ihn zu bewundern; schließlich kann ihm der Analytiker im realen Leben sowohl nützlich sein als auch schaden.

Mit einer Ausnahme, die ich bald nennen werde, befaßt sich Stein auf bewundernswerte Weise mit den Schwierigkeiten der Analyse der unanstößigen positiven Übertragung. Er kritisiert Freuds Empfehlung: »*Solange nun die Mitteilungen und Einfälle des Patienten ohne Stockung erfolgen, lasse man das Thema der Übertragung unberührt«* (1913c, S. 473; Hervorhebung im Original). Für Freud war diese Empfehlung so wichtig, daß er sie buchstäblich unterstrich. Trotzdem kann die unanstößige positive Übertragung genau in einer derartigen Situation als massive Abwehr wirksam sein. Es erhebt sich die Frage der frühen Übertragungsdeutung. Obwohl ich die damit in Zusammenhang stehenden Gefahren und Schwierigkeiten nicht richtig verstehe, habe ich eine solche frühzeitige Interpretation vor einigen Jahren in einer Schrift befürwortet (Gill und Muslin 1976). Brenner hatte 1969 dieselben Einwände gegen diese Maxime Freuds.

Die einzige Stelle in Steins (1981) Aufsatz, an der ich Anstoß nehme, ist seine Ansicht, für die Deutung der unanstößigen positiven Übertragung sei eine spezielle Technik erforderlich: »Ich schlage daher vor, daß man das Auftreten der ›unanstößigen Komponente‹ nicht nur als willkommene Manifestierung eines bestimmten konfliktfreien psychischen Elements betrachtet, sondern auch als die manifeste Resultante eines komplexen Netzes unbewußter Konflikte ... Ihre Analyse kann durch die Anwendung eines Prozesses erleichtert werden, der dem analog ist, der in der Traumanalyse angewandt wird, besonders im Hinblick auf die zweite Revision« (1981, S. 891).

Aber handelt es sich bei diesem Prozeß nicht um dasselbe Verfahren, mit dem auch andere Manifestationen der Abwehr analysiert werden, und gerade *nicht* um einen besonderen? Eher scheint mir Steins Art der Beschreibung dieser frühen Analyse der unanstößigen positiven Übertragung etwas Besonderes zu sein, die ihr Stichwort aus den Interaktionen im Hier und Jetzt der analytischen Situation bezieht: »Frühzeitige Eindrücke des Analytikers, die aus einem Wahrnehmungsfundus herrühren, beispielsweise die Art, wie sich der Patient benimmt, der erste Telefonanruf, erste Eindrücke über Erscheinung und Benehmen, Diskussionen über die Indikation und die Bedingungen der Analyse, einschließlich Stunden und Honorare« (Stein 1981, S. 880). Dies sind Beispiele für den »Beitrag« des Analytikers zur Übertragung, wie ich (Gill 1982, dt. 1996) bereits hervorgehoben habe. Robert Langs (1979) bezeichnet dies als »adaptiven Kontext«, und auch er betont dessen entscheidende Wichtigkeit.

Solche Beispiele sind auch gut illustriert in einer Fallbeschreibung von Jacobs (1990). Bei einem Patienten gab es keine Fortschritte, bis Jacobs begann, sich intensiv auf die Details der Beziehung im Hier und Jetzt zu konzentrieren, etwa die Art, wie der Patient seine Krawatte betrachtete, seine Frisur oder seine »uneleganten neuen Schuhe« (Jacobs 1990, S. 443). Leider kam er in seiner Erörterung zu dem Schluß, daß dies alles zur *Einführung* in die analytische Arbeit gehöre und auch nur unter besonderen Umständen erforderlich sci. Er behauptete, seine Arbeitsweise bei diesem Fall lasse »Gill wie einen Kohutianer in Zeitlupe aussehen« (ebd.), und er meinte damit (persönliche Mitteilung), seine Betonung der Beziehung zum Patienten im Hier und Jetzt sei so hervorstechend, daß dies sogar mich, der ich das Hier und Jetzt so stark hervorhebe, langsam erscheinen lasse im Vergleich zu Kohut, der das Zurückhalten der Deutung der Selbstobjektübertragung für eine gewisse Zeit empfahl und daher sogar noch langsamer sei als ich. Jacobs Staunen angesichts seines eigenen Verhaltens spricht eine deutlichere Sprache als die Logik seines Vergleichs!

In ähnlicher Weise folgert Stein (1981, S. 890):

»Gill (1979) hat einige Schwierigkeiten beschrieben, die sich aus der Tendenz ergeben, die Übertragung durch eine vorschnelle Zuflucht zu den frühen genetischen Faktoren zu deuten, statt den unmittelbaren Kontext der analytischen Situation zu erkennen. Wir müssen es mit Vorsicht genießen, wenn er das ›Hier und Jetzt‹ in der Übertragungsanalyse so sehr betont, um die Relevanz seines Arguments zu erkennen.«[1]

1 Eine 1990 erschienene Ausgabe der Zeitschrift *Psychoanalytic Inquiry* (Marohn und Wolf 1990) über die korrektive emotionale Erfahrung enthält eine wichtige Diskussion dieses Konzepts.

Wie sollte sich der Analytiker verhalten?

Der Analytiker sollte sich entsprechend dem klassischen Neutralitätskonzept äußerst korrekt, zurückhaltend und distanziert verhalten. Ich erinnere mich an eine rebellische, süffisante Kritik, die ich über klassische Analytiker vor vielen Jahren von mir gab – sie wurde nicht veröffentlicht, obwohl ich sie meinen Schülern oft genug vorgetragen habe! Sie war durch eine Schrift von Robert Fliess (1954), dem Sohn des Briefpartners von Freud, Wilhelm Fliess, angeregt worden. In dieser Schrift befaßt er sich mit der Tatsache, daß der erste Patient eines Analytikers mit medizinischer Ausbildung während seines Medizinstudiums im Pathologie-Kurs eine Leiche war und daß er auch später am liebsten eine Leiche als Patienten gehabt hätte, also jemanden (eigentlich eher etwas), in den man hineinschneiden konnte, ohne daß man mit Protest rechnen mußte, kurz: ohne nervtötenden Widerstand. Fliess' These lautete, daß diese frühe Erfahrung den Analytiker bedauernswert unfähig gemacht habe, Widerstand zu ertragen. Nun, als ich gegen die »korrekte« Rolle des Analytikers rebellierte, die man mich gelehrt hatte, machte ich die süffisante Bemerkung, eigentlich sollte auch der Analytiker am besten eine Leiche sein!

Wenn die psychotherapeutische Situation nun in eine Zwei-Personen-Situation umgewandelt wurde, wie soll sich dann der Therapeut verhalten? Aus Rebellion gegen das »Leichenkonzept« ist es natürlich möglich, zum anderen Extrem zu neigen und aus der psychoanalytischen Situation etwas Egalitäres zu machen, das heißt eine Situation, in der die Rollen der beiden Beteiligten gleich sind. Dies wäre im Endeffekt eine Situation, in der sich Analysand und Analytiker gegenseitig analysieren. Ich wurde ein Opfer dieser Übertreibung und versuchte zweimal eine gegenseitige Analyse zu machen. Einmal bestand ein Patient darauf, dies sei für ihn die einzig mögliche Art, eine Analyse zu machen, und ich versuchte es; ein anderes Mal war der Patient ein sehr geschickter und intuitiver Therapeut, der mehrere schlechte Therapieerfahrungen gemacht hatte. Beide Fälle endeten katastrophal, obwohl ich im zweiten nicht wußte, wie sehr dies auf schwere Irrtümer in der Gegenübertragung zurückzuführen war. Ich hatte gelernt, was Ferenczi (Dupont 1988) nach einem solchen Versuch gelernt hatte. Zweifellos war jeder von uns gleich motiviert, eine gegenseitige Analyse auszuprobieren. Ich glaube nicht, daß dies funktionieren kann, außer vielleicht unter äußerst ungewöhnlichen Umständen. Eine Therapie ist eine asymmetrische Situation, aber ich denke, daß – zumindest in vielen Fällen – die Asymmetrie weitaus geringer sein kann und sogar sollte, als man es üblicherweise für wünschenswert oder notwendig hält.

Ich glaube, manche klassischen Analytiker denken, meine Ansicht über die Übertragung rühre daher, daß ich positiv für Egalitarismus voreingenommen sei und diese Voreingenommenheit leider in der psychoanalytischen Situation zur Anwendung komme. Man hat tatsächlich angenommen (Blum 1986), meine Ansicht zur Übertragung und zur psychoanalytischen Situation könnte zu einer ausbeuterischen Umkehrung der Situation und zu einer *folie à deux* führen. Selbstverständlich! Starke Medizin ist gefährlich! Ich erinnere mich an eine Bemerkung von Anna Freud (1954) in ihrer Diskussion des berühmten Aufsatzes von Leo Stone aus dem Jahr 1954. Sie sagte, man bemerke, daß man sich mit den einzelnen Patienten immer ein wenig anders verhalte. Mit einem mache man Witze, bei einem anderen hingegen würde man gar nicht auf die Idee kommen. Aber das seien gefährliche Gedanken, sagte sie und meinte, so denke ich, daß man sich nicht weiter damit beschäftigen sollte. Wie gefährlich es doch für einen Analytiker ist zu denken, daß manche Gedanken zu gefährlich sind!

Es scheint, daß das Verhalten eines Analytikers irgendwo zwischen klassischer Reserviertheit und leichtsinnigem Egalitarismus liegen sollte. Und wo genau wäre das? Man denke an Freuds (1913c) Bemerkung, er würde sein eigenes Verhalten nicht jedem vorschreiben, weil Analytiker mit einem anderen Temperament mit einer anderen Haltung besser arbeiten könnten. Man kann nicht dieselbe Haltung für alle vorschreiben. Manche Analytiker sind in ihrem Wesen reservierter und andere spontaner. Es gehört zum Allgemeinwissen, daß viele Analytiker mit zunehmendem Alter in der analytischen Situation allmählich spontaner werden. Für manche kann dies ein Abschütteln der Fesseln einer zu rigiden klassischen Ausbildung sein; für andere kann es das Ergebnis der Erfahrung sein, daß ein spontanerer Ausdruck ihrer selbst zu besseren Ergebnissen führt; und für wiederum andere kann es eine häufig altersbedingte Hemmungslosigkeit sein, deren Ausleben durch die Machtposition ermöglicht wird.

Ich wiederhole nochmals die Frage: Wie sollte sich der Analytiker verhalten? Zunächst sollte er anerkennen, daß er sich tatsächlich bei verschiedenen Patienten unterschiedlich verhält. Aber statt zu versuchen, sich einer Uniformität zu beugen, sollte er eine gewisse Spontaneität zulassen; dabei sollte er hin und wieder Abstand nehmen und die Interaktion von Übertragung und Gegenübertragung einschätzen. Vielleicht erkennt er dann, was er an seinem Verhalten ändern sollte, aber wenn die Veränderung stärker und abrupt ist, wird er bemerken, daß der Patient verblüfft ist. Er sollte diese Verblüffung auf seiten des Patienten aufmerksam beobachten und vielleicht daraus folgern, daß die Veränderung so radikal war, daß er dem Patienten seine Überlegungen mitteilen sollte. Dies führt zu der Frage, wieviel der Analytiker von sich selbst preisgeben sollte, die ich separat erörtern werde.

Der Analytiker soll sich vor Augen führen, daß er immer mit dem Patienten in Interaktion steht und daß diese Interaktion so komplex und facettenreich ist, daß es töricht wäre zu glauben, er könne immer bewußt verfolgen, was geschieht. Der Analytiker soll darauf hinarbeiten, daß eine psychoanalytische Situation entsteht. Und was ist das? Es ist eine Situation, in der Analytiker und Patient der Idee verpflichtet bleiben, daß es das Nahziel ist, die Beziehung zu verstehen und sich nicht nur einfach darauf einzulassen – auch wenn sie vielleicht zeitweise davon abkommen –, während das Fernziel ist, die Psychopathologie des Patienten auf dem Hintergrund seiner Entwicklung zu verstehen.

Hoffman (1992b) fragt, wie die psychoanalytische Situation

von einer konventionellen sozialen Situation unterschieden werden könne, wenn der Analytiker sich selbst vielleicht ein gewisses Maß an spontaner Reaktion auf den Patienten gestattet. Er antwortet, die psychoanalytische Situation setze voraus, daß ein integraler Aspekt der Erfahrung des Analytikers zumindest eine gewisse Neugier auf die Bedeutsamkeit seiner Reaktionen im Kontext der analytischen Arbeit ist. Wie Modell (1990) betont, ist ein wichtiger Gesichtspunkt dabei die Vorstellung von der Beziehung als Instrument und nicht so sehr das von Anfang an darin angelegte Ende, das heißt die Tatsache, daß sie ohnehin früher oder später zu einem Ende kommt. Natürlich ist sie nie wirklich zu Ende. Der Analytiker lebt nach dem Ende der Analyse im Analysanden weiter. Modell hat die verschiedenen Beziehungsarten in der analytischen Situation als konstitutiv für verschiedene Realitätsebenen beschrieben. Ich glaube nicht, daß diese Formulierung sehr erhellend ist. Ich glaube eher, daß die unterschiedlichen Beziehungen Komponenten der psychischen und materiellen Realität sind; sie reflektieren die verschiedenen zugrundeliegenden Annahmen der Beteiligten darüber, wozu die Beziehung dient und was sie darstellen soll. Man könnte in der Tat einfach sagen, daß sich die jeweiligen Beziehungen in ihrer Übertragungs- und Gegenübertragungsstruktur unterscheiden. Übrigens glaube ich, daß der Formulierung Modells die nötige konstruktivistische Untermauerung fehlt.

Die Lehranalyse beinhaltet in dieser Hinsicht ein interessantes Problem. Sie findet in einem anderen Kontext statt als eine gewöhnliche Analyse, weil der Analysand darauf hoffen kann, daß die Beziehung zu seinem Analytiker fortbesteht, nachdem die Analyse beendet wurde, selbst wenn dies nur auf der beruflichen Ebene der Fall sein sollte. Mir scheint, dies könnte ein Grund dafür sein, daß viele Analytiker nicht sensibel genug dafür sind, was für ein mächtiger Schock es für einen Patienten ist, wenn er erkennt, daß diese Beziehung, die ihm so viel bedeutet, einfach beendet ist; die Frequenz von drei, vier oder fünf Sitzungen in der Woche reduziert sich abrupt auf Null. Dies ist ein Grund dafür, den

Zeitpunkt der Beendigung der Analyse lange im voraus festzusetzen: Es muß viel an den Gefühlen des Patienten über das bevorstehende Ende der Behandlung gearbeitet werden. Dies erklärt auch, warum manche Analytiker eine Entwöhnungsphase mit einer allmählichen Reduzierung der Sitzungsfrequenz empfehlen.

Einmal habe ich als Analysand (einige Zeit später war ich Analytiker) erlebt, daß mein Analytiker zu mir sagte, er wolle ein einziges Mal eine Ausnahme von dieser Regel machen und nach dem Ende der Analyse eine soziale Beziehung mit mir eingehen. Im nachhinein erkenne ich, daß der Druck, dies zu tun, sowohl von ihm selbst als auch von mir gekommen sein muß. Vielleicht wäre kein Schaden entstanden, wenn meine Reaktion auf dieses Angebot sorgfältig analysiert worden wäre, aber dies war nicht der Fall. Später gab es Gründe, diesen Fehler zu bereuen.

Der Ausbildungskontext ist eine schwere Belastung für eine Analyse. Hierbei ist es offenbar ein Problem, daß der Ausbildungskandidat vielleicht fürchtet, eine vollständige Preisgabe seiner selbst könnte dazu führen, daß der Lehranalytiker sich gegen seine Zulassung zum Analytiker ausspricht. Unter Analytikern wird häufig gesagt, die erste Analyse sei für das Institut gedacht, die zweite für den Kandidaten.

Freud macht neben seinen Aussagen über die analytische Situation, die aus ihr eine Ein-Personen-Situation machen, verschiedene Bemerkungen, die mich überraschen, weil sie nicht ernst nehmen, wie sehr ein Analytiker emotional in eine analytische Situation involviert sein kann. In einer Bemerkung sagt er, wenn es eine Unstimmigkeit gebe zwischen Patient und Analytiker, wie zum Beispiel, ob etwas schon früher gesagt wurde, sei immer die Erinnerung des Analytikers die glaubwürdige (Freud 1912e, S. 388). An einer anderen Stelle sagt er, wenn eine Deutung falsch sei, sei dies nicht so schlimm (Freud 1937d); wenn danach kein Material vom Patienten komme, das die falsche Deutung bestätige, solle man es einfach wegfallen lassen.

Und an einer einer weiteren Stelle sagt Freud (1937d), er glaube nicht, daß er es sich jemals habe zuschulden kommen lassen, einem Patienten eine Deutung aufzuzwingen! Aber, wie üblich, kann man Freud genau im entgegengesetzten Sinne zitieren. In einer seiner letzten Schriften sagt Freud (1937c), ein primäres Hindernis für den analytischen Prozeß könne die Persönlichkeit des Analytikers sein, und der Analytiker solle wegen des für ihn persönlich gefährlichen Materials, mit dem er zu tun hat, für sich selbst alle fünf Jahre eine Analysephase in Anspruch nehmen – eine Weisung, der allzu selten Folge geleistet wird. Da eine Analyse nun einmal so lange dauert, könnte dies bedeuten, daß ein Analytiker selbst die ganze Zeit in Analyse wäre. Aber das hätte vielleicht auch seine Vorteile (und Nachteile)!

Bei der Bestimmung dessen, was der Analytiker zum analytischen Prozeß beiträgt, muß man nicht nur seine Persönlichkeit berücksichtigen, sondern auch seine Ansichten über das Wesen der menschlichen Seele und darüber, welche Technik er für angemessen hält. Natürlich gibt es diesbezüglich unter Analytikern große Meinungsunterschiede. Was soll man tun? Schafer (1979) hielt in einem Seminar für Analytiker einen sehr interessanten Vortrag über dieses Problem. Darin hob er hervor, wie wichtig es sei, daß sich ein Analytiker von den Erfahrungen leiten läßt, die er fortwährend macht.

Anhand der von Ferenczi vorgeschlagenen Veränderung der Technik kann man sehr gut beobachten, wie falsch es ist, zu versuchen, *das* korrekte Verhalten eines Analytikers zu bestimmen. Nach einer Phase mehr oder weniger klassischer Analyse, in der er offenbar den Schluß gezogen hatte, die impliziten Gratifikationen der analytischen Situation würden die triebhaften Wünsche allmählich versickern lassen, versuchte er, diese Wünsche noch lebendiger in die Analyse hineinzubringen, indem er deren triebhafte Entladung außerhalb der analytischen Situation durch drakonische Maßnahmen, etwa die Begrenzung der Häufigkeit der Toilettengänge, einschränkte. Weil er entdeckte, daß so schwerwiegende Einschränkungen der Gratifikation offensichtlich sowohl für den Patienten als auch für ihn selbst unerträglich waren, ging er dann zum anderen Extrem über, indem er sich auf die wohlbekannten Vertraulichkeiten einließ, gegen die

Freud bei den Experimenten seines hochgeschätzten Freundes so bekümmert opponierte.

Außer der Vorschrift, sich solch offensichtlich unklugen Verhaltens, wie sexueller Intimität, zu enthalten, ist es unmöglich, *das* korrekte Verhalten für einen Analytiker zur Auflage zu machen. Jeder Analytiker benimmt sich so, wie es ihm seine Persönlichkeit und seine Überzeugungen gebieten. Wie Anna Freud (1954) sagt, verhält sich der Analytiker in den einzelnen Analysen, die er durchführt, mehr oder weniger unterschiedlich. Vom Analysanden wird er sowohl als wohlwollender wie auch als strenger Analytiker empfunden – gleichgültig, wie er sich verhalten mag. Es ist die Aufgabe des Analytikers, die Art, wie er vom Patienten erlebt wird, so aufmerksam zu beobachten, wie er nur kann, und diese Aufmerksamkeit so weise wie nur möglich bei der Durchführung der Analyse anzuwenden. Diese Ausdrucksweise verdanke ich Hoffman; ich hätte eher die Neigung zu sagen, der Analytiker solle diese Aufmerksamkeit so offen wie möglich zum Ausdruck bringen. Die Formulierung »so offen wie möglich« kann jedoch als *einzig* korrekte Art mißverstanden werden. Dies könnte für ein abstraktes Ideal der analytischen Exploration stimmig sein, aber eine Analyse wird in erster Linie aus therapeutischen Gründen durchgeführt, wie stark das Forschungsinteresse des Analytikers auch sein mag.

Ich erinnere mich an den Tumult, der vor vielen Jahren durch einen Text von Kurt Eissler (1950) entstand, der der Ansicht war, daß man – vor die Wahl gestellt, die Symptome zu lindern oder an einem bestimmten Punkt weiter zu analysieren –, sich für letzteres entscheiden sollte. Ich glaube, er meinte eigentlich, daß man langfristig ein besseres therapeutisches Ergebnis erzielen könnte, wenn man die Analyse fortsetzen würde.

Ich möchte noch eine abschließende Bemerkung über die korrektive emotionale Erfahrung machen: Alexander übersah die psychische Realität, weil er annahm, wenn er absichtlich eine bestimmte Art von Verhalten zeigte, um eine korrektive emotionale Erfahrung zu ermöglichen, werde der Patient dieses Verhalten notwendig auch so erleben. Der Patient könnte dies aber ganz anders erleben. Des weiteren muß man fragen, wie leicht die Bestimmung der Art von korrektiver emotionaler Erfahrung ist, die ein bestimmter Patient gerade braucht.

Ich glaube, es ist ein Grundproblem vieler Analysen, daß der Analytiker – sei es aus Angst oder aufgrund seiner Ausbildung – sich als Person dem Analysanden gegenüber zurückhält. Der Patient hält sich dann im Gegenzug aus ersichtlichen oder unklaren Motiven ebenfalls zurück.

Wilde und zahme Analyse

In den Begriffen der »wilden« und der »zahmen« Analyse kann man formulieren, wie ein Analytiker in Anbetracht der verschiedenen Arbeitsweisen seine persönliche bestimmt. Vor einigen Jahren, als ich noch mit größerer Begeisterung als heute damit befaßt war, die Wichtigkeit der Analyse des Hier und Jetzt nachzuweisen, nahm Fred Pine an, ich würde den Stellenwert der Rekonstruktion der Geschichte unterschätzen. »Nein, Fred«, sagte ich, »du denkst, die Geschichte sei so wichtig, weil du ein Entwicklungspsychologe bist. Deshalb ist die Geschichte für dich so wichtig. Für den Patienten ist es wichtig, sein Leiden loszuwerden.« Kürzlich fragte Fred, ob er dies in einem Artikel zitieren dürfe. Ich dankte ihm, weil er mich vorher fragte, und sagte ihm, er könne diese Bemerkung von mir zitieren, wenn er eine Fußnote hinzufüge, und er stimmte gern zu. Die Fußnote sollte zeigen, daß ich inzwischen das, was ich gesagt hatte, für eine gewisse Übertreibung halte, obwohl ich immer noch glaube, daß die inhaltlichen Aspekte, die Therapeuten hervorheben, in bedeutendem Maße auf ihren persönlichen Vorlieben beruhen, und daß sie auch auf subtile Stichworte (bei näherer Betrachtung glaube ich nicht, daß sie nur subtil sind) von Patienten wie auch auf deren Vorlieben reagieren.

Die Erwartungen des Therapeuten hinsichtlich dessen, was im Verlauf einer Analyse wohl auftauchen wird, haben einen gewissen Einfluß darauf, was dann tatsächlich auftaucht. Ob eine Analyse wohl dasselbe Material zutage fördern würde, wenn ein bestimmter Patient von einem anderen Analytiker analysiert würde? – Ein Vergleich, der in der Realität freilich nicht durchführbar ist. Wenn ein Analytiker einen bedeutenden Beitrag zur Übertragung leistet, wird dann die Übertragung in unserem hypothetischen Fall noch dieselbe sein? Wird es Unterschiede geben, vielleicht jedoch nur geringe? Ein Hinweis darauf, daß solche Fragen erst seit kurzem ernst genommen werden, ist das gegenwärtige Interesse an der Frage, ob das Geschlecht des Analytikers einen Einfluß auf den Verlauf der Analyse hat.

Eine Bemerkung Freuds scheint die Tür zum Verständnis der siginifikanten Unterschiede in der Analyse desselben Patienten bei verschiedenen Analytikern zu öffnen. Er sagte, eine Analyse müsse nicht die Entwicklungsgeschichte des Patienten rekapitulieren. In einer Analyse könne ein heftiger Kampf über ein Thema ausgefochten werden, das in der Entwicklung des Patienten nicht wichtig war. Freud (1912b, S. 369) benutzte die Analogie der kriegerischen Schlacht, um seine Gedanken zu illustrieren: Aus taktischen Gründen könne ein großer Kampf über ein offenbar unwichtiges Stück Land stattfinden. Dies bedeute jedoch noch lange nicht, daß es um ein Nationalheiligtum gehe. Diese Bemerkung hat eine gewisse Bedeutung für meine Unterhaltung mit Fred Pine.

Freud war der erste, der den Begriff »wilde Analyse« benutzte, und zwar für zwei Hauptbereiche: das Ignorieren des Widerstands und das Aufzwingen der Meinung des Analytikers auf den Analysanden. Schafer (1985) nennt Klein, Kohut und mich als Autoren, die analytische Systeme vorschlagen, die er für wild hält. Er behauptet folgendes: Kleinianer geben »tiefe« Deutungen, ohne sich zuerst mit der Abwehr als manifestem Widerstand zu beschäftigen. Kohut deutet bestimmte Träume, ohne zuerst die Assoziationen des Patienten zu prüfen. Gill ist zu penetrant, er interveniert zu häufig und insistiert auf der Übertragungsanalyse im Hier und Jetzt, das heißt darauf, wie der Patient die aktuelle Beziehung zwischen Therapeut und Patient erlebt.

Jedes beharrliche Verfolgen einer bestimmten Linie verdient es bei Schafer, »wild« genannt zu werden. Dies will sagen, der Analytiker sei nicht neutral im klassischen Sinn. In Freuds Beschreibung ist dieser Verrat an der Neutralität zugunsten der Orientierung des Analytikers enthalten.

Wie Schafer erkennt, kann jede wilde Analyse gleichzeitig auch zahm genannt werden, denn jede wilde Analyse legt der Enthüllung der korrekten Geschichte im Freudschen Sinn Hindernisse in den Weg. Andererseits werden manche Analytiker von anderen Analytikern »wilde Analytiker« genannt, weil erstere sich wahrscheinlich auf einen analytischen Ansatz beziehen, der sich vom Ansatz der letzteren als zu »zahm« abhebt. Ich zum Beispiel glaube, daß eine Analyse »gezähmt« ist, wenn man sich nicht mit dem drängendsten und durch Widerstand heftig bekämpften Material beschäftigt, das der Analyse, das heißt der Interaktion im Hier und Jetzt, zugänglich ist. Melanie Klein meinte, eine Analyse sei zahm, wenn sie nicht zu den primitiven Phantasien durchdringe, die für die jeweilige Persönlichkeit kennzeichnend sei. Und Kohut glaubte, eine Analyse, die sich primär mit sexuellen und aggressiven Phänomenen beschäftige, erkenne diese Phänomene nicht als Derivate, die dazu geschaffen sind, ein fragmentiertes Selbst zu stützen; deshalb sei sie zahm.

Jedes System betrachtet ein anderes System als zu zahm, weil es sich angeblich nicht mit den Aspekten beschäftigt, um die es wirklich geht, und als zu wild, weil es etwas anderes substituiert als das, worum es wirklich geht. Jedes System glaubt daher, das zu erfassen, was »wirklich« der Fall ist, die Wahrheit, die nur gefunden werden kann, wenn man richtig vorgeht und es unterläßt, dem Patienten seine eigenen Ansichten aufzuzwingen, so daß das Material spontan bei ihm auftaucht. Aber ist eine solche Spontaneität wirklich möglich? Steht die Möglichkeit einer unbeeinflußten Spontaneität nicht im Widerspruch zum konstruktivistischen Konzept? Und steht dies nicht in der Tat im Widerspruch zu der allgemein anerkannten Idee, daß wir alle von Kräften getrieben werden, die uns nicht bewußt sind?

Schafer (1983) entfachte einen Sturm in der Psychoanalyse, indem er die Lebensgeschichten, die im psychoanalytischen Prozeß entwickelt werden, als »Erzählungen« bezeichnete und behauptete, diese Erzählungen seien Konstrukte, und sie seien mannigfaltig. Man hat ihn mißverstanden und angenommen, er sei der Ansicht, eine Erzählung könne ebenso wahr sein wie irgendeine andere. Natürlich ist dies nicht der Fall. Aber die Kriterien dafür, was »wahrer« ist, sind andere als jene, welche die angeblich eindeutige Wahrheit in den Naturwissenschaften kennzeichnen. Die der Psychoanalyse entsprechenden Kriterien sind nach Schafer die üblicherweise zitierten Merkmale der Kohärenz, Konsistenz und Verstehbarkeit, und er fügt noch den gesunden Menschenverstand hinzu.

Schafer kann tatsächlich gelegentlich auch als Konstruktivist verstanden werden. Einerseits spricht er in deutlicher Übereinstimmung mit Wilburn (1979) von »dem intrinsischen und fruchtbaren dialogischen, intersubjektiven, gemeinsam verfaßten Charakter jedes analytischen Materials« (Schafer 1985, S. 280). Andererseits schreibt er, daß »nicht das bloße Faktum der Interpenetration[2] Wildheit schafft, sondern die Ableitung psychoanalytischer Bedeutung aus Dialogen und wechselseitiger Beeinflussung« (ebd., S. 280). Dies impliziert, daß »psychoanalytisches Material« objektiv eher aufgedeckt als mitverfaßt wird, auch wenn diese Aufdekkung durch »Dialoge und wechselseitige Beeinflussung« zustande kommt.

Als weiteren Beweis dafür, daß Schafers bereitwillige Annahme der konstruktivistischen Position nicht ganz so rückhaltslos ist, zitiere ich hier seine Diskussion des »Sachverstands« freudianischer Analytiker:

»Freudianische Analytiker betrachten ihre technischen Konventionen und Deutungslinien als Expertenweg der Einführung eines notwendigen und mutativen Standpunkts. Dieser Sachverstand muß sich auf die unmittelbare Erfahrung des Analysanden richten,

2 Ein Wortspiel [*interpenetration/interpretation*], das auf die gemeinsam verfaßte Natur des psychoanalytischen Materials verweist.

wenn diese Erfahrung erst einmal soweit wie möglich aus ihren eigenen Bedingungen heraus verstanden worden ist. Dieser Sachverstand muß so auf die Erfahrung des Analysanden einwirken, daß sie *durch Einsicht*, insbesondere in ihre konflikthaften, infantilen Aspekte, transformiert werden kann« (ebd., S. 296 f.; Hervorhebung von M. M. Gill).

Ich nehme nochmals zur Kenntnis, daß Schafer sich auf die ambivalente Redewendung »soweit wie möglich aus ihren eigenen Bedingungen heraus« beruft. Und ich nehme auch zur Kenntnis, daß er besonderes Gewicht auf Einsicht legt, wodurch die neue Erfahrung, das heißt die Art, wie der Patient den Analytiker erlebt hat, unterschätzt wird. Schafer und ich unterscheiden uns schließlich darin, wieviel Objektivität einem Analytiker zugeschrieben werden kann, der »leidlich gut« ist. Er schreibt, der Analytiker verfüge »über einen bemerkenswerten Betrag an Konfliktfreiheit und Autonomie« (ebd., S. 295). Niemand kann natürlich diesen »Betrag« messen, daher scheinen wir uns im Ausmaß der Objektivität zu unterscheiden, die ein durchschnittlich zu erwartender Analytiker, der »leidlich gut« ist, aufbringen kann.

In der Analyse sind die Erzählungen vielfältig. Die Geschichten verändern sich, wenn die Behandlung Fortschritte macht. Sie verändern sich nicht nur, weil verschiedene Probleme zu verschiedenen Geschichten führen, sondern auch, weil die sich jeweils verändernde Gegenwart Einfluß darauf nimmt, wie die Vergangenheit erinnert wird. Bei seiner Konzeptualisierung der freudianischen Geschichte scheint Schafer (1983) manchmal zusehends von seiner konstruktivistischen Sichtweise abzukommen, etwa wenn er schreibt: »Der Analytiker rekonstruiert entlang von Linien, die durch vorher vorhandene theoretische Übereinkünfte festgelegt wurden ..., die hauptsächlich Freud entwickelt hat, so daß sie zu dem Material passen, welches die Analysanden typisch und *spontan* (soweit wie möglich) in der Analyse präsentieren.« (ebd., S. 204, Hervorhebung M. M. Gill).

Das Tauziehen um die konstruktivistische Position wird in Schafers Vorbehalt »soweit wie möglich« deutlich, weil es, insofern der Wahrnehmende beeinflußt, was er wahrnimmt, kein völlig »spontanes« Material des Patienten geben kann. Was Analysanden präsentieren, wird auch vom Analytiker mitbeeinflußt. Schafer erkennt dies an in seiner Bezugnahme auf »vorher vorhandene theoretische Übereinkünfte«.

Um zu definieren, was von klassischen Analytikern als »freudianische Erzählung« betrachtet wird, zitiere ich am besten wiederum Schafer:

»Der freudianische Analytiker ... organisiert fortschreitend diese Neuerzählung (die Revisionen der Erzählung während des weiteren Verlaufs der Therapie) um körperliche Zonen, Modi und Substanzen herum, besonders Mund, Anus und Genitalien, und in Verbindung mit diesen Zonen wiederum um die Modi von Schlucken und Spucken, Zurückhalten und Ausstoßen, Einmischen und Umgrenzen sowie um die konkreten Konzeptionen von Wörtern, Gefühlen, Vorstellungen und Ereignissen, wie Essen, Fäkalien, Urin, Samen und Babys. All diesen konstituierenden Elementen werden Rollen im infantilen Familiendrama zugeteilt, einem Drama, das sich um Geburten, Verluste, Krankheiten, Mißbrauch und Vernachlässigung, die realen und imaginierten Konflikte, die Sexualität der Eltern und die Geschlechterdifferenzen dreht. Es ist wesentlich, daß das infantile Drama, wenn man es so auffaßt, als *wiederholtes Drama* vom Analysanden in den analytischen Dialog *eingeführt* wird, wie subtil er dies auch tun mag, und dies ist es, was vervollständigt wird, wenn die Deutung der Übertragung und des Widerstands erzählt wird« (1985, S. 226, Hervorhebungen M. M. Gill).

Ich wiederhole nochmals: Es zeigt sich das Dilemma der Relation zwischen Wahrnehmendem und Wahrgenommenem. Schafer spricht von der wiederholten Einführung des infantilen Dramas durch den Analysanden, wobei er – zumindest in dieser Formulierung – den Einfluß des Analytikers auf die Erfahrung des Analysanden herunterspielt. Gehe ich nun davon aus, daß ein Therapeut ohne jeglichen Bezug auf eine vorherige Übereinkunft arbeiten kann? Nein. Er kann sich dessen nur so bewußt sein wie möglich, damit er sie berücksichtigt. Ich bin nicht der Ansicht, daß Schafer hinsichtlich des Inhalts, den er zu finden erwartet, unbedingt falsch liegt, sondern daß er die Rolle der Erwartungen des Therapeuten herunterspielt. Außerdem hat er vielleicht unrecht bezüglich der zwei Arten von Themen, die er als korrekte freudianische

Geschichte betrachtet, nämlich die körperlichen Faktoren einerseits und das infantile Drama andererseits. Schafer hat mich kritisiert, weil ich gesagt habe, daß das analytische Setting den Patienten infantilisiert; er behauptet, wenn der Patient dies so erlebe, sei dies dessen Problem. Ich bin der Ansicht, daß diese Formulierung wieder den Beitrag des Analytikers zum Erleben des Patienten ausläßt. Es ist möglich, sogar wahrscheinlich, daß der Patient spürt, daß er in Relation zum Analytiker in eine infantile Position gebracht wird. Man wird sich daran erinnern, daß Ida Macalpine (1950) die analytische Situation als eine langsame Induktion von Hypnose bezeichnete.

Besonders bemerkenswert an Schafers Neuerzählung der freudianischen Geschichte ist nicht das infantile (Kindheits-) Drama, das in fast allen psychoanalytischen und psychodynamischen Theorien als zentraler Angelpunkt erachtet wird, sondern die angeblich progressive Organisation um »körperliche Modi, Zonen und Substanzen« herum. Und so kommen wir zu den psychoanalytischen Theorien der Motivation und zur Rolle des Körpers im psychischen Leben.

Achtes Kapitel

Theorie und Technik

Motivationstheorie

Der Mensch ist ein Organismus und eine Person zugleich. Befaßt sich die Psychoanalyse mit der Erforschung des Organismus, der Person oder mit beidem? Ich glaube, die fehlende Klarheit über diesen Punkt ist verantwortlich für viele Kontroversen in der Psychoanalyse.

Man kann fragen, ob die Psychoanalyse Psychologie ist oder Biologie oder beides zugleich. Offenbar können die Begriffe Psychologie und Biologie verschieden definiert werden. Daß es sich bei der Psychoanalyse um Psychologie handelt, dem wird allgemein zugestimmt; ob es sich aber auch um Biologie handelt, ist ein Thema, dem Freud ambivalent gegenüberstand.

Freud (1905d) insistierte darauf, daß die Biologie in der Psychoanalyse eine wichtige Rolle spielt; dies kann man im Vorwort zur vierten Auflage der *Drei Abhandlungen zur Sexualtheorie* nachlesen. Darin legt er umfassend und klar seine frühen Ansichten über die Sexualität dar:

»Die rein psychologischen Aufstellungen und Ermittlungen der Psychoanalyse über das Unbewußte, die Verdrängung, den Konflikt, der zur Krankheit führt, den Krankheitsgewinn, die Mechanismen der Symptombildung u. a. erfreuen sich wachsender Anerkennung ... Das an die Biologie angrenzende Stück der Lehre, dessen Grundlage in dieser kleinen Schrift gegeben wird, ruft noch immer unverminderten Widerspruch hervor ... Erinnerung und immer wieder von neuem wiederholte Prüfung sagen mir, daß [dieser Teil der psychoanalytischen Lehre] aus ebenso sorgfältiger und erwartungsloser Beobachtung hervorgegangen ist, und die Erklärung jener Dissoziation in der öffentlichen Anerkennung bereitet keine Schwierigkeiten« (Freud 1905d, S. 31).

Warum bezieht sich Freud auf das an »die Biologie angrenzende Stück der Lehre«? Und daß er seine Beobachtung als »erwartungslos« bezeichnet, bestätigt sicherlich die Ansicht, daß er ein Positivist war und kein Konstruktivist. Auf der anderen Seite ist die Aussage Freuds bekannt, in der er eine klare Unterscheidung trifft zwischen dem, was Psychologie ist und was nicht. Es lohnt sich, sie hier zu zitieren, um Freuds Abgenzung von Biologie (organisch) und Psychologie zu verdeutlichen:

»Alles, was man im Seelenleben beobachten kann, wird man gelegentlich als seelisches Phänomen bezeichnen. Es wird bald darauf ankommen, ob die einzelne seelische Äußerung direkt aus körperlichen, organischen, materiellen Einwirkungen hervorgegangen ist, in welchem Falle ihre Untersuchung nicht der Psychologie zufällt, oder ob sie sich zunächst aus anderen seelischen Vorgängen ableitet, hinter denen dann irgendwo die Reihe der organischen Einwirkungen anfängt. Den letzteren Sachverhalt haben wir im Auge, wenn wir die Erscheinung als einen seelischen Vorgang bezeichnen, und darum ist es zweckmäßiger, unsere Aussage in die Form zu kleiden: die Erscheinung sei sinnreich, habe einen Sinn. Unter Sinn verstehen wir Bedeutung, Absicht, Tendenz und Stellung in einer Reihe psychischer Zusammenhänge« (Freud 1916/17, S. 55).

Es ist wichtig, Freuds Erkenntnis hervorzugeben, daß ein seelisches Phänomen direkt aus dem Soma auftauchen kann; in diesem Fall handelt es sich nicht um Psychologie. Nur ein seelischer Prozeß, der aus einem anderen seelischen Prozeß herrührt, ist Sache der Psychologie. In diesem Zusammenhang gibt es die vieldiskutierte Frage nach dem Unterschied zwischen Trieb und Triebrepräsentanz. Kann auch ein Trieb ein seelisches Phänomen sein, oder kann dies nur eine Triebrepräsentanz sein? Hierzu gibt es eine bemerkenswerte Aussage, in der Freud behauptet, daß es sich bei dem Grundpfeiler der klassischen Analyse – der Libidotheorie – um Biologie handelt und nicht um Psychologie:

»Gerade weil ich sonst bemüht bin, alles andersartige, auch das biologische Denken, von der Psychologie ferne zu halten, will ich an dieser Stelle ausdrücklich zugestehen, daß die Annahme gesonderter Ich- und Sexualtriebe, also die Libidotheorie, zum wenigsten auf psychologischem Grunde ruht, wesentlich biologisch gestützt ist ...; da wir nicht warten können, bis uns die Entscheidungen der Trieblehre von einer anderen Wissenschaft geschenkt werden, ist es weit zweckmäßiger, zu versuchen, welches Licht durch eine Synthese der *psychologischen* Phänomene auf jene biologischen Grundrätsel geworfen werden kann« (1914c, S. 144 f.).

Bemerkenswert an dieser Aussage ist ihre Zweideutigkeit: Die Libidotheorie beruht »zum wenigsten« auf Psychologie und ist »wesentlich biologisch gestützt«, aber dann ist es die Psychologie, mit der er sich beschäftigt. Die Bedeutung des Begriffs »Biologie« kann freilich sehr weit gefaßt werden, wie etwa bei Hartmann (1948, dt.1972), der Anpassung für eine biologische Angelegenheit hält. Aber ich meine die ganz gewöhnliche körperliche Bedeutung, wenn ich von Biologie spreche.

Triebtheorie

Ein zentrales, aber zweideutiges Konzept der Psychoanalyse ist die Triebtheorie. Als fundamentaler Ursprung der Psychodynamik ist sie eines der meistdiskutierten Themen in der psychoanalytischen Theorie. Als Theorie, die den Bedürfnissen des Körpers als treibendem Impetus des psychischen Lebens eine große Bedeutung beimißt, muß die Psychoanalyse über eine Verbindung vom Körper zur Psyche verfügen. Diese Verbindung ist der Trieb, der von Freud ausdrücklich als Grenzbegriff definiert wird, als eine »Arbeitsanforderung, die dem Seelischen infolge seines Zusammenhanges mit dem Körperlichen auferlegt ist« (1915c, S. 214). Der Grenzcharakter des Triebbegriffs kommt durch Diskussionen darüber zum Ausdruck, ob es sich dabei um einen biologischen oder einen psychologischen Begriff handelt. Eine Facette dieser Diskussion ist die Kontroverse, die sich mit der korrekten Übersetzung des deutschen Wortes »Trieb« in die englische Sprache beschäftigt. Die wörtliche Übersetzung ist *drive*, aber in den frühen Übersetzungen wurde dieser Begriff mit *instinct* übersetzt. Das Wort *instinct* hat jedoch eher Konnotationen zu einem mehr oder weniger rigide fixierten angeborenen Muster, das nicht gut damit zusammenpaßt, daß in der psychischen Entwicklung des Menschen dem Lernen eine bedeutsame Rolle zukommt. Eine Kompromißlösung ist die Übersetzung des deutschen Wortes »Trieb« mit *instinctual drive*.

Es muß immer wieder betont werden, daß diese angeblich instinkthaften Triebe in der klassischen Freudschen Theorie dergestalt sind, daß sie ihre ursprüngliche Form einbüßen müssen, damit sich die Persönlichkeit normal entwickelt. Sie können normalerweise nur in modifizierter, besänftigter, »sublimierter« Form akzeptiert werden; diese Veränderung wird oft als »Zähmung« bezeichnet. Der ursprüngliche Impuls bleibt dabei bis zu einem gewissen Maß erkennbar, wenngleich er in manchen Sublimierungen kaum noch wahrnehmbar ist. Freud (1940a, S. 71) schrieb: »Die Macht des Es drückt die eigentliche Lebensabsicht des Einzelwesens aus.« Das Es, als brodelnder Hexenkessel beschrieben, ist metaphorisch an einem Ende zum Körper hin offen und am anderen Ende zur Psyche. Es enthält die Triebe in einer unbekannten Form, welche aus dem Körper auftauchen, um zu einem psychischen Phänomen zu werden, wiederum auf unbekannte Weise. Die Annahme ist jedoch, daß die Triebe mit Energien verbunden sind, die, wenn sie aus dem Soma kommend in die Psyche eintreten, zu psychischer Energie werden, die nach Entladung strebt – dies ist die zentrale Position der Freudschen Metapsychologie. Es ist die Aufgabe des Ich, darauf zu achten, daß eine solche Entladung mit Rücksicht auf die externe Umwelt stattfindet, also adaptiv. Freud schrieb auch: »Dieses Mit- und Gegeneinanderwirken der beiden Grundtriebe ergibt die ganze Buntheit der Lebenserscheinungen« (ebd.).

Freuds (1915c) Aufsatz »Triebe und Triebschicksale« ist die grundlegende Schrift über die Motivation. Er führte die Unterscheidung nach vier Merkmalen ein: Quelle, das heißt der somatische Spannungszustand, dessen Reiz im seelischen Leben durch den Trieb repräsentiert wird; Drang, das heißt der Betrag an Kraft; Ziel, das heißt das Streben nach Befriedigung in jedem Augenblick, die nur durch Aufhebung des Spannungszustandes der Triebquelle erreicht werden kann; und Objekt, das heißt das Objekt, an welchem oder durch welches der Trieb sein Ziel erreichen kann.

David Rapaport (1960), der sich am einflußreichsten und gewiß am systematischsten mit der Freudschen Metapsychologie beschäftigt hat, versuchte, die generellen Charakteristika des Triebbegriffs auszuformulieren, ohne auf den spezfischen Triebinhalt Bezug zu nehmen. Er folgte der Freudschen Triebtheorie, insofern er den Trieb als zyklischen Energieaufbau mit darauffolgender Entladung betrachtete. Er sagte sogar, nur Triebe seien motivationale Ursachen, während alle anderen Ursachen nicht motivational seien. Ich glaube, daß ein impliziter Grund für seine Definition des Triebes ohne Referenz auf den Inhalt die Unterscheidung zwischen hereditärem und Erfahrungsaspekt ist. Ein anderer Grund für die unspezifische Definition des Triebes bei Rapaport könnte das Anliegen gewesen sein, die Instinkte der niederen Lebewesen von den Trieben des Menschen abzuheben. Die Instinkte der niederen Lebewesen sind hochspezifische und detaillierte Handlungsprogramme, wie etwa der Nestbauinstinkt der Vögel; hingegen sind die Triebe des Menschen viel weniger fixiert und daher viel stärker durch Erfahrung, das heißt Lernen, beeinflußbar (Hartmann 1948, dt. 1972). Eine solche Flexibilität ist ein zweischneidiges Schwert, weil sie zwar individuellen Möglichkeiten Raum gibt, aber gleichzeitig auch den Weg öffnet für individuelle Katastrophen. Freud hob hervor, daß die Plastizität oder Ersetzbarkeit des Objekts ein Hauptmerkmal des libidinösen Triebes ist.

Obwohl er die Triebe als zentrale Motivatoren des psychischen Lebens betrachtete, erfuhr die Triebtheorie eine Reihe von Veränderungen. Indem er sich auf die biologische Unterscheidung zwischen dem Überleben der Spezies und dem Überleben des Individuums berief, ging er zunächst von zwei Trieben aus: Sexualtrieb und Selbsterhaltungstrieb. Im Zuge einer größeren Veränderung der psychoanalytischen Theorie zog er den Schluß, daß der Narzißmus – die Selbstliebe – ebenfalls sexueller Natur sei, und so wurde der Selbsterhaltungstrieb dem Sexualtrieb angegliedert. Eine Zeitlang schien diese Theorie monistisch zu sein, aber als Freud relativ spät in seiner Laufbahn den Todestrieb und den davon abgeleiteten Aggressionstrieb einführte, wurde sie wieder dualistisch. Für ihn war es schwer verständlich, daß er so lange gebraucht hatte, bis er die unerotische Aggression entdeckte. Heute bleibt die psychoanalytische Motivationstheorie im wesentlichen eine der Hierarchie von Derivaten aus den primären Motiven der Sexualität und Aggression, jenen Derivaten, die fortschreitend die Anpassung an die äußere Welt berücksichtigen. Freuds Triebtheorie begründet seine eigentliche Metapsychologie. Obwohl er normalerweie an dem Begriff Metapsychologie festhielt, bezeichnete er sie auch als Mythologie (Freud 1937c). Zwar ist seine Metapsychologie grundlegend für sein Werk, aber trotzdem sind seine Schriften über Objektbeziehungen weit von dieser Metapsychologie entfernt. Sogar bei seiner entscheidenden Revision der Triebtheorie, in seiner Schrift »Zur Einführung des Narzißmus« (Freud 1914c), hängt das Paradigma der Energieentladung, wie Hoffman (1995) gesagt hat, »nur an einem seidenen Faden«

Aufgrund dieser verschiedenartigen Aspekte des Freudschen Werks ist es möglich, daß viele klassische Analytiker in Disputen über die Triebtheorie und beziehungsorientierte Theorien sagen können, letztere kritisierten die Freudsche Theorie wegen des Festhaltens am Paradigma der Triebentladung, die »moderne (klassische) Psychoanalyse« falle hingegen nicht mehr unter diese Kritik. Tatsache ist, daß manche Analytiker als klassische Analytiker betrachtet werden, wie etwa Hans Loewald, die es in Wirklichkeit gar nicht sind. Die große Mehrheit der Analytiker, die an Freuds Metapsychologie festhalten, behalten in der Tat die Idee der biologischen Grundtriebe bei, auch wenn sie das Konzept der Energieentladung herunterspielen.

Die Freudschen Motivationskonzepte werden von einer parallelen Reihe von Formulierungen über verschiedene Arten von psychischer Energie begleitet; diese Formulierungen geben zwar vor, erklärende Funktion zu haben, aber sie sind meiner Ansicht nach wiederum nur ein Bündel von Metaphern. Sie entstanden, als Freud bereits in seinem *Entwurf einer Psychologie* (1950a [1895]) eine »freie« und eine »gebundene« Energie unterschied. Freie Energie charakterisiert demnach den Primärvorgang und gebundene Energie den Sekundärvorgang. Daß Energie frei ist, also ungebunden, macht, wie Freud sagt, die dem Primärvorgang zugeordneten Phänomene der Verschiebung und Verdichtung möglich. Auch die Libidotheorie war die Konzeptualisierung einer bestimmten Qualität von Energie, die später durch die dualistische Konzeption von »narzißtischer« und »Objektlibido« abgelöst wurde und noch später durch die komplementäre Idee der aggressiven Energie.

Freud betrachtete den Wiederholungszwang und den Todestrieb als dem Streben des Organismus nach Lust übergeordnete Prinzipien. Bis dahin war das Streben nach Lust in der theoretischen Struktur des Freudschen Werks das übergeordnete Prinzip gewesen. Aus diesem Grund nannte er seine Schrift, in der er den Todestrieb einführte, *Jenseits des Lustprinzips* (1920g). Freud hatte ursprünglich diese Ideen als Spekulationen vorgestellt, aber später sagte er, sie hätten sich seiner derart bemächtigt, daß er nicht mehr anders denken könne.

Obwohl diese Ideen über weite Strecken spekulativ sind, hielt Freud sie dennoch für klinisch erwiesen. Er betrachtete das erneute Durchleben von Traumata in Träumen und das Wiedererleben schmerzvoller Erfahrungen in der psychoanalytischen Situation als Manifestation des Wiederholungszwangs und seines Korollars, des Todestriebs, weil diese Phänomene dem Streben nach Lust konträr sind.

Die meisten Psychoanalytiker akzeptieren das Konzept des Todestriebs nicht. Sie meinen, es sei so weit von der Empirie entfernt, daß es weder bewiesen noch widerlegt werden könne. Der Wiederholungszwang scheint weniger spekulativ zu sein, weil er in engerer Verbindung zu dem empirischen Phänomen der Wiederholung steht; aber viele Analytiker glauben, daß das Phänomen der Wiederholung, das sicherlich ein Faktum ist, das der Beobachtung zugänglich ist, vernünftiger durch eine generelle Tendenz, alles zu wiederholen, was gelernt wurde, erklärt werden könne, da Lernprozesse in habituelle Verhaltensmuster münden. Manche Analytiker, besonders die Selbstpsychologen, unterscheiden zwischen Aggression und Haß. Sie betrachten Aggression als adaptive Reaktion auf einen Angriff, Haß hingegen als ungenügend angepaßtes, blindwütiges Bedürfnis, einen Angreifer letztlich zu zerstören. Dieses Bedürfnis bezeichnen die Selbstpsychologen als »narzißtische Wut«.

Freuds Position ist in der Psychoanalyse so überragend, daß immer noch viel Tinte fließt, um für oder gegen diese großangelegten Konzeptionen zu argumentieren, obwohl sie für eine empirische Prüfung ungeeignet sind. Viele Psychoanalytiker – die kleinianische Schule ist eine wichtige Ausnahme – lehnen den Todestrieb ab, halten aber am Konzept des Aggressionstriebs fest. Aber selbst darüber gibt es Kontroversen. Viele Analytiker behaupten, Aggression sei immer reaktiv, das heißt, es gebe keinen angeborenen Fundus an Aggression, die nach Entladung strebe. Die Idee, daß Quantitäten von sexueller und aggressiver Energie nach Entladung streben, ist ein Grundthema der Freudschen Theorie. Die Gegner diese Sichtweise betrachten Freuds Theorie der Energieentladung als Reflex der wissenschaftlichen Atmosphäre zu Freuds Zeiten, als Energie und ihre Umwandelbarkeit dominierende Themen der Wissenschaft waren. Dieser energetische Rahmen charakterisiert primär die Metapsychologie, aber er hat auch Auswirkungen auf die klinische Theorie.

Es gab Versuche, das energetische Paradigma durch ein informationstheoretisches zu ersetzen, aber die Formulierung »informationstheoretisch« scheint meiner Meinung nach nur die energetische Metapher durch eine neue Metapher zu ersetzen, die dieselben Zwecke erfüllt; dadurch wird nichts zum psychologischen Verständnis des Phänomens beigetragen.

Es war Hartmann, der versucht, die Motivationstheorie als Aspekt der sogenannten Ich-Psychologie auszuarbeiten, die sich damit befaßt, auf welche Weise Impulse entweder abgewehrt oder der äußeren Umwelt angepaßt werden. Dies war Teil seines Versuchs, aus der Psychoanalyse eine umfassende allgemeine Psychologie zu machen. Besonders wichtig war sein Entwurf der primär autonomen Ich-Funktionen, die nicht von den Grundtrieben abgeleitet werden, sondern bereits hereditär angelegt sind, wie etwa der sensorische und der motorische Apparat. Natürlich fällt die detaillierte Untersuchung dieser Apparate auf das Gebiet der Psychophysiologie, und sie werden hauptsächlich von der akademischen Psychologie erforscht. Ihre normale dynamische psychologische Funktion ist größtenteils Gegenstand kognitiver Theorien (George Klein 1970). Ein zweiter Entwurf, der sich nur mit der Motivation im engeren Sinn befaßt, beinhaltet ein Konzept sekundärer autonomer Motive, die relativ frei von ihrem Ursprung wirksam und relativ stabil sind, obwohl sie ursprünglich aus einem Kompromiß zwischen Grundtrieben oder deren Derivaten und dem Ich abgeleitet sind. In einem dritten wichtigen Ansatz beschrieb Hartmann die Veränderung einer Funktion: Ein Motiv, das sich zunächst im Zusammenhang mit einer Funktion entwickelt hat, beispielsweise einer Abwehrfunktion, wird dann einer anderen Funktion, wie etwa der Adaption, dienstbar gemacht.

Diese Erweiterung der Psychoanalyse zu dem Konzept, das man heute »Ich-Psychologie« nennt und das einen Teilbereich der Strukturtheorie von Es, Ich und Überich bildet, wurde von manchen Psychoanalytikern vehement abgelehnt, weil sie fürchteten, die traditionelle psychoanalytische Gewichtung der Triebe im Es werde von der Ich-Psychologie überschattet. In der Tat meinten manche Kritiker sogar, die Ich-Psychologie sei Produkt einer Angst, die von primitiven Impulsen im Es hervorgerufen werde. Es gibt unter Psychoanalytikern die weitverbreitete – und in unserem kulturellen Klima recht dubiose – Einstellung, die Triebe des Es seien so schockierend für Uneingeweihte, ja sogar für ausgebildete Psychoanalytiker, daß ständig die Versuchung bestehe, die Existenz der rohen, animalischen Elemente im Seelenleben des Menschen abzuwehren und zu leugnen. Manchmal wird behauptet, die Metapher der Bestie, die

Freuds Es beschreiben soll, sei eine Erfindung zeitgenössischer Beziehungstheoretiker, aber war es nicht Freud, der sagte, das Triebleben müsse »gezähmt« werden? Freud behauptete, psychische Krankheit sei der Preis, den die Menschheit für die Zivilisation zahlen müsse.

Es scheint offensichtlich, daß ein Trieb eine körperliche Quelle haben muß; normalerweise wird er als körperliche Energie aufgefaßt, die sich aufbaut, bis sie entladen wird, um sich dann wieder aufzubauen; auf diese Weise bildet sich ein zyklisches Muster der angeborenen Natur. Es scheint nahezuliegen, daß eine solche körperliche Quelle wegen des somatisch und hormonell bedingten sexuellen Apparates Sexualität voraussetzt; und in der Tat betrachtete Freud in einer Formulierung, die er wörtlich meinte und nicht metaphorisch, die Libido als etwas, was aus allen Teilen des Körpers auftaucht. Aber es ist schwieriger, eine solche Quelle für den Aggressionstrieb zu finden. Man hat angenommen, daß die Quelle des Aggressionstriebs in der Muskulatur liegt, aber diese Vorstellung wurde nicht allgemein akzeptiert. Die Vorstellung vom menschlichen Verhalten ist eine andere, wenn man an den zyklischen Aufbau sexueller und aggressiver Energien glaubt, die nach Entladung drängen, als wenn man davon ausgeht, daß Sexualität und Aggression nur als Reaktion auf einen externen Stimulus auftreten. Die erste Vorstellung ist weitaus pessimistischer, was die Möglichkeit angeht, Sexualität und Aggression zu kontrollieren, als die zweite.

Wenn man die menschliche Motivation als sexuell und aggressiv bedingt beschreibt, stellt man eine sehr allgemeine Behauptung auf. Es wäre eine genauere und spezifischere Beschreibung des komplexen Netzes der Motivation erforderlich. In gewissem Ausmaß liefert das Konzept einer Hierarchie derivativer Motivationsstränge, die aus den sexuellen und aggressiven Grundtrieben hervorgehen, eine solche Spezifikation. Wie bereits gesagt, werden solche Derivate als zunehmend »gezähmte« Motivationsstränge beschrieben, das heißt als mehr und mehr der Realität angepaßt im Gegensatz zu der angenommenen wilden Basis, aus der sie auftauchen.

Es ist interessant, wenngleich wenig beachtet, daß Freud (1915c) vor langer Zeit zwei gegensätzliche Formulierungen zu der relativen Übergeordnetheit von Trieb und Selbst vorschlug, ein Thema, das in der gegenwärtigen Theoriedebatte einer der zentralen Streitpunkte ist. Er schrieb:

»Die Biologie lehrt, daß die Sexualität nicht gleichzustellen ist mit den anderen Funktionen des Individuums, da ihre Tendenzen über das Individuum hinausgehen und die Produktion neuer Individuen, also die Erhaltung der Art, zum Inhalt haben. *Sie zeigt uns ferner, daß zwei Auffassungen des Verhältnisses zwischen Ich und Sexualität wie gleichberechtigt nebeneinander stehen,* die eine, nach welcher das Individuum die Hauptsache ist und die Sexualität als eine seiner Betätigungen, die Sexualbefriedigung als eines seiner Bedürfnisse wertet, und eine andere, derzufolge das Individuum ein zeitweiliger und vergänglicher Anhang an das quasi unsterbliche Keimplasma ist, welches ihm von der Generation anvertraut wurde« (Freud 1915c, S. 217 f., Hervorhebung M. M. Gill).

Es soll daran erinnert werden, daß ein Hauptmerkmal des Triebes sein Objekt ist. Wenn Freud das Objekt als »das variabelste am Triebe« nannte (obwohl er paradoxerweise auch von der »Objektfixierung« sprach), ordnete er den Trieb über dem Objekt an. Es gibt zwei wichtige Motivationstheorien in der Psychoanalyse, die sich von Freuds Ansatz unterscheiden, weil sie die hierarchische Beziehung zwischen Trieb und Objekt umkehren. Eine dieser Theorien ist die Objektbeziehungstheorie. Sie geht von der Annahme aus, daß der Mensch im Grunde ein soziales Tier ist, das durch die Bindung an den ursprünglichen Versorger, gewöhnlich die Mutter, hereditär determiniert ist. Man könnte meinen, diese Theorie sei nur eine Variante der klassischen Theorie, da diese Bindung als eine Form von Sexualität betrachtet werden könnte. Dieser Eindruck könnte vor allem deshalb entstehen, weil die klassische Sichtweise der Sexualiät zu allgemein ist. Aber ich habe bereits einen sehr wichtigen Unterschied erwähnt. Die klassische Theorie hält die Bindung an die Bezugsperson bei der Befriedigung sexueller und aggressiver Triebe für sekundär, wohingegen die Objektbeziehungstheorie diese Bindung als primäre Motivation betrachtet. Die Objektbeziehungstheorie wurde besonders von Bowlby (1969, dt. 1975) verfochten, der den Bindungstrieb in konkrete Komponenten untergliederte: sich anklammern, schreien, lächeln, saugen und nachlaufen. Die aktuelle Kleinkindforschung scheint dem Ansatz des primären Bindungstriebs zu folgen; dies ist vergleichbar mit dem Sich-Anklammern der Primaten (Hermann 1936).

Objektbeziehungen – »Objekt« ist ein ausgesprochen unpersönlicher Begriff, um eine Person zu bezeichnen, er ist jedoch in der psychoanalytischen Literatur geläufig – spielen in allen psychoanalytischen Theorien unabhängig davon eine große Rolle, ob nun der Trieb als primärer Aspekt betrachtet wird oder die Objektbeziehungen. Zwar habe ich schon erwähnt, daß die Nomenklatur von Theorien, in denen Beziehungen zwischen Menschen eine übergeordnete Position eingeräumt wird, verwirrend ist, aber es verlangt nach Wiederholung. Manche meinen, die »Objektbeziehungs«-Theorie gehe ursprünglich auf Melanie Klein zurück. Sie war prinzipiell an »inneren Objekten« interessiert, bei denen die äußeren, auf Erfahrung beruhenden Beziehungen zu diesen Objekten relativ unbedeutend waren. Für Melanie Klein leiteten sich die Beziehungen zu den Objekten im wesentlichen aus den Phantasien des Kleinkindes ab. Aber für viele Analytiker verweist der Begriff »Objektbeziehungen« auf die sogenannte englische Schule der Objektbeziehungstheorie, in der Fairbairn, Winnicott und Guntrip führend sind. Diese Theorien widmen den erlebten Beziehungen mit dem Objekt viel mehr Aufmerksamkeit. Die Verwirrung der Nomenklatur rührt von der Tatsache her, daß der Begriff »Objektbeziehungen« manchmal generell für Beziehungen zwischen Menschen verwendet wird und manchmal speziell entweder für die kleinianische Theorie oder für die englische Schule der Objektbeziehungstheorie (Kernberg 1976).

Die von Harry Stack Sullivan gegründete »interpersonale« Schule ist der andere theoretische Zweig, der sich mit der Beziehung befaßt. Diese Theorie gilt für gewöhnlich als Ansatz, der stärker von der Freudschen Theorie abweicht als die anderen psychoanalytischen Theorien. Sie unterscheidet sich viel ausgeprägter von der Triebtheorie als von der Objektbeziehungstheorie. Die Hauptgewichtung der interpersonalistischen Schule liegt auf der aktuellen Beziehung zwischen Analytiker und Analysand. Wie Greenberg und Mitchell (1983) dargestellt haben, kann man den Objektbeziehungstheorien nur »Lippenbekenntnisse« zu der angeblichen Übergeordnetheit des Triebs entnehmen. Sullivan (1953, dt. 1980) räumt dem infantilen Trieb – in der klassischen Freudschen Begrifflichkeit »oraler« Trieb genannt – viel mehr Aufmerksamkeit ein, als ihm üblicherweise zugestanden wird. Er weicht von der Freudschen Theorie ab, da er den infantilen Trieb nicht als Sexualtrieb betrachtet, denn seiner Meinung nach entsteht die Sexualität in der Pubertät. George Kleins (1976) Unterscheidung zwischen Sinnlichkeit und Sexualität bietet damit eine Grundlage für die Aussöhnung der Freudschen und der Sullivanschen Theorie der Sexualität.

Gegenwärtig wird die interpersonalistische Schule hauptsächlich vom *William Alanson White Institute* in New York City vertreten. Eine Gruppe von Analytikern, die in diesem Institut ausgebildet wurden, arbeitet an der Integration freudianischer und interpersonalistischer Konzeptionen. Man bezeichnet diese Gruppierung gewöhnlich als »Objektbeziehungstheoretiker«[1] oder einfach »Beziehungstheoretiker«[2]; in jüngster Zeit haben sie mit Stephen Mitchell als Herausgeber eine neue Zeitschrift gegründet, die *Psychoanalytic Dialogues*.

Es gibt in der Tat klinische Belege für psychosexuelle Phantasien; ob sie jedoch in der Psychopathologie die herausragende Rolle spielen, die ihnen oft zugedacht wird, oder ob das regressive Wiedererleben und die regressive Modifikation in der Analyse tatsächlich eine notwendige und ausreichende Basis für die Auflösung der Neurosen darstellen, ist eine andere Geschichte. Gewiß sind Unsicherheit über die eigene Sexualität und die Angst, nicht richtig männlich oder

1 A.d.Ü.: Im Original heißt es *object-relationists*.
2 A.d.Ü.: Im Original heißt es *relationists*.

weiblich zu sein, omnipräsente Themen im Seelenleben des Menschen. Es ist jedoch die Frage, ob dies die grundlegenden Elemente sind, aus denen die Schwierigkeiten herrühren, oder ob dies Facetten allgemeinerer Probleme des Selbstwertgefühls und der Angst vor interpersonalen Beziehungen sind. Daß die Arbeit auf dem Gebiet der Sexualität zu Ergebnissen führen kann, die nicht spezifisch sind für die Idiomatik, in der sie durchgeführt wird, die aber dennoch wirksam sind, mag ein Grund für die Schwierigkeit sein, diese Frage zu beantworten. Die Antwort auf die Frage, welches Konzept zu therapeutischem Erfolg führt, ist sehr schwer zu finden. Hinzu kommt, daß man sich im Verlauf einer Analyse mit so vielen Dingen befaßt, daß es in der Tat schwierig ist, die zentralen, mutativen Faktoren zu isolieren. Sich allein auf die klinische Erfahrung zu verlassen, ist sehr riskant.

Hier ist ein Beispiel dafür, daß Freud selbst (1910h) mit dem Wort »Trieb« Katz und Maus spielte: »Alle Triebe, die zärtlichen, dankbaren, lüsternen, trotzigen, selbstherrlichen, sind durch den einen Wunsch befriedigt, *sein eigener Vater zu sein*« (1910h, S. 75; Hervorhebung im Original). In derselben Schaffensperiode war Freud auch der Ansicht, Liebe sei ein Derivat der Selbsterhaltung und nicht der Sexualität und des Trieblebens (S. 82).

Von Zeit zu Zeit werden andere Triebklassifikationen erarbeitet, entweder um Freuds Konzeption der sexuellen und aggressiven Triebe zu ergänzen oder um sie zu ersetzen. Gedo und Goldberg (1973) entwickelten ein hierarchisches Motivationsmodell, das auf dem Konzept progressiver Reifung beruht. Gedo (1993) entwickelte dieses Modell später zu einem Selbstorganisationskonzept weiter, das sich stark von Kohuts Selbsttheorie abhebt. Die Schrift Joseph Lichtenbergs (1989) ist ein anderes erwähnenswertes Beispiel für eine psychoanalytische Motivationstheorie. Er untergliedert die Motivation in fünf primäre Gruppen: »(1) das Bedürfnis nach psychischer Regulation der physiologischen Bedürfnisse, (2) das Bedürfnis nach Bindung und Verschmelzung, (3) das Bedürfnis nach Exploration und Selbstbehauptung, (4) das Bedürfnis, durch Feindschaft oder Rückzug aversiv zu reagieren, und (5) das Bedürfnis nach sinnlichem Genuß und sexueller Erregung« (ebd., S. 1).

Ich erwidere auf Lichtenberg folgendes: (1) das Bedürfnis nach der psychischer Regulierung physiologischer Bedürfnisse ist kein primäres Bedürfnis im Sinne der Psychologie, obwohl Störungen dieser physiologischen Bedürfnisse natürlich aus psychologischen Problemen heraus entstehen können, wie etwa bei der *Anorexia nervosa*; (2) das Bedürfnis nach Bindung und Verschmelzung ist nach Lichtenbergs Klassifikation kein Derivat der Sexualität, in der klassischen freudianischen Theorie ist dies hingegen der Fall; (3) das Bedürfnis nach Exploration und Behauptung (dies erinnert an Whites [1959] und Greenbergs [1991] Streben nach Effektanz) und das Bedürfnis, aversiv zu reagieren, wurden von Lichtenberg getrennt, während in der klassischen freudianischen Theorie ersteres von letzterem abgeleitet wird. Lichtenberg geht davon aus, daß Sexualität nur eine Form der weiter gefaßten Kategorie der Sinnlichkeit ist. Wie ich bereits angemerkt habe, entwickelte George Klein einen ähnlichen Ansatz. Wie Gedo (1993) geht auch Lichtenberg davon aus, daß bei unterschiedlichen Menschen unterschiedliche Motive vorherrschend sein können.

Obwohl weder Kohut noch seine Schüler eine explizite Revision der psychoanalytischen Theorie der Motivation vorgenommen haben, sprechen sie von Bindung und Selbstbehauptung als getrennten autonomen menschlichen Motiven und scheinen sogar Sexualprobleme als pathologischen Ausdruck von Bindung und Feindseligkeit als pathologischen Ausdruck der Selbstbehauptung zu betrachten. Diese pathologischen Erscheinungen betrachten sie wiederum als Resultat von Problemen des Selbst und als Versuch, die drohende Fragmentierung des normalerweise kohäsiven Selbst zu kompensieren. Wünsche nach Spiegelung, Idealisierung und Verschmelzung werden als angeborene Motive betrachtet.

Es gibt auch psychoanalytische Motivationstheorien, die Freuds Aufspaltung der Motivation in Sexualität und Selbsterhaltung folgen und dementsprechend einerseits das Überleben der Spezies und andererseits das des Individuums hervorheben. Jay Greenberg (1991) zum Beispiel unterteilt die Motivation in das Streben des Individuums nach Sicherheit, Überleben und – wie bereits erwähnt – Streben nach Effektanz, das heißt nach dem freien Ausdruck seiner Fähigkeiten. Joseph Sandler (1983, Sandler und Sandler 1983) hat ebenfalls das Streben des Individuums nach Sicherheit hervorgehoben. Weitverbreitet ist auch ein Konzept, das die Motivation in gegensätzliche Bestrebungen nach Autonomie und Beziehungen zu anderen Menschen oder nach Unabhängigkeit und Abhängigkeit unterteilt. Kohut kritisierte die klassische Theorie, weil sie die Motivation als Streben nach Autonomie von anderen betrachtet; er ist der Auffassung, daß Reife ein kontinuierliches Bedürfnis nach anderen als »reifen« Selbstobjekten einschließt. Hoffman (1995) kritisiert Greenbergs Versuche, die psychoanalytische Theorie der Motivation in ein einziges, dichotomes Begriffspaar zu zwängen.

Rückblickend ist es ein Rätsel, daß der Affekt nie eine direktere Rolle in der psychoanalytischen Motivationstheorie gespielt hat. Zwischen Trieb und Affekt hat in der psychoanalytischen Theorie immer eine enge Verbindung bestanden. Für Freud war der Affekt die eine der beiden Triebrepräsentanzen und die Vorstellung die andere. Warum wurde auf den Affekt nicht näher eingegangen? Wenn die Antwort lautet, weil Freud darauf beharrte, den Menschen sowohl als biologischen Organismus wie auch als psychische Persönlichkeit zu betrachten, sind dann die Affekte nicht sogar manifester körperlich als angeblich die Triebe?

Offensichtlich steht mit der Entwicklung des Individuums eine fortschreitende Differenzierung des Affekts, verbunden mit einer fortschreitenden kognitiven Entwicklung, in Zusammenhang. Die pschoanalytische Literatur hat sich primär mit Angst, Depression und Scham beschäftigt. Obwohl sich viele Beiträge mit spezifischen Affekten beschäftigen, hat man diese in der Regel nicht in eine umfassende Theorie der Affekte eingebettet. Dennoch sind verschiedene solcher Versuche in der Literatur zu verzeichnen. Basch (1976) hat eine Konzeptualisierung der Affekte entwickelt, und Tomkins (1981) eine entsprechende Klassifikation der Affekte. Kernberg (1976) schlägt vor, daß die ursprüngliche Einheit der psychischen Funktionen eine Objektrepräsentanz und eine Selbstrepräsentanz ist, die durch einen bestimmten Affekt vereint werden, zunächst global positiv oder negativ. Charles Spezzano (1993) hat ein wichtiges Buch geschrieben, in dem die Affekte die zentrale motivationale Komponente darstellen.

Die Motivationstheorien der verschiedenen psychoanalytischen Schulen markieren deutlich deren Unterschiede. Die klassische Schule betrachtet alle Motive als Derivate von Sexualität und Aggression, also prinzipiell als körperliche Aspekte; die verschiedenen Schulen der Objektbeziehungstheorie, die interpersonalistische Theorie eingeschlossen, betrachten die Motivation als zentralen Angelpunkt für die Aufrechterhaltung von Beziehungsmustern; und die Selbstpsychologie betrachtet die Motivation als Kern der Selbstkohäsion. Jede Schule berücksichtigt mehr oder minder die Konzepte der anderen Schulen, indem sie sie gemäß ihrer eigenen Konzeptionen begreift.

Obwohl die klassische psychoanalytische Literatur bei der Beschreibung dieser oder jener spezifischen Motivation über weitgefaßte Formulierungen von Sexualität und Aggression hinausgeht, erstickte die Theorie, der zufolge alle Motive Derivate der beiden Grundtriebe sind, lange Zeit jeden Versuch im Keim, ein umfassendes und detailliertes Inventar der Motivation zu erstellen, obwohl solche Bestrebungen in der akademischen psychologischen Literatur zu finden sind. Da es der Analytiker in der Praxis mit spezifischeren Arten von Motivation zu tun hat und nicht einfach nur mit Sexualität und Aggression, wird er durch eher intuitive Vorstellungen über die Motivation des Menschen geleitet, ohne darüber eine systematische Kenntnis zu besitzen. Kann man die Sensibilität für die Spannbreite und die Veränderung von Motiven in der Ausbildung lernen, oder muß der Kandidat diese Fähigkeit schon in die Ausbildung mitbringen? Roy Schafers (1976, dt. 1982) Theorie der »Handlungssprache«, in der Motive als Handlungen konzeptualisiert sind, scheint mir bei der Förderung einer solchen Sensibilität hilfreich. Hierbei geht es nicht nur um das Bemühen, die Verdinglichung vermeintlicher triebhafter Kräfte abzuschaffen, die das Individuum bedrängen, sondern auch darum, die Vielzahl von Motiven zu erkennen, mit denen es jeder einzelne Analytiker in der Praxis zu tun hat.

Nachdem ich die erste Fassung dieses Kapitels geschrieben hatte, stieß ich auf ein sehr interessantes Buch von Slavin und Kriegman (1992). Diese Autoren kehren in gewisser Hinsicht zurück zu Freuds ursprünglicher Unterteilung der Motivation in die Bereiche von Selbsterhaltung und Arterhaltung. Anders als Freud jedoch betrachten sie die Arterhaltung durch den Sexualtrieb als eine entfernte motivationale Ursache; der Näheaspekt hingegen komme als Altruismus zum Ausdruck. Für sie hat der Altruismus nicht die Funktion, Feindseligkeit abzuwehren, sondern sie betrachten sowohl die Selbsterhaltung als auch den Altruismus als angeborene Aspekte. Der Konflikt zwischen beiden Aspekten findet daher sowohl intrapsychisch statt als auch in Relation zu den Selbsterhaltungsmotiven und zum Altruismus anderer Menschen. Slavin und Kriegman glauben, daß ihr Ansatz eine Integration von Trieb- und Beziehungstheorie ermöglicht, obwohl sich ihr Triebkonzept von dem – ihrer Meinung nach – reduktionistischen Konzept der klassischen Triebtheorie abhebt. Es lohnt sich, ihren Ansatz zu studieren.

In diesem Zusammenhang erinnere ich mich daran, daß Rapaports (1957) Konzept der relativen Autonomie der Triebe einerseits und der Umwelt andererseits eine ähnliche Konzeption impliziert. Er behauptet, daß beides, Triebe und die Beziehung zur Umwelt, angeboren sind. Jeder der beiden Aspekte schützt das Individuum davor, Sklave des anderen zu sein: Der Trieb bewahrt es vor einer pathologischen Unterwürfigkeit gegenüber der Umwelt, und die Beziehung zur Umwelt schützt es vor der Unterwerfung unter das Triebleben. Rapaport stellt die pathologischen Folgen eines Verlusts der relativen Autonomie beider Aspekte dar. Als historische Notiz darf ich ergänzen, daß sich David Rapaport kurz vor seinem Tod intensiv mit dem Ursprung des Altruismus beschäftigte.

Neuntes Kapitel

Die Psychoanalyse und der Körper

Wenn ein freudianischer Analytiker seinem Patienten zuhört, dann hört er, implizit oder explizit, auf den Körper. Eine weitverbreitete reflexartige Reaktion auf die Bezeichnung der Psychoanalyse als hermeneutisches Verfahren besteht – neben der Behauptung, die Psychoanalyse könne keine Wissenschaft sein – häufig darin, daß man meint, die hermeneutische Perspektive werfe Freuds große Entdeckung der Rolle des Körpers in der Psychologie des Menschen über Bord. Ich glaube nicht, daß dies unbedingt der Fall ist, aber diese Frage ist nicht leicht zu klären.

Die Frage lautet, etwas vereinfacht ausgedrückt, ob es der Körper als solcher ist oder der symbolische Körper, der in der Humanpsychologie eine Rolle spielt. Der Körper als Organismus ist Gegenstand naturwissenschaftlicher Erforschung; der Körper in seiner Bedeutsamkeit für das Individuum ist Gegenstand hermeneutischen Zugangs.

Als hermeneutische Wissenschaft stellt die Psychoanalyse nicht die gesamte Psychologie dar. Ich habe mich bereits mit den Bestrebungen der sogenannten Ich-Psychologie befaßt, aus der Psychoanalyse eine allgemeine Psychologie zu machen; dieses Bestreben, das gebe ich zu, war verhängnisvoll. Edelson (1988) behauptet, daß es psychische Funktionen gibt, wie Gedächtnis und Wahrnehmung, die – entgegen Hartmanns Konzeption des autonomen Apparats – nicht dem Bereich angehören, mit dem sich die Psychoanalyse befaßt. Diese Funktionen können durch Wünsche, Werte und ähnliches beeinflußt werden und aus diesem Grund für die Psychoanalyse interessant sein, aber die Funktionen in ihrer somatischen Struktur sind es nicht. Die Verschlechterung des Gedächtnisses mit zunehmendem Alter zum Beispiel ist kein Gegenstand psychoanalytischer Forschung; es sei denn, die betreffende Person reagiert auf das Nachlassen des Gedächtnisses idiosynkratisch. Ich wiederhole: Wir befassen uns mit dem Unterschied zwischen Biologie und Psychologie.

Ich habe in diesem Buch bereits die hereditären und die erworbenen Aspekte als grundlegende Faktoren der Psyche beschrieben. Kurz gesagt: Den hereditären Aspekt stellt in der psychoanalytischen Theorie der Körper dar, aber die Anpassung an die Umwelt ist – zumindest für Slavin und Kriegman (1992) – ebenfalls hereditären Ursprungs. Es gibt sogar einen Hinweis des späten Freud auf hereditäre Anteile des Ich wie auch des Es. Ich persönlich verwende des Konzept des Körpers im allgemeineren Sinn, um den Sexual- und den Aggressionstrieb in die psychoanalytische Theorie mit einzubegreifen, die nun der spezifischen klassischen physiochemischen Metapsychologie Freuds entkleidet ist.

Daß die Sexualität ihren Ursprung im Körper hat, ist unbestritten. Debattiert wird hingegen, ob es einen angeborenen Fundus an aggressiver Energie gibt, die nach Entladung strebt. Angeboren ist in jedem Fall die Fähigkeit des Menschen zur Aggression.

In der psychoanalytischen Theorie wird eher der hereditäre Aspekt der Sexualität diskutiert als der Körper generell. Freudianische Analytiker betrachten ihre Auffassung der Sexualität im allgemeinen und der infantilen Sexualität im besonderen als das Element, das die Analyse von allen anderen psychologischen Theorien unterscheidet. Auch wenn die freudianische Sicht der Sexualität oft mißverstanden wird, trifft es doch zu, daß der Sexualität in der Freudschen Theorie eine grundlegende und überragende Rolle zukommt. Der Freudianismus wurde deshalb als perverse, sogar obskure Doktrin kritisiert. Die Freudianer bleiben jedoch dabei, daß ihre Theorie der Sexualität viel weiter gefaßt sei als die konventionelle Sichtweise. Diese erweiterte Konzeption kann man anhand zweier Aspekte genauer betrachten. Erstens ist Sexualität für Freudianer nicht einfach nur ein körperlicher Aspekt, sondern wird als »Psychosexualität« begriffen, das heißt als ein komplexes Amalgam körperlicher Aspekte und psychischer Einstellungen. Es gibt Passagen, in denen Freud Sexualität explizit mit Liebe gleichsetzt. Zweitens beinhaltet die Freudsche Konzeption der Sexualität, daß sie mit Beginn des Lebens anfängt und mehrere prägenitale Stadien durchläuft. Obwohl diese Behauptung von Sulloway (1983, dt. 1982) angezweifelt wurde, waren freudianisch orientierte Psychoanalytiker lange Zeit der Meinung, die empirische Entdeckung wie auch die konzeptuelle Systematisierung der infantilen Sexualität gehörten zu Freuds größten Leistungen. Freud entwarf den hinreichend bekannten epigenetischen – das heißt konstitutionell determinierten – Ansatz der Sexualitätsentwicklung, die mit der Geburt beginnt und entsprechend den sukzessiv dominanten Körperzonen die orale, anale, phallische und genitale Phase durchläuft. Diese psychosexuellen Stadien werden primär als Phasen der Entladung einer bestimmten psychischen Energie aufgefaßt. Die Entladung dieser Energie richtet sich auf ein Objekt, aber dieses Objekt ist nicht notwendig ein Mensch und auch nicht unbedingt Teil der äußeren Welt, außer man betrachtet den Körper des Subjekts, der vielleicht Objekt ist, als Teil der Außenwelt. Die ersten drei psychosexuellen Stadien konstituieren die Periode bis etwa zum fünften Lebensjahr, der Zeit des berühmten Ödipuskomplexes. Von der Zeit an bis zum Wiedererwachen der Sexualität in der Pubertät stellt man sich eine Latenzperiode vor, ein Ruhen des körperlichen Aspekts der Sexualität und ihre »Sublimierung« in Lernaktivität und sozialer Aktivität.

Man muß klar zwischen dem metaphorischem Ausdruck der materiellen Körperzonen mit ihren Modi und Substanzen und dem metaphorischen Ausdruck der Vorstellungen von diesen Zonen mit ihren Modi und Substanzen unterscheiden. Im ersten Fall tritt oft tatsächlich eine körperliche Manifestation auf, zum Beispiel das Zurückhalten der Exkremente; diese körperliche Manifestation wiederum kann der metaphorische Ausdruck eines persönlichen Charakterzuges von Geiz sein. Andererseits kann Geiz durch das Zurückhalten von Vorstellungen zum Ausdruck kommen; dabei wird der Geist als Darm aufgefaßt und die Vorstellungen als Kot. Dies ist wiederum eine Metapher, die jedoch eher als Bildung von Vorstellungen zum Ausdruck kommt und kaum somatisch. Diese beiden Arten des metaphorischen Ausdrucks von Geiz – zum einen in körperlicher und andererseits in geistiger Aktivität – geraten sowohl im klassischen psychoanalytischen Denken als auch in dessen Kritik durcheinander. Eine Vorstellung des Geistes als Körper, bei der der Geist als einverleibendes, ausscheidendes, sättigendes Organ aufgefaßt wird, sollte nicht als tatsächliche körperliche Funktion mißverstanden werden.

Klassische Analytiker achten sorgsam auf solche Phantasien und Charakterzüge, die sich sowohl in körperlichen Funktionen wie auch in der Bildung von Vorstellungen über den Körper ausdrücken, und widmen ihnen besondere Aufmerksamkeit bei der klinischen Arbeit. Aber Analytiker sind empfänglich für den weitverbreiteten Irrtum, die metaphorische psychische Funktion, in der die Metapher körperlich zum Ausdruck kommt, als *notwendiges* Derivat der materiellen körperlichen Funktion zu betrachten. Eigene Gedanken geheimzuhalten ist zum Beispiel nicht unbedingt eine Metapher für anales Zurückhalten. Auch der Penisneid einer Frau ist nicht unbedingt ein konkreter Wunsch nach einem Penis; er kann eine Metapher für das Begehren männlicher Privilegien sein. Aber auch das Begehren männlicher Privilegien ist nicht unbedingt eine Metapher, die aus einem materiellen Wunsch nach einem Penis abgeleitet ist. Penisneid kann offenbar sowohl materiellen als auch metaphorischen Charakter haben. Wenn Geiz und anales Zurückhalten in der klassischen Analyse zusammen auftreten, wird der Geiz wahrscheinlich eher als Metapher für das anale Zurückhalten betrachtet als umgekehrt das anale Zurückhalten als Metapher für Geiz. In der klassischen Konzeption ist daher der Körper übergeordnet, in der anderen Konzeption der Charakterzug. In einer weiteren komplexen Wendung kann ein ursprünglich *somatisch* begündetes Zurückhalten eine Metapher für Geiz *werden*, aber Geiz immer und einzig als Derivat analen Zurückhaltens zu betrachten ist reduktionistische Naturwissenschaft und keine Hermeneutik.

Offenbar haben die beiden verschiedenen Positionen wichtige Implikationen für die Technik. Leo Rangell (1991) hielt vor dem Plenum *der American Psychoanalytic Association* ein Referat mit der lautstarken Erklärung: »Kastrationsangst ist keine Metapher«. Ich glaube, diese Aussage kann sowohl eine Metapher sein, sich aber auch materiell auf den Penis beziehen. Wenn Penisneid in der Tat sowohl eine materielle als auch eine metaphorische Bedeutung haben kann, scheint klar zu sein, daß ein Analytiker, der sich nicht damit befaßt, daß beides möglich ist, keine vollständige Analyse durchführt. Weil ich manchmal als jemand gelte, der den Körper negiert, merke ich mit Stolz an, daß Frank Lossy (1962) einen Preis für die Darstellung eines Falles bekam, bei dem ich Supervisor war (als ich noch ein »klassischer Analytiker« war, das stimmt): In dieser Analyse brachten die aufeinanderfolgenden Stadien Körpermetaphern zum Ausdruck. Ich glaube immer noch, daß dies eine gute Arbeit gewesen ist, auch wenn ich heute vielleicht die charakterologische Bedeutung der Phantasien ebenso stark betonen würde.

Ich erinnere mich an eine delikate (!) Karikatur im *New Yorker.* Eine Katze lehnt sich an eine Wand neben einem Mauseloch, in dem eine Maus mit einem Notizblock sitzt. Katze und Maus sind eindeutig Analysand und Analytiker. Die Analytikermaus sagt: »Ich würde mir keine Sorgen machen. Phantasien, den Analytiker aufzufressen, sind ziemlich weit verbreitet.« Die Karikatur porträtiert lebendig das Konkrete und das Metaphorische wie auch den Zwei-Personen-Charakter der analytischen Situation. Wie Freud sagte, kann die Intuition das aus den Tiefen nach oben bringen, was wir sonst mühselig rekonstruieren müssen. Vielleicht sollte man besser sagen: Vorstellungen über den Körper können eine materielle oder eine metaphorische Bedeutung haben oder beides; und körperliche Manifestationen können metaphorisch sein.

Häufig sind unbewußte Phantasien die psychologische Form, in der eine Metapher repräsentiert wird. Eine typische Phantasie, die für jemanden, der kein Analytiker ist, bizarr erscheint, liegt etwa vor, wenn eine Frau glaubt, daß sie einmal einen Penis hatte, aber man habe ihn ihr wegen eines Vergehens weggenommen, und sie werde ihn vielleicht zurückbekommen, wenn sie nur lange genug »brav« sei. In der klassischen Konzeptualisierung geht man davon aus, daß solche Phantasien eine führende Rolle im Leben eines Menschen spielen; nichtklassische Analytiker akzeptieren die Existenz dieser Phantasien, leugnen jedoch ihre primär ätiologische Rolle in der Persönlichkeitsentwicklung. Natürlich werden weder jene, die ihre Existenz leugnen, noch jene, die ihre Wichtigkeit schmälern, diese Phantasien wahrscheinlich in ihrer klinischen Arbeit entdecken.

Der Teil der Psychoanalyse, der sich auf unbewußte körperliche Phantasien bezieht, ist so idiosynkratisch und spezifisch psychoanalytisch, daß manche Analytiker damals, als die Ich-Psychologie in den vierziger und fünfziger Jahren im Aufstieg begriffen war, fürchteten, es könne das authentische und spezifische Element der Psychoanalyse verlorengehen. Und es stimmt, daß viele Fallberichte, die heute in der Literatur auftauchen, nichts über den Körper sagen, obwohl viele andere, das stimmt gleichfalls, sich relativ wenig mit irgend etwas anderem beschäftigen. Welche Rolle ein Analytiker dem Körper zuschreibt, wird natürlich von seiner theoretischen Orientierung bestimmt. Anhänger der Selbstpsychologie zum Beispiel neigen dazu, manifest hervorstechendes körperliches Material als sekundär gegenüber einem Problem der Selbstkohäsion einzustufen.

Schafers Charakterisierung der freudianischen Erzählung habe ich bereits vorgetragen. An dieser Stelle möchte ich ergänzen, daß sie drei recht unterschiedliche Kategorien umfaßt: Körperzonen mit ihren Modi und Substanzen, Konzeptionen psychischer Funktionen als Konkretisierung dieser Körperzonen und familiäre Ereignisse während der Entwicklung.

Die dritte Kategorie in Schafers Beschreibung scheint äußerst verschieden zu sein von den Körperzonen und den Konzeptionen psychischer Funktionen. Er bezieht sich auf Familienereignisse, wie etwa Geburten, Todesfälle, Umzüge, Veränderungen des ökonomischen Status. Dies ist normalerweise Thema nichtfreudianischer Erzählungen, während eine freudianische Erzählung auch durch eine fortschreitende Aufklärung der ersten beiden Kategorien charakterisiert ist, leider oft reduziert auf den konkreten Körper, statt die Konzeptionen vom Körper auch als Metaphern zu betrachten, wobei letzteres vielleicht wichtiger wäre. Familienereignisse im Sinne Schafers verweisen ganz klar darauf, wie der Patient solche Ereignisse psychisch erlebt; es handelt sich dabei also eher um eine hermeneutische Kategorie.

Die Konzeption der Psyche als Konkretisierung von Körperzonen mit ihren Modi und Substanzen als Metapher ist deutlich für einen hermeneutischen Zugang offen. Und die Zonen selbst mit ihren Modi und Substanzen, wie werden diese psychisch bedeutsam? Auf zwei verschiedene Weisen: Sie korrespondieren mit der der Ein-Personen- und mit der Zwei-Personen-Psychologie.

In der Zwei-Personen-Psychologie ereignen sich die körperlichen Funktionen im Kontext interpersonaler Beziehungen, in denen sie ihre psychische Bedeutung erlangen. Wenn zum Beispiel die Reinlichkeitserziehung in einer Atmosphäre elterlicher Forderungen und kindlichen Starrsinns stattfindet, wird die Darmfunktion im späteren Leben die Bedeutung eines Kampfes beibehalten. Die Darmfunktion kann zu einer Metapher für jeden interpersonalen Kampf werden, weil solche Funktionen die konkrete Körperzone, den konkreten Modus und die konkrete Substanz umfassen, um die ein solcher Kampf ursprünglich stattfand.

Mitchell (1988) hat eine wichtige neue Aussage der Zwei-Personen-Perspektive vorgeschlagen:

»Erstens dominieren die körperlichen Empfindungen, Prozesse und Ereignisse die frühe Erfahrung des Kindes ... Zweitens eignet sich Sexualität – weil sie eine Interpretation des Körpers und der Bedürfnisse enthält – ideal dazu, in ihren endlosen Variationen Sehnsüchte, Konflikte und Aushandelungsprozesse in der Beziehung zwischen Selbst und anderen zu repräsentieren ... Drittens stellen die mächtigen biologischen Wellen in der Phänomenologie sexueller Erregung (das Gefühl, ›getrieben‹ zu sein) ein natürliches Vokabular für den dramatischen Ausdruck von Dynamiken zur Verfügung, die Konflikte, Angst, unwiderstehlichen Drang, Flucht, Leidenschaft und Verzückung beinhalten ... Viertens ist Sexualität dadurch, daß sie sich in einem Bereich äußerster Privatheit, Geheimhaltung und Ausschließung abspielt, perfekt dafür geschaffen, im interpersonalen Bereich Bedeutungen anzunehmen, die man folgendermaßen klassifizieren kann: Erreichbares versus Unerreichbares, Deutliches versus Undeutliches, Oberfläche versus Tiefe. Sexualität nimmt die ganze Intensität leidenschaftlicher Kämpfe an, die sich darum drehen, Kontakt aufzunehmen, sich einzulassen und Isolation und Ausgeschlossensein zu überwinden« (Mitchell 1988, S. 102 f.).

Es ist bemerkenswert, wie Mitchell stillschweigend von der Rede über den Körper zur Rede über die Sexualität gelangt. Die Konzeptionalisierung des Körpers ist natürlich das allgemeinere Konzept, das die Sexulität einschließt.

Hoffman (persönliche Mitteilung) verweist auf den wichtigen Punkt, daß Mitchells Diskussion die körperliche Funktion auf sehr wichtige interpersonale Bedeutungen einzuengen scheint und daher nicht berücksichtigt, daß der Körper auch aus dem Blickwinkel der Ein-Personen-Psychologie eine wichtige Rolle spielt. Gibt es nicht vielleicht auch eine sexuelle Funktion, die für den Genuß der Sexualität an sich wesentlich ist?

Klassische Freudianer argumentieren, eine hermeneutische Position beziehe die körperlichen Funktionen nicht ein. Das muß nicht so sein. Bei einer hermeneutischen Zugangsweise kann und soll der Körper in der Psychoanalyse eine Rolle spielen – in der Theorie wie auch in der Praxis. Für den hermeneutischen Zugang ist nicht der Körper als solcher, also nicht der Körper als biologischer Organismus, von Interesse, sondern seine Bedeutung. Hermeneutiker glauben, daß je nach der psychischen Bedeutung, die eine Veränderung körperlicher Funktionen für die betroffene Person hat, anders darauf reagiert wird. Eine Stimmungsänderung, die zum Beispiel aus einer hormonellen Veränderung resultiert, wird unterschiedliche Reaktionen hervorrufen, je nachdem, was eine Stimmungsänderung für den jeweils betroffenen Menschen bedeutet. Vielleicht ist einzuräumen, daß eine hormonelle Veränderung die Stimmung direkt beeinflussen kann, da die Stimmung direkt physiologisch determiniert werden kann; aber wie die Stimmung erlebt wird, ist Sache der Individualpsychologie. In Experimenten, bei denen Adrenalin injiziert wurde, berichteten manche Menschen, sie hätten Angst, obwohl sie wüßten, daß kein Grund dafür vorliege.

Interpersonale Theoretiker halten die klassische psychoanalytische Theorie für reduktionistisch, weil sie letztlich dem Körper die erklärende Rolle zuschreibt und körperliche Funktionen als Metaphern betrachtet. Eagle (1984), der die hermeneutische Position ablehnt, ist der Meinung, die primäre Absicht der Freudschen Metapsychologie sei das Beharren auf dem folgenden Standpunkt: »Wegen unserer genetisch-biologischen Struktur tauchen bestimmte Wunschkategorien universell auf ..., unsere biologische Struktur determiniert die Arten unserer Wünsche, Ziele und Begierden« (ebd., S. 120). Gewiß trifft dies in einem sehr allgemeinen Sinn zu. Unsere biologische Struktur zum Beispiel ist dergestalt, daß wir alle sexuelle Wünsche haben; aber die Bedeutung, die Sexualität für jeden von uns individuell hat, gehört in den Bereich der Psychologie. Sogar sexuelle Wünsche können manifest abwesend sein oder zumindest unerkannt. Eagle schreibt: »Wie eine hormonale Sekretion oder Stimulierung des Hypothalamus sozusagen ihren Weg in unser Verhalten findet, ... ist letztlich der Kern von Freuds Konzeptualisierung der Psychoanalyse als biologisch begründeter Wissenschaft« (ebd.).

Ich glaube, diese Behauptung trifft nicht zu. Es stimmt zwar, daß Freud die Psychoanalyse »als biologisch begründete Wissenschaft« konzeptualisierte, aber es stimmt nicht, daß Freuds Interesse der Frage galt, *wie* diese biologische Basis psychologisch bedeutsam wird. Freud (1925d) schrieb, der Nerv, der die Angst übertrage, sei nicht interessant für die Psychoanalyse. Eagle (1984) behauptet, daß eine klinische Position, die sich ausschließlich auf Theorie berufe, die Psychoanalyse auf Motive, Gründe und Ziele begrenze, und diese seien »eben jene Daten, die von sich aus nach tieferer Erklärung verlangen« (ebd., S. 149). Was meint er mit »tiefer«? Er kann nur ein biologisches Substrat meinen, denn er schreibt: »Auch wenn interpretative Erklärungen im klinischen Kontext die persönliche Sprache von Wünschen, Zielen und Gefühlen benutzen, gibt es keinen guten Grund für die Erwartung, daß eine theoretische Erklärung dieser Wünsche, Ziele etc. dieselbe Sprache und dieselbe Art von Konzepten benutzen muß« (ebd., S. 152). Aber es *gibt* einen guten Grund, und der liegt in der Ablehnung des naturwissenschaftlichen Diskurses für die Psychoanalyse. Freud forderte eine solche Ablehnung heraus, indem er anmerkte, seine Folgerung hinsichtlich unbewußter Geistestätigkeit sei in derselben Sprache gehalten wie seine Beschreibungen bewußter Geistestätigkeit, das heißt, in der Sprache der Wünsche, Absichten und Gefühle.

Es soll nicht geleugnet werden, wie wichtig es ist zu erforschen, auf welche Weise Körper und Psyche miteinander verbunden sind, aber die Psychoanalyse kann bei der Erforschung dieser Verbindung nur eine Rolle spielen, solange sie im Bereich von Wünschen, Absichten und Gefühlen bleibt. Sie kann die psychologische Seite der Korrelation zwischen Psychologie und Biologie erforschen, aber dies ist nicht gleichbedeutend mit dem Auffinden der »tieferen« Bedeutung von Wünschen, Absichten und Gefühlen. Es handelt sich dabei um die biologische Struktur, in der sie sich materialisieren. Eine musikalische Komposition hat dieselbe Bedeutung, gleichgültig, ob sie analog oder digital aufgezeichnet wurde; ihre tiefere Bedeutung wird nicht dadurch gefunden, daß man die jeweiligen Formen der Materialisierung untersucht, und die Bedeutung liegt auch nicht in den Klangwellen beider Aufzeichnungsarten.

Freud (1916/17) war der Meinung, daß der Analytiker vielleicht eines Tages nur noch die Aufgabe habe, mit psychologischen Mitteln herauszufinden, welches Pharmazeutikum angezeigt ist. Damit gibt er uns einen interessanten Einblick in seine Vorstellung von der Beziehung zwischen dem Biologischen und dem Psychologischen.

Trieb, Ich, Objekt und das Selbst

Wenn man die miteinander konkurrierenden psychoanalytischen Schulen betrachtet, ist es doch bemerkenswert, daß sich alle mit denselben Themen befassen. Fred Pine (1990) hat diese Tatsache erkannt und zum Anlaß genommen, ein Buch zu schreiben. Er vertritt darin die Position, daß die vier Variablen Trieb, Ich, Objekt und Selbst in allen psychoanalytischen Schulen zu finden sind; der Unterschied besteht seines Erachtens nur darin, in welche hierarchische Ordnung diese vier Variablen jeweils gebracht werden. Er ist der Ansicht, diese Hierarchie müsse nicht für alle Menschen die gleiche sein, sondern jedes signifikante psychologische Phänomen könne aus der Perspektive jeder dieser Variablen betrachtet werden, und die Kunst des Analytikers bestehe darin, zu entscheiden, welcher Variable an jedem gegebenen Punkt des analytischen Prozesses die primäre Aufmerksamkeit gewidmet werden solle. Gedo (1981) und Lichtenberg (1989) haben ebenfalls darauf hingewiesen, daß verschiedene Motive zu verschiedenen Zeitpunkten im Leben eines Menschen die Vorherrschaft erlangen können, und daraus folgt, daß dies auch in den unterschiedlichen Stadien einer Analyse der Fall ist. Das Konzept der variierenden Hierarchien ist mit der konstruktivistischen Perspektive nicht inkompatibel, obwohl es an sich nicht konstruktivistisch ist.

Diese Theoretiker gehen nicht davon aus, daß das analytische Material nur Beweggründe enthüllt, die sich entweder auf Ich, Es, Objektbeziehungen oder das Selbst zu jedem gegebenen Zeitpunkt beziehen, sondern daß eine dieser Variablen zu einem bestimmten Zeitpunkt im Vordergrund zu stehen scheint und die anderen im Hintergrund. Dabei spielt offenkundig das klinische Urteil des Therapeuten eine wichtige Rolle, insofern er entscheidet, was im Vordergrund und was im Hintergrund steht – dies unterstreicht nochmals, daß der Therapeut Konstruktionen entwickelt. Zu dieser Betrachtungsweise gäbe es viel zu sagen; die übliche Reaktion der Vertreter der triebtheoretischen, der ichpsychologischen, der objektbeziehungstheoretischen und der selbstpsychologischen Schulen ist jedoch die Meinung, daß Pine und seine Kollegen einen Eklektizismus pflegen, der aus dem Wunsch geboren ist, eine Stellungnahme zu vermeiden.

Jede dieser vier Schulen geht davon aus, daß die Variable, die sie primär betont, der Angelpunkt der Erklärung ist und daß die anderen Variablen nur als Vorstufen auf dem Weg zur Wahrheit fungieren. Für die klassische Theorie, die, grob vereinfachend gesagt, immer noch Es- oder Triebtheorie genannt werden kann, ist die Ichpsychologie ein Bestandteil der psychoanalytischen Theorie, während Objektbeziehungstheorie und Selbstpsychologie – obwohl sie gleichfalls wertvolle Beiträge liefern – in die grundlegende Freudsche Psychologie des Es und des Ich integriert werden müssen. Übrigens ist es vielleicht kein Zufall, daß diejenigen Aspekte der psychoanalytischen Theorie akzeptiert sind, die bei Freud explizit vorkommen, nämlich Es- und Ichpsychologie. (Ich übersehe dabei nicht, daß Freud das Überich als »eine Stufe im Ich … eine Differenzierung innerhalb des Ichs«(1921c, S. 256) bezeichnete; der Begriff »Ichpsychologie« meint in Wirklichkeit die strukturelle Es-Ich-Überich-Psychologie.)

In seiner Schrift über den Narzißmus bezieht sich Freud eigentlich auf eine Psychologie des Selbst. Es ist bemerkenswert, daß man in dieser Schrift an vielen Stellen das Wort »Selbst« verwenden kann, wo er »Ich« schreibt. Wie ich bereits sagte, ist Hoffman (1995) der Ansicht, daß die klassische Theorie der Energieentladung in dieser Schrift am seidenen Faden hängt. Das deutsche Wort »Selbst« taucht in der Schrift siebenmal auf, wie etwa »Selbstzufriedenheit«, »er selbst« und »Selbstachtung«. Die Redewendung »eigene Person« erscheint zweimal. Das Wort »Selbst« findet man auch in »Triebe und Triebschicksale« (Freud 1915c). Besonders bemerkenswert ist in diesem Zusammenhang folgende Passage: »Daß ein Trieb ein Objekt ›haßt‹, klingt uns aber befremdend, so daß wir aufmerksam werden, die Beziehungen Liebe und Haß seien nicht für die Relationen der Triebe zu ihren Objekten verwendbar, sondern für die Relation des Gesamt-Ichs zu den Objekten reserviert« (ebd., S. 229).

Die Objektbeziehungstheorie und die Selbstpsychologie nehmen eine ähnliche Position ein, wenn sie der Ansicht sind, Überlegungen zu Es und Ich müßten in den Begriffen von Objektbeziehungen und Selbst formuliert werden. Objektbeziehungstheoretiker behaupten, der Trieb äußere sich notwendig in Beziehungen zu Objekten, wohingegen Selbstpsychologen der Meinung sind, der Trieb spiele in der Psychopathologie nur im Zusammenhang mit dem Streben, ein unsicheres Selbst zu stützen, eine wichtige Rolle.

Jede Schule reagiert auf die Kritik anderer Schulen, indem sie behauptet, sie berücksichtige doch die Punkte, welche die anderen Schulen für die wichtigsten halten. Eine sorgfältige Untersuchung der Falldarstellungen, die von jeder Schule angeboten werden, zeigt häufig dennoch, daß Themen, die von den anderen für vorrangig gehalten werden, vergleichsweise wenig Aufmerksamkeit geschenkt wird. In dem von Goldberg (1978) herausgegebenen Buch, das Fallmaterial der Selbstpsychologie darstellt, sind meines Erachtens Überlegungen zum Körper deutlich unterrepräsentiert.

Ich möchte hervorheben, daß die psychodynamischen Theorien – im Gegensatz zu den psychoanalytischen – aller Wahrscheinlichkeit nach mit dem Ich, den Objektbeziehungen und dem Selbst befaßt sind, aber nicht mit dem Es oder dem Körper im weitesten Sinn. Die Rolle des Körpers wird einzig von der Psychoanalyse hervorgehoben, und dies macht die Sorge klassischer Analytiker verständlich, daß jedes System, das den Körper nicht beachtet oder schlicht körperliche Aspekte nicht mehr für übergeordnet hält, keine Psychoanalyse mehr wäre, zumindest keine freudianische. Ich glaube, dies ist in Schafers Beschreibung der *freudianischen* Erzählung enthalten, die er als die beste zur Verfügung stehende Erzählung betrachtet; dabei leugnet er nicht den konstruktivistischen Charakter der Erzählung.

Und welche Position vertrete ich? Ich bin der Meinung, daß die psychoanalytische Theorie und Praxis völlig anders aussähen, wenn die Objektbeziehungen und das Selbst dem Trieb konzeptuell übergeordnet würden. Ich denke, das Konzept des Selbst ist das übergeordnete Konzept; meine Diskussion der Selbstpsychologie Kohuts sollte jedoch deutlich gemacht haben, daß ich kein Selbstpsychologe bin. In meiner beruflichen Laufbahn habe ich eine Phase durchlaufen, in der ich aufgrund meiner Überzeugung, daß die klassische Analyse den Zwei-Personen-Charakter der analytischen Situation nicht erkannt hat, ein Anhänger der Objektbeziehungstheorie war. Als weitere Beispiele kann ich eine Falldarstellung von Shane und Shane (1993) anführen sowie deren Diskussion bei Paul Tolpin (1993), schließlich eine Erörterung bei Howard Bacal (1993), den man im allgemeinen für einen Selbstpsychologen hält, da er in seiner Diskussion das Selbst als übergeordneten Faktor behandelt, obwohl er sehr wohl körperliche Aspekte berücksichtigt.

Seit einigen Jahren gibt es nun in der psychoanalytischen Literatur eine Diskussion darüber, was als gemeinsame Basis der verschiedenen Schulen gelten könnte. Wallerstein (1988) ist der Ansicht, daß die gemeinsame Basis in der praktischen klinischen Arbeit liegt, wie sehr sich auch die einzelnen Metapsychologien – die theoretischen Strukturen der einzelnen Schulen – voneinander unterscheiden mögen. Diese Sichtweise scheint die Rolle, welche die Theorie für die praktische Arbeit spielt, stark zu unterschätzen. Was der Analytiker als Aspekte auswählt, auf die er sich in der praktischen Arbeit hauptsächlich bezieht, ist stark von seiner theoretischen Orientierung abhängig, und umgekehrt beeinflußt seine Auswahl wiederum seine praktische Arbeit in der Analyse.

Schafer (1993) glaubt, daß die Unterschiedlichkeit der einzelnen Schulen zelebriert werden sollte, daß aber die Kehrseite eines solchen Pluralismus die Vermischung der verschiedenen theoretischen Systeme ist. Goldberg (1988) behauptet, daß man die Selbstpsychologie von ganzem Herzen praktizieren muß. Aber Analytiker haben lange Zeit die Ansicht vertreten, daß man die Analyse nicht wirklich weiterentwickeln kann, wenn man nicht selbst analysiert worden ist. Dieses Argument ähnelt jenem, daß man nur Atheist sein kann, weil man Gott nicht erfahren hat. Schafer ist auch gegen die Suche nach einem »Großmeistersystem«, dem alle

Analytiker zustimmen können, weil er dies für ein fehlgeleitetes Konformitätsstreben hält.

Die Verfechter einer bestimmten theoretischen Orientierung wollten oft alle anderen Systeme durch ihr eigenes ersetzen oder ihnen zumindest eine untergeordnete Rolle zuweisen. Ich glaube, daß die unterschiedlichen Systeme eines Tages alle in einem allgemeinen System Platz finden werden, wobei für unterschiedliche Gewichtungen in individuellen Fällen genügend Raum bleiben wird. Es wird sich jedoch nichts daran ändern, daß die theoretische Voreingenommenheit und die Persönlichkeit des Analytikers starke Faktoren im analytischen Prozeß sind. Die Idee einer spontanen Entfaltung der Neurose des Patienten ist ein Mythos. Dennoch glaube ich, daß jeder kompetente Analytiker bei dem gleichen Patienten dieselben Hauptprobleme aufdecken würde.

Forschung

In der Psychoanalyse weist die Forschung viele komplexe Probleme auf. Das Gejammer über mangelnde Forschung ist ein Allgemeinplatz. Bedeutet dieser Mangel, daß in der psychoanalytischen Theorie und Praxis keine Fortschritte erzielt wurden? Was können wir über die Veränderungen sagen, für die Freud selbst verantwortlich ist? Ist der Wechsel vom topischen Modell zur Strukturtheorie ein Fortschritt? War es ein Ergebnis von Forschung? Ist die Selbstpsychologie ein Fortschritt, selbst wenn eingeräumt wird, daß sie die Triebpsychologie unterbewertet? Sind die Veränderungen vom monadischen zu einem kombinierten monadisch-dyadischen Standpunkt, wie in diesem Buch beschrieben, ein Fortschritt? Sind diese Veränderungen das Resultat von Forschung? Sollte Forschung das sein, was jeweils zu neuem Wissen führt, oder muß sie mit einer bestimmten Methodologie vereinbar sein, bevor man sie so nennen kann?

In den Naturwissenschaften ist Forschung dadurch definiert, daß sie auf wissenschaftlichen Methoden basiert. Zuerst müssen Hypothesen aufgestellt werden; in vielen Fällen scheinen dies jedoch eher die plötzlichen, intuitiven Ahnungen talentierter Forscher zu sein als das Resultat festgelegter systematischer Methoden. Dann muß, hauptsächlich nach Maßgabe der Logik, entschieden werden, welche Art von Daten notwendig ist, um die Hypothese zu verifizieren oder zu falsifizieren. Kontrollgruppen sind erforderlich. Es sind elaborierte statistische Methoden entwickelt worden, um nicht nur zu entscheiden, ob eine Hypothese bestätigt wurde oder nicht, sondern auch in welchem Maß man sicher sein kann, daß die Resultate nicht nur dem Zufall zu verdanken sind. Es gibt Vorschriften dafür, bis zu welchem Grad ein Zufall ausgeschlossen werden muß, bevor die wissenschaftliche Gemeinschaft eine Studie anerkennt.

Kann die Psychoanalyse für sich in Anspruch nehmen, eine solche Art von Forschung zu betreiben? Was gilt in der Psychoanalyse als Beweis? Nachdem mein Buch (Gill 1982, dt. 1996) über die Neudefinition der Übertragung erschienen war, schrieb ein berühmter Kollege in einer Kritik, ich hätte keine Beweise angeführt, obwohl im Ergänzungsband zu meinem Buch wörtliche Protokolle aus psychoanalytischen Sitzungen enthalten sind, die meine These untermauern oder zumindest illustrieren. Ich erinnere mich, daß mir ein anderer berühmter Kollege sagte, meine Ansichten seien gefährlich, weil ich sie so überzeugend darstelle. Offenbar meinte er, daß unabhängig davon, welche Anerkennung meine Arbeit erlangt hat, dies eher einer besonderen persönlichen Qualität von mir zu verdanken sei als den Ideen selbst.

Ich habe bereits erörtert, ob es bedeutet, die Psychoanalyse könne überhaupt keine Wissenschaft sein, wenn man sie als hermeneutische, konstruktivistische und nicht als naturwissenschaftliche, positivistische Methode betrachtet.

Ob wir etwas eine Wissenschaft nennen oder nicht, hat natürlich viel mit der Konnotation und nicht bloß mit der Denotation des Begriffs »Wissenschaft« zu tun. Womit wir uns letztlich beschäftigen, ist nicht, ob die Psychoanalyse eine Wissenschaft ist, sondern ob wir in Anspruch nehmen, daß die Psychoanalyse Fortschritte in der Erkenntnis des Menschen erreichen kann. Aber wie sollen wir das messen?

Einige Aspekte der Psychoanalyse scheinen besser meßbar zu sein als andere. Es gibt immer den Kampf zwischen dem Signifikanten und dem Exakten. Sollen wir unter der Straßenlaterne suchen, weil dort mehr Licht ist, obwohl wir unsere Schlüssel in der dunklen Allee verloren haben? Wir können die spezifischen Wörter, die von Analytiker und Analysand gesprochen werden, zählen und vergleichen, aber wozu? Wir wissen, daß der Inhalt eines einzelnen Satzes, den der Analytiker gesagt hat, von großer Bedeutung sein kann. Aber wird seine Bedeutung nicht eine Funktion des Kontextes sein, in dem er gesagt wird, und kommt es nicht darauf an, ob es sich um eine isolierte Bemerkung handelt oder um einen Teil eines ganzen Interaktionssystems?

Es ist üblich, zwischen Begleitforschung und Ergebnisforschung zu unterscheiden. Mit zunehmendem Widerstreben dritter Parteien, eine Analyse zu finanzieren, scheint ein Nachweis der Wirkung der Psychoanalye durch Ergebnisforschung zwingend geworden zu sein. Aber wie können wir das Ergebnis einer Analyse messen? Es ist viel die Rede von der strukturellen Veränderung, die von der Psychoanalyse bewirkt werde, im Gegensatz dazu, daß durch die angeblich weniger wirksamen Methoden der Psychotherapie die Symptome angeblich leichter verschwinden. Welche Klagen wir auch gegen die Kostenträger des Gesundheitssystems vorbringen mögen, es ist heilsam, wenn wir aufhören den Mund zu halten. Ergebnisforschung ist ohne Begleitforschung nur begrenzt brauchbar. Die Tatsache, daß eine Verbesserung stattgefunden hat, besagt relativ wenig; man muß auch untersuchen, was zu dieser Verbesserung geführt hat. Unsere theoretischen Überlegungen, welche die »Übertragungskur« einer Behandlung gegenüberstellen, die auf Konfliktlösung zielt und mit Einsicht einhergeht, sind mit der Anerkennung der Rolle, die neue Erfahrungen in jeder Analyse – unabhängig von der jeweiligen Schule – spielen, komplexer geworden.

Ergebnisforschung könnte die üblichen Methoden mit Kontrollgruppen und statistischer Evaluation einsetzen, aber die Arbeit von David Malan (1963, dt. 1965) am Tavistock-

Institut deutet darauf hin, daß eine effektive Ergebnisforschung am besten für jeden einzelnen Fall als Vorher-nachher-Vergleich durchgeführt werden sollte. Daß die Analyse ein langer Prozeß ist, macht die Ergebnisforschung schwieriger. Vielleicht kann die Erforschung des Status eines Patienten im Verlauf des Prozesses anstelle einer bloßen Untersuchung der Ergebnisse dieses Problem abschwächen. Die Art von psychoanalytischer Therapie, die ich in diesem Buch befürwortet habe, erleichtert vielleicht die Ergebnis- und die Begleitforschung. Unter Analytikern scheint der hartnäckige Glaube weitverbreitet, daß lange Perioden, in denen sich nicht viel zu verändern scheint, einem guten Resultat am Ende nicht widersprechen müssen. Ich möchte behaupten, daß es unvernünftig ist, bei einer Analyse, in der nicht viel geschieht, ein gutes Ergebnis zu antizipieren; etwas anders liegt der Fall, wenn es sich um eine analytische Situation handelt, wie ich sie in diesem Buch beschrieben habe.

Wie Hartvig Dahl (1988) schon seit langem betont, ist es ein erster Schritt in Richtung Begleitforschung, wenn man sich zunächst auf die Entwicklung von Methoden für diese Art von Forschung konzentriert. Es ist besser, wenn wir unsere Energien in die Entwicklung solcher Methoden investieren, als mit Methoden, deren Wert nicht gesichert ist, ehrgeizige Studien durchzuführen.

Meiner Meinung nach sollten bei der Begleitforschung die Gespräche aufgezeichnet werden; Transkriptionen von Tonbandaufzeichnungen wären hierfür ausreichend. Dies bedeutet natürlich, daß nonverbale Äußerungen, sowohl der Tonfall wie auch die Bewegung, verlorengehen, aber solche Äußerungen sind meiner Meinung nach normalerweise unnötig für die Urteilsbildung bei der Entwicklung einer plausiblen Konzeption. In der Frage, ob Berichte des Therapeuten darüber, wie er das Geschehen beurteilt und warum er tut, was er tut, für eine gute Begleitforschung notwendig sind, bin ich unschlüssig. Einerseits merke ich in der Supervision, daß ich besser verstehe, was vorgeht, wenn ich den Bericht des Supervisierten darüber kenne, wie er wahrnimmt, was vorgeht und warum er tut, was er tut oder möglicherweise unterläßt. Auf der anderen Seite kamen Hoffman und ich (Gill und Hoffman 1982; Hoffman und Gill 1988a, 1988b) zu dem Schluß, daß die Methode, die wir für die Untersuchung der Frage, wie der Patient die Beziehung mit dem Analytiker erlebt, entwickelt haben, zu brauchbaren Resultaten führen könnte, selbst wenn jeder von uns mit einer Tonbandaufzeichnung arbeiten müßte. (Keiner von uns war in Stimmung oder geneigt, weiter mit der Methode zu arbeiten, nachdem wir sie entwickelt hatten, aber andere [Horwitz und Frieswyk 1980; Church 1993] haben vielversprechende Studien damit durchgeführt.)

Die Auswahl der Variablen ist natürlich entscheidend für die Begleitforschung. Wir beschlossen, uns auf das Signifikante statt auf das Exakte zu konzentrieren, und unser Interesse galt der Interaktion, das heißt, wir arbeiteten mit einem veränderten Konzept der Komponente der Psychoanalyse, die normalerweise als Übertragung bezeichnet wird: Uns interessierte, wie der Patient die Beziehung mit seinem Analytiker erlebt. Wenn man signifikante Prozeßvariablen verwendet, müssen die Beurteilungen oder Klassen psychoanalytisch relevant sein. Ein weiteres größeres Problem bei der Begleitforschung ist die Bestimmung der Einheit, mit der die Beurteilung arbeiten muß. Dieses Problem impliziert auch die Entscheidung »Signifikanz versus Exaktheit«. Als Forschungseinheit wurden sprachliche Äußerungen in einer Spannweite von einem Wort bis zu einer Sitzung verwendet. Vielleicht erweist es sich als angebracht, für eine Klassifizierungsgruppe die Analyseeinheiten zu bestimmen und für eine andere Klassifizierungsgruppe die Ratings auf der Grundlage dieser vorher festgelegten Einheiten vorzunehmen.

Die Aussichten für die Begleitforschung sind durch die Erkenntnis des Wiederholungscharakters der Interaktion erweitert worden. Dies steht im Einklang mit dem klinischen Wissen, daß ein Therapeut wahrscheinlich eine bestimmte Interaktion nicht erkennt, bevor sie sich nicht einige Male wiederholt hat. Ein Supervisor wird im allgemeinen zu einem Supervisierten, der eine Interaktion übersehen hat, sagen: »Macht nichts. Es wird sich wiederholen.«

Die Vorstellung, daß eine korrekte Begleitforschung jede Sitzung untersuchen müßte, und dies in chronologischer Abfolge, würde die Untersuchung einer übermäßig langen Analyse in der Tat äußerst schwierig gestalten. Aber der Wiederholungscharakter der Interaktion, der auch durch die Tatsache betont wird, daß der Analytiker sie oft nicht bewußt wahrnimmt, macht das Sampling durchführbar. Mir wurde von einer interessanten Methode berichtet, bei der die Frage gestellt wurde, ob ein Gutachter nach dem Zufallsprinzip angeordnete Sitzungen in die richtige chronologische Reihenfolge bringen könnte. Wenn er dies nicht kann, deutet dies auf eine chaotische Analyse hin oder darauf, daß sie keine Fortschritte macht. Bei der Fokussierung auf isolierte Sitzungen kann es irreführend sein, daß Patient und Analytiker vielleicht bestimmte »Schlagwörter« für ein repetitives Phänomen entwickelt haben, die ein Gutachter vielleicht bei der Untersuchung einer einzigen Sitzung nicht verstehen kann.

Ein anderes schwerwiegendes Problem der Begleitforschung ist der Umstand, daß die Reaktion eines Patienten auf die Intervention eines Analytikers vielleicht nicht sofort erfolgt, sondern etwas später. Des weiteren – und dies bezieht sich nicht nur auf die Reaktion auf eine Intervention – ist in der Interaktion vieles implizit ausgedrückt statt explizit, und dies unterstreicht einmal mehr die Notwendigkeit psychoanalytisch geschulter Gutachter.

Aber es gibt eine hoffnungsvolle Entwicklung: Es hat sich eine Gruppe von etwa einem Dutzend Wissenschaftlern gefunden, die Begleitforschung durchführen will, um ein Forschungsprojekt zu initiieren, in dem jeder seine jeweiligen Forschungsmethoden auf dasselbe klinische Material anwendet. Es ist jedoch ein entmutigendes Hindernis für die Begleitforschung und in der Tat für jede systematische Forschung in der Psychoanalyse, daß es so wenige Vollzeit-Planstellen für Wissenschaftler gibt und daß das Erfordernis einer derartigen Forschung kaum anerkannt wird. Bei dem gegenwärtigen Niedergang des öffentlichen Prestiges der Psychoanalyse sind die Aussichten für systematische Forschung wahrscheinlich nicht so schnell verbesserbar.

Die Entwicklung des Computers hat die Möglichkeit einer neuen Art von Forschung entstehen lassen. Da der Computer große Wortmengen schnell sortieren kann, besteht die Möglichkeit, Vokabularien zu entwickeln, die Hinweise auf klinische Phänomene sind und daher die Erforschung des umfangreichen verbalen Materials einer analytischen Behandlung beschleunigen könnten. Natürlich würde eine solche Forschung die Untersuchung dieses Materials durch erfahrene Kliniker erforderlich machen. Forschung dieser Art wurde zuerst von Dahl in Deutschland (Dahl, Kächele und Thomä 1988) und von Wilma Bucci in Nordamerika durchgeführt.

Es ist falsch, den Schluß zu ziehen, daß eine Veränderung in Richtung auf eine hermeneutisch-konstruktivistisch-interaktiven Perspektive der Psychoanalyse die Möglichkeit systematischer Forschung ausschaltet. Die mikroskopische Untersuchung der Interaktion zwischen Patient und Analytiker in bezug auf die Veränderungen des psychischen Zustands des Patienten kann gewiß repetitive Muster zum Vorschein bringen und so Entscheidungen zwischen alternativen Theorien ermöglichen. Ohne eine solche Forschung wird die Analyse hoffnungslos dazu verdammt sein, die Positionen der Verfechter der verschiedenen Theorien ewig wiederzukäuen. Letzteres bedeutet nicht, daß es keine Veränderung geben wird; es bedeutet, daß die Veränderung nur entstehen kann, wenn neue Ideen mehr und mehr Mitglieder unseres Berufsstandes zu überzeugen vermögen. Die Welt außerhalb unserer Profession verlangt mehr: Sie insistiert auf einer systematischen Validierung bestimmter Behauptungen. Aber die Analyse sollte diese Bemühung nicht einfach nur deshalb unterstützen, weil von außen Druck ausgeübt wird, sondern auch aus eigenem Interesse am wissenschaftlichen Fortschritt ihrer Disziplin. David Rapaport sagte einmal, viele müßten es versuchen, damit wenige ans Ziel kommen.

Ich beende dieses Kapitel, indem ich nochmals wiederhole, daß es in der Psychoanalyse zwei Arten von Forschung gibt – die systematische Forschung und die klinische Arbeit. Jeden Fortschritt – vorsichtiger ausgedrückt: alles, was an neuen

Ideen auftaucht – in der psychoanalytischen Praxis und Theorie verdanken wir der klinischen Arbeit. Auch andere Psychotherapien sind nicht systematisch erforscht worden, obwohl manche Verhaltenstherapeuten fälschlich behaupten, ihre Methoden stammten aus dem Labor und seien validiert.

Zehntes Kapitel

Schlußbetrachtung

Der Übergang von der Naturwissenschaft zur Hermeneutik und vom Positivismus zum Konstruktivismus verkörpert eine neue Metapsychologie, die an die Stelle des physioenergetischen Paradigmas von Sigmund Freud tritt. Während diese Veränderungen eher die Kohärenztheorie als die Korrespondenztheorie der Wahrheit favorisieren, wird die Dichotomie beider Positionen oft zu stark betont. Ein pragmatischer Umgang, bei dem jemand eine konstruktivistische Theorie vertritt, aber nach der Korrespondenztheorie arbeitet, mag vielleicht als ungeschicktes Zusammenstutzen von Prinzipien erscheinen, aber dies ist die für den Kliniker notwendige Einstellung. Die Konsequenzen dieser Forschungshaltung insbesondere für die systematische Forschung müssen erst noch ausgearbeitet werden. Es ist bislang nicht klar, wie Hypothesen auf Validität geprüft werden.

Auf einer spezifischeren Ebene sollte die Psychoanalyse nicht als eine Ein-Personen-Psychologie verstanden werden, sondern als eine Situation, die monadische mit dyadischen Merkmalen kombiniert. Dies kann man zum Ausdruck bringen, indem man sowohl das Triebkonzept als auch die Objektbeziehungstheorie berücksichtigt (mit Triebkonzept ist hier nicht die Konzeption der Freudschen Metapsychologie gemeint). Allgemeiner gesagt, das hereditäre Element und der Erfahrungsaspekt wirken immer in Kombination. Die Beziehung zwischen den Faktoren ist nicht bloß additiver Natur, sondern nach dem konstruktivistischen Paradigma formen sie sich gegenseitig. Solange die subjektive Bedeutung eines Phänomens für beide Beteiligte nicht exploriert worden ist, hat man es psychoanalytisch noch nicht verstanden.

Die analytische Situation besteht aus der kontinuierlichen Interaktion beider Beteiligten. Die Exploration dieser

Interaktion ist dabei von entscheidender technischer Bedeutung. Das hermeneutisch-konstruktivistisch-interaktive Modell führt zwangsläufig zu einer Neudefinition der allgemein anerkannten Konzeption der Übertragung. Dadurch wird die Übertragung zur glaubwürdigen Erfahrung der Beziehung seitens des Analysanden, und sie wird nicht mehr, wie bisher, als Verzerrung betrachtet, die daraus resultiert, daß der Analysand den objektiven Analytiker vermittels seiner gewohnten Muster wahrnimmt. Die Übertragung basiert dann auf dem Beitrag beider Beteiligten zur Interaktion im Hier und Jetzt und zugleich darauf, wie beide durch die Vergangenheit geprägt wurden.

Obwohl die Analyse der Interaktion das zentrale Prinzip der Technik ist, führt eine solche Analyse häufig zur Klärung der Entwicklungsgeschichte des Patienten; diese Entwicklungsgeschichte verändert sich während der fortschreitenden Entfaltung des analytischen Prozesses, und dadurch verändert sich die Erzählung. Obwohl beide Beteiligten diese Erzählung konstruieren, wird sie pragmatisch als signifikante Entsprechung der aktuellen Entwicklung des Analysanden aufgefaßt. Der analytische Prozeß kann dialektisch betrachtet werden – sowohl als progressiver als auch als regressiver Prozeß.

Aber nicht nur die Übertragung wird neu definiert. Ich kann mir nicht vorstellen, daß auch nur eines der wichtigen analytischen Konzepte durch das hermeneutisch-konstruktivistisch-interaktive Paradigma nicht verändert wird. Widerstand und freie Assoziation sind aufeinander bezogen konzeptualisiert. Neutralität kennzeichnet nicht mehr einen objektiven, unbeteiligten Analytiker; statt dessen verweist sie auf einen affektiv involvierten Analytiker, der permanent seinen Beitrag zur Interaktion aufmerksam beobachten muß: die neu definierte Gegenübertragung. Mutativ wirkt nicht allein Einsicht, sondern Einsicht im Kontext einer neuen Erfahrung. Es handelt sich dabei um Einsicht, mit der erkannt wird, wie sich die neue Erfahrung von der alten unterscheidet; sie beinhaltet aber auch, auf welche Weise der Analysand durch entwicklungsbedingte Erfahrungen geformt wurde.

Wenn der Analytiker die Unvermeidbarkeit der Interaktion erkannt hat, macht ihn dies freier, so daß er spontaner sein kann und sich nicht fehlgeleitet und übertrieben gehemmt verhalten muß aus Angst, sich auf die Interaktion einzulassen. Es gilt als anerkannt, daß viele Interaktionen nicht bewußt ablaufen und daher nur retrospektiv erkannt werden können. Widerstand bleibt ein zentrales Konzept der Analyse, aber statt primär als Hemmung eines Impulses betrachtet zu werden, wird sie nun primär als Beitrag zur Interaktion aufgefaßt, der als Kommunikation verstanden werden muß.

Von der Existenz eines analytischen Prozesses oder – wie man auch sagen könnte – einer analytischen Situation kann dann gesprochen werden, wenn beide Beteiligten die Vorstellung akzeptieren, daß es die Interaktion ist, um die es geht, und daß beide einen Beitrag dazu leisten. Analytiker und Analysand müssen sich im klaren darüber sein, daß es das primäre Behandlungsziel ist, den Beitrag des Analysanden zur Interaktion zu verstehen, und auch darüber, wie dieser den Beitrag des Analytikers erlebt. Der Analytiker seinerseits soll vorurteilslos und ernsthaft die Sichtweise des Analysanden über den Beitrag des Analytikers erwägen, ohne sich selbst zu verpflichten, der Sichtweise des Analysanden über seinen Beitrag zuzustimmen oder unbedingt seine eigene Erfahrung und Dynamik preiszugeben. Aber der Analysand verpflichtet sich *sehr wohl*, so weitgehend wie möglich seine bewußte subjektive Erfahrung preiszugeben und vorurteilslos und ernsthaft die Ansichten des Analytikers zu überdenken, auch wenn sie sich von seinen eigenen unterscheiden. In diesem wichtigen Aspekt bleibt die analytische Situation eine asymmetrische.

Ich habe behauptet, daß eine analytische Situation sich sogar dann entwickeln kann, wenn mit dem Analysanden eine geringere Sitzungsfrequenz vereinbart ist, als dies in der herkömmlichen Psychoanalyse üblich ist. Ich glaube, es ist wichtiger, daß man eigentlich immer versuchen sollte, eine analytische Situation herzustellen. Wenn der Therapeut zu der Überzeugung kommt, eine Analyse sei bei einem bestimmten Patienten eindeutig nicht möglich, dann sollte er zu einer offener stützenden Therapie übergehen, aber er sollte diese Entscheidung weder präjudizieren noch zu leicht von der Hand weisen. Meiner Erfahrung nach können Therapeuten häufig keine analytische Situation herstellen, weil sie sich von einem Patienten, der sich gegen die Exploration der Interaktion sträubt, zu leicht die Laune verderben lassen. Viele Therapeuten sind in dieser Hinsicht Feiglinge, weil sie immer noch unter dem Bann des Verbots der Interaktion jener stehen, welche ihre Ubiquität nicht anerkennen.

Ich glaube, die Identität des Therapeuten als Analytiker bleibt gesichert, wenn er die Psychoanalyse nicht nur als herkömmliche Psychoanalyse praktiziert, sondern als Therapie, die er mit einem veränderten äußeren Arrangement durchführt. Auf diese Weise vermeidet er einerseits, die steife, reservierte Haltung des Analytikers in der »Psychotherapie«, die er durchführt, einzunehmen, und andererseits, absichtliche unanalysierte Interaktion in die herkömmliche Psychoanalyse hineinzutragen. Ich habe vorgeschlagen, die Therapieform, die ich in diesem Buch beschrieben habe, unabhängig von ihrem äußeren Arrangement »psychoanalytische Therapie« zu nennen. Zweifellos wird der Begriff »Psychoanalyse« weiterhin für die psychoanalytische Therapie mit hoher Sitzungsfrequenz und mit Verwendung der Couch gelten. Ich hoffe, daß ich den Unterschied zwischen psychoanalytischer Psychotherapie, wie sie üblicherweise praktiziert wird, und psychoanalytischer Therapie, wie ich sie definiert habe, überzeugend dargestellt habe.

Angesichts der vielen sozialen und ökonomischen Gründe für die Abnahme des Prestiges der Psychoanalyse und die geringere Nachfrage nach ihr bin ich überzeugt, daß hierfür ein wichtiger Faktor die fehlende systematische Forschung ist.

Ich möchte wiederholen: Vielleicht sind wir zufrieden damit, daß es in unserem Bereich Weiterentwicklungen gibt, aber die Psychoanalyse ist der einzige bedeutsame Zweig des Wissens vom Menschen und der Therapie, der sich weigert, auf die Forderung der westlichen Zivilisation nach einem systematischen Nachweis seiner Behauptungen einzugehen.

Eine systematische Erforschung der Psychoanalyse müßte größere Hindernisse überwinden, aber nur ein bedauerlich kleiner Prozentsatz unserer Arbeit wird der Entwicklung von Methoden gewidmet, die eine wohldurchdachte Auswahl unter unseren konkurrierenden Positionen erlauben. Ich habe nicht die Absicht, die Wichtigkeit der gedankenreichen Praxis der Psychoanalyse und ihres Erfahrungsschatzes zu schmälern, jener Praxis, die Leo Stone (1961, dt. 1993) als eine Beschäftigung charakterisiert hat, welcher der hilflose Mensch nur mit Herz und Verstand nachgehen kann.

Bibliographie

Alexander, F. (1956). *Psychoanalysis and Psychotherapy.* New York: Norton.

Apfelbaum, B. (1966). On ego psychology: A critique of the structural approach to psychoanalytic theory. *International Journal of Psychoanalysis* 47: 451-475.

–, und M. M. Gill (1989). Ego analysis and the relativity of defense: Technical implications of the structural theory. *Journal of the American Psychoanalytical Association* 37: 1071-1096.

Arlow, J. (1975). Discussion of paper by M. Kanzer, The therapeutic and working alliances. *International Journal of Psychotherapy* 4: 69-73.

Aron, L. (1991). Working through the past, working toward the future. *Contemporary Psychoanalysis* 27: 81-109.

Bacal, H. W. (1993). Sharing feminity – An optimal response in the analysis of woman by woman: Commentary on the Shanes' case study of Kathy K. In: A. Goldberg (Hg.), *The Widening Scope of Self Psychology: Progress in Self Psychology.* Bd. 9. Hillsdale, NJ: The Analytic Press, S. 81-85.

–, und K. Newman (1990). Theories of Object Relations: Bridges to Self Psychology. New York: Columbia University Press. (1994) *Objektbeziehungstheorien – Brücken zur Selbstpsychologie.* Übers. von E. Vorspohl. Stuttgart-Bad Cannstadt: Frommann-Holzboog.

Balint, M. (1953). *Primary love and psychoanalytic technique.* New York: Liveright. (1966) *Die Urformen der Liebe und die Technik der Psychoanalyse.* Übers. von K. Hügel. Bern und Stuttgart: Huber und Klett.

–, und E. Balint (1939). On transference and countertransference. *International Journal of Psycho-Analysis* 20: 223-230.

Basch, M. (1976). The concept of affect: A reexamination. *Journal of the American Psychoanalytic Association* 24: 759-777.

Berger, L. (1985). *Psychoanalytic Theory and Clinical Relevance.* Hillsdale, NJ: The Analytic Press.

Bergler, E. (1938). On the resistance situation. *Psychoanalytical Review* 25: 170-186.

Blum, H. (1986). Countertransference and the theory of technique. *Journal of the American Psychoanalytical Association* 34: 309-328.

Bollas, C. (1987). *The Shadow of the Object: Psychoanalysis of the Unthought Known.* London: Free Association Press.

Bowlby, J. (1969). *Attachment and Loss.* New York: Basic Books. (1975) *Bindung.* München: Kindler.

Brenner, C. (1969). Some comments on technical precepts in psychoanalysis. *Journal of the American Psychoanalytic Association* 17: 333-352.

– (1979). Working aliance, therapeutic alliance, and transference. *Journal of the American Psychoanalytic Association* 27:137 bis 158.

Bruner, J. (1993). Loyal opposition and the clarity of dissent. *Psychoanalytical Dialogues* 3: 11-20.

Busch, F. (1993). »Some ambiguities in the method of free association and their implications for technique«. Vortrag, gehalten auf der Tagung der American Psychoanalytic Association, Mai.

Church, E. (1993). Reading the transference in adolescent psychotherapy: A comparison of novice and experienced therapists. *Psychoanalytical Psychology* 10: 187-205.

Curtis, H. (1979). The concept of therapeutic alliance: Implications for the »widening scope«. *Journal of the American Psychoanalytic Association* 27: 159-192.

Dahl, H., H. Kächele und H. Thomä (Hg.) (1988). *Strategien psychoanalytischer Prozeßforschung.* Berlin: Springer.

Dewald, P. (1972). *The Psychoanalytic Process.* New York: Basic Books.

Dickes, R., und D. Papernik (1977). Defensive alteration of consciousness: Hypnoid states, sleep, and the dream. *Journal of the American Psychoanalytic Association* 25: 635-654.

Dilthey, W. (1924). Ideen über eine beschreibende und eine zergliedernde Psychologie. *Gesammelte Schriften,* Bd. 5. Leipzig: Teubner.

Dowling, S. (Hg.) (1991). *Conflict and Compromise: Therapeutic Implications.* Madison, CT: International Universities Press.

Dupont, J. (Hg.) (1988). *The Clinical Diary of Sándor Ferenczi.* Cambridge, MA: Harvard University Press.

Eagle, M. (1984). Recent Developments in Psychoanalysis. New York: McGraw-Hill. (1988) *Neuere Entwicklungen in der Psycho-*

analyse. Übers. von H. Weller. München: Verlag Internationale Psychoanalyse.

Edelson, M. (1988). *Psychoanalysis: A Theory in Crisis.* Chicago: University of Chicago Press.

Eissler, K. R. (1950). The Chicago Institute of Psychoanalysis and the sixth period of the development of psychoanalytic technique. *Journal of Genetic Psychology* 42: 103-157.

– (1953). The effect of the structure of the ego on psychoanalytic technique. *Journal of the American Psychoanalytic Association* 1: 104-141.

– (1963): *Goethe. A Psychoanalytic Study, 1775-1786.* Detroit, MI: Wayne State University Press. (1983) *Goethe: Eine psychoanalytische Studie 1775-1786.* Band 1. Übers. von P. Fischer. (1985) Band 2. Übers. von R. Scholz. In Verbindung mit W. Mauser und J. Cremerius hg. von R. Scholz. Basel und Frankfurt am Main: Stroemfeld/Roter Stern.

Epstein, G. (1976). A note on a semantic confusion in the fundamental rule of psychoanalysis. *J. Philadelphia Assn. Psychoanal.* 3: 54-56.

Fast, I. (1992). The embodied mind: Toward a relational perspective. *Psychoanalytic Dialogue* 2: 389-409.

Fenichel, O. (1935). Zur Theorie der psychoanalytischen Technik. In: *Aufsätze.* Hg. von K. Laermann. Frankfurt am Main/ Berlin/Wien: Ullstein 1985, S. 325-344.

– (1941) *Problems of Psychoanalytic Technique.* New York: Psychoanalytic Quarterly.

Fliess, R. (1954). The autopsic encumbrance. *International Journal of Psycho-Analysis* 35, 8-12.

Frank, K. (1993). Action, insight and working through. *Psychoanalytic Dialogue* 3: 535-578.

Freud, A. (1936). Das Ich und die Abwehrmechanismen. Wien: Internationaler Psychoanalytischer Verlag. (1980) Das Ich und die Abwehrmechanismen. In: *Die Schriften der Anna Freud.* Bd. 1. München: Kindler, S. 193-355.

– (1954). The widening scope of indications for psychoanalysis. Discussion. In: *The Writings of Anna Freud.* Bd. 4. New York: International Universities Press 1968, S. 356-376. (1980) Der wachsende Indikationsbereich der Psychoanalyse. Diskussion. Übers. von M. Schröter. In: *Die Schriften der Anna Freud.* Bd. 5. München: Kindler, S. 1349-1367.

Freud, S. (1895d). *Studien über Hysterie* (zusammen mit J. Breuer). G.W. I, 75-312.
– (1900a). *Die Traumdeutung.* G.W. II/III.
– (1905d). *Drei Abhandlungen zur Sexualtheorie.* G.W. V, S. 33-145.
– (1905e). Bruchstück einer Hysterie-Analyse. G.W. V, S. 161 bis 286.
– (1910a). Über Psychoanalyse. G.W. VIII, S. 1-60.
– (1910h). Beiträge zur Psychologie des Liebeslebens. G.W. VIII, S. 65-91.
– (1912b). Zur Dynamik der Übertragung. G.W. VIII, S. 364 bis 374.
– (1912c). Über neurotische Erkrankungstypen. G.W. VIII, S. 322-330.
– (1912e). Ratschläge für den Arzt bei der psychoanalytischen Behandlung. G.W. VIII, S. 376-387.
– (1913c). Zur Einleitung der Behandlung. G.W. VIII, S. 454 bis 478.
– (1914c). Zur Einführung des Narzißmus. G.W. X, S. 138-170.
– (1914g). Erinnern, Wiederholen und Durcharbeiten. G.W. X, S. 126-136.
– (1915c). Triebe und Triebschicksale. G.W. X, S. 210-232.
– (1916/17a). *Vorlesungen zur Einführung in die Psychoanalyse.* G.W. XI.
– (1918b). Aus der Geschichte einer infantilen Neurose. G.W. XII, S. 27-157.
– (1919a). Wege der psychoanalytischen Therapie. G.W. XII, S. 183-194.
– (1920g). *Jenseits des Lustprinzips.* G.W. XIII, S. 1-69.
– (1921c). *Massenpsychologie und Ich-Analyse.* G.W. XIII, S. 71 bis 161.
– (1923c). Bemerkungen zur Theorie und Praxis der Traumdeutung. G.W. XIII, S. 301-314.
– (1925d). »Selbstdarstellung«. G.W. XIV, S. 31-96.
– (1926e). *Die Frage der Laienanalyse.* G.W. XIV, S. 207-286.
– (1931b). Über die weibliche Sexualität. G.W. XIV, S. 515 bis 537.
– (1937c). Die endliche und die unendliche Analyse. G.W. XVI, S. 59-99.
– (1937d). Konstruktionen in der Analyse. G.W. XVI, S. 43-56.
– (1940a). *Abriß der Psychoanalyse.* G.W. XVII, S. 63-138.

– (1950a [1895]). Entwurf einer Psychologie. In: *Aus den Anfängen der Psychoanalyse.* London: Imago, S. 377-466.

Gedo, J. (1981). *Advances in Clinical Psychoanalysis.* New York: International Universities Press.

– (1993). *Beyond Interpretation* (revidierte Ausgabe). Hillsdale, NJ: The Analytic Press.

–, und A. Goldberg (1973), *Models of the Mind: A Psychoanalytic Theory.* Chicago: University of Chicago Press.

Gergen, K. (1985). The social constructionist movement in modern psychology. *American Psychology* 40: 266-275.

Ghent, E. (1989). Credo: The dialectics of one-person and two-person psychologies. *Contemporary Psychoanalysis* 25: 169-211.

Gill, M. M. (1954). Psychoanalysis and exploratory psychotherapy. *Journal of the American Psychoanalytic Association* 2: 771-797.

– (1963). *Topography and Systems in Psychoanalytic Theory.* New York: International Universities Press.

– (1976). Metapsychology is not psychology. In: M. Gill und P. Holzman (Hg.) *Psychology versus Metapsychology.* New York: International Universities Press, S. 71-105. (1984) Die Metapsychologie ist keine Psychologie. *Psyche* 38 (11): 961-992.

– (1979). The analysis of the transference. *Journal of the American Psychoanalytic Association* 27 (Suppl.): 263-288. (1993) Die Analyse der Übertragung. *Forum der Psychoanalyse* 9 (1): 46 bis 61.

– (1982). *Analysis of transference.* Bd. 1: *Theory and technique.* New York: International Universities Press. (1996) *Die Übertragungsanalyse. Theorie und Technik.* Übersetzt von E. Vorspohl. Frankfurt am Main: Fischer.

– (1983). The point of view of pschoanalysis: Energy discharge or person? *Psychoanalytic Contemporary Thought* 6: 523-552.

– (1984). Psychoanalysis and psychotherapy: A revision. *International Review of Psychoanalysis* 11: 161-179.

– (1988). Converting psychotherapy into psychoanalysis. *Contemporary Psychoanalysis* 24: 262-274.

– (1991). Indirect suggestion: A response to Oremland. In: D. Oremland (Hg.), *Interpretation and Interaction: Psychoanalysis or Psychotherapy?* Hillsdale, NJ: The Analytic Press, S.137-163.

– (1992). Merton Gill speaks his mind. *International Journal of Communicative Psychoanalytical Psychotherapy* 7: 27-33. Abdruck aus *American Psychoanalyst* 25 (1991): 17-21.

– (1993). Review of Levenson's »*The Purloined Self*«. *International Journal of Psycho-Analysis* 74: 400-403.
– (1994a). Heinz Kohut's self psychology. In: *A Decade of Progress: Progress in Self Psychology*. Bd. 10. Hillsdale, NJ: The Analytic Press, S. 197-211.
– (1994b). Review of S. Dowling's »Conflict and Compromise Formation«. *Psychoanalytic Quarterly*.
– (1994c). Letter to the editor re Levy and Inderbitzin on neutrality. *Journal of the American Psychoanalytic Association* 42: 681 bis 684.
–, und I. Z. Hoffman (1982). A method for studying the analysis of aspects of the patient's experience of the relationship in psychoanalysis and psychotherapy. *Journal of the American Psychoanalytic Association* 30: 137-168.
–, und H. Muslin (1976). Early Interpretation of transference. *Journal of the American Psychoanalytic Association* 24: 779-794.
–, und R. Wallerstein (1991). An exchange of letters to the editor. *International Journal of Psycho-Analysis* 72: 159-166.
Glover, E. (1931). The therapeutic effect of inexact interpretation. In: *The Technique of Psychoanalysis*. New York: International Universities Press 1955, S. 353-366.
– (1955). *The Technique of Psychoanalysis*. New York: International Universities Press.
Goldberg, A. (1986). Replay to discussion of »The Wishy-Washy Personality«. *Contemporary Psychoanalysis* 22: 387-388.
– (1988). *A Fresh Look at Psychoanalysis: The View from Self Psychology*. Hillsdale, NJ: The Analytic Press.
– (1990). *The Prisonhouse of Psychoanalysis*. Hillsdale, NJ: The Analytic Press.
– (Hg.) (1978). *The Psychology of the Self*. New York: International Universities Press.
Gray, P. (1982). »Developmental lag« in the evolution of technique for psychoanalysis of neurotic conflict. *Journal of the American Psychoanalytic Association* 30: 621-655.
Greenacre, P. (1954). Practical considerations in relation to psychoanalytic therapy. *Journal of the American Psychoanalytic Association* 2: 671-684.
Greenberg, J. (1986). Theoretical models and analytical neutrality. *Contemporary Psychoanalysis* 22: 87-106.
– (1991). *Oedipus and Beyond*. Cambridge, MA: Harvard U. P.

–, und S. Mitchell (1983). *Object Relations in Psychoanalytic Theory.* Cambridge, MA: Harvard University Press.

Greenson, R. (1965). The working alliance and the transference neurosis. *Psychoanalytic Quarterly* 34: 155-181. (1982) Das Arbeitsbündnis und die Übertragungsneurose. In: ders., *Psychoanalytische Erkundungen.* Übers. von H. Weller. Stuttgart: Klett-Cotta, S. 151-177.

– (1974). The decline and fall of the fifty-minute hour. *Journal of the American Psychoanalytic Association* 22: 785-791.

Grünbaum, A. (1984). *The Foundations of Psychoanalysis.* Berkeley: University of California Press. (1988) *Die Grundlagen der Psychoanalyse Eine philosophische Kritik.* Übers. von Ch. Kolbert. Stuttgart: Reclam.

Guidi, N. (1993). Unobjectionable negative transference. *The Annual of Psychoanalysis* (Hillsdale, NJ: The Analytic Press) 21: 107-124.

Habermas, J. (1968). *Erkenntnis und Interesse.* Frankfurt am Main: Suhrkamp.

Hamilton, V. (1993). Truth and reality in psychoanalytic discourse. *International Journal of Psycho-Analysis* 74: 63-79.

Harlow, H. (1958). The nature of love. *American Psychology* 13: 673-685.

Hartmann, H. (1948). Comments on the psychoanalytic theory of instinctual drives. In: ders., *Essays on Ego Psychology.* New York: International Universities Press 1964, S. 69-89. (1972) Bemerkungen zur psychoanalytischen Theorie des Ichs. In: ders., *Ich-Psychologie. Studien zur psychoanalytischen Theorie.* Übers. von M. von Eckardt-Jaffé. Stuttgart: Klett-Cotta, S. 119 bis 144.

– (1964). Essays on Ego Psychology. New York: International Universities Press. (1972) *Ich-Psychologie. Studien zur psychoanalytischen Theorie.* Übers. von M. von Eckardt-Jaffé. Stuttgart: Klett-Cotta.

Heimann, P. (1950). On countertransference. *International Journal of Psycho-Analysis* 31: 81-84. (1996) Über die Gegenübertragung. *Forum der Psychoanalyse* 12: 179-184.

Hermann, I. (1936). Sich anklammern – Auf-Suche-Gehen. *Internationale Zeitschrift für Psychoanalyse* 36: 349-370.

Hoffman, I. Z. (1983). The patient as interpreter of the analyst's experience. *Contemporary Analysis* 19: 389-422.

– (1987). The value of uncertainty in psychoanalytic practice. *Contemporary Psychoanalysis* 23: 205-215.
– (1991). Discussion: Toward a social-constructivist view of the analytic situation. *Psychoanalytic Dialogues* 1: 74-105.
– (1992a). Some practical implications of a social-constructivist view of the psychoanalytic situation. *Psychoanalytic Dialogues* 2: 287-304.
– (1992b). Expressive participation and psychoanalytic discipline. *Contemporary Psychoanalysis* 28: 1-15.
– (1994). Dialectical thinking and therapeutic action in the psychoanalytic process. *Psychoanalytic Quarterly* 63.
– (1995). Review of J. Greenberg's *Oedipus and Beyond. Psychoanalytic Dialogues* 5 (1).
– (1996). The intimate and ironic authority of the analyst's presence. *Psychoanalytic Quarterly* 65 (1): 102-136.
–, und M. Gill (1988a). A scheme for coding the patient's experience of the relationship with the therapist (PERT): Some applications, extensions, and comparisons. In: H. Dahl u. a. (Hg.). *Psychoanalytic Process Research Strategies.* New York: Springer, S. 67-98.
–, und M. Gill (1988b). Critical reflections on a coding scheme. *International Journal of Psycho-Analysis* 26: 291-299.
Horwitz, L., und S. Frieswyk (1980). »The impact of interpretation on the therapeutic alliance in borderline patients«. Vortrag, gehalten auf der Versammlung der American Psychoanalytic Association, Dezember.
Inderbitzin, L., und S. Levy (1994). On grist for the mill: External reality as defense. *Journal of the American Psychoanalytic Association* 42 (3): 763-788.
Jacobs, T. (1990). The corrective emotional experience. *Psychoanalytical Inquiries* 10: 433-454.
– (1991). *The Use of the Self.* New York: Int. Universities Press.
Kanzer, M. (1966). The motor sphere of the transference. *Psychoanalytical Quarterly* 35: 522-539.
– (1972). Superego aspects of free association and the fundamental rule. *Journal of the American Psychoanalytical Association* 20: 246-266.
– (1975). The therapeutic and working alliances. *International Journal of Psychoanalytical Psychotherapy* 4: 48-68.
– (1980). Freud's »human influence« on the Rat Man. In:

M. Kanzer und J. Glenn (Hg.), *Freud and His Patients.* New York: Aronson, S. 232-240.

Kardiner, A. (1977). *My Analysis with Freud.* New York: Norton. (1979) *Meine Analyse bei Freud.* München: Kindler.

Kernberg, O. (1976). *Object Relations Theory and Clinical Psychoanalysis.* New York: Aronson. (1981) *Objektbeziehungen und Praxis der Psychoanalyse.* Übers. von H. Steinmetz-Schünemann. Stuttgart: Klett-Cotta.

Klein, G. (1970). *Perception, Motives and Personality.* New York: Knopf.

– (1973). Two theories or one? *Bulletin of the Menninger Clinic* 37: 99-101.

– (1976). *Psychoanalytic Theory: An Explanation of Essentials.* New York: International Universities Press.

Klein, M. (1957). *Envy and Gratitude: And Other Works: 1946-1963.* New York: Delacorte 1975. (1957) »Neid und Dankbarkeit« (gekürzte Fassung). *Psyche* 11: 241-255. Wieder in: dies. (1983), *Das Seelenleben des Kleinkindes.* Übers. von M. von Niederhöffer. Stuttgart: Klett-Cotta, S. 225-242.

Kohut, H. (1959). Introspection, empathy, and psychoanalysis. *Journal of the American Psychoanalytic Association* 7: 459-483. (1977) Introspektion, Empathie und Psychoanalyse. Zur Beziehung zwischen Beobachtungsmethode und Theorie. In: ders., *Introspektion, Empathie und Psychoanalyse.* Übers. von K. Hügel. Frankfurt am Main: Suhrkamp, S. 9-35.

– (1971). *The Analysis of the Self.* New York: International Universities Press. (1973) *Narzißmus. Eine Theorie der Behandlung narzißtischer Persönlichkeitsstörungen.* Übers. von L. Rosenkötter. Frankfurt am Main: Suhrkamp.

– (1977). *The Restoration of the Self.* New York: International Universities Press. (1979) *Die Heilung des Selbst.* Übers. von E. vom Scheidt. Frankfurt am Main: Suhrkamp.

– (1984). *How Does Analysis Cure?* Hg. von A. Goldberg unter Mitwirkung von P. Stepansky. Chicago: University of Chicago Press. (1989) *Wie heilt die Psychoanalyse?* Übers. von E. vom Scheidt. Frankfurt am Main: Suhrkamp.

Kris, E. (1956). On some vicissitudes of insight in Psychoanalysis. *International Journal of Psycho-Analysis* 37: 445-455.

Lacan, J. (1966). *Écrits.* Paris: Éditions du Seuil. (1973-1980) *Schriften* I-III. Olten und Freiburg i. Br.: Walter.

Langs, R. (1979). *The Therapeutic Environment.* New York: Aronson.

Laplanche, J. (1987). *Nouveaux Fondements pour la Psychanalyse.* Paris: Presses Universitaires des France.

Levenson, E. (1991). *The Purloined Self.* New York: William Alanson White Institute.

Levy, S. und L. Inderbitzin (1992). Neutrality, interpretation and the therapeutic intent. *Journal of the American Psychoanalytic Association* 40: 989-1012.

Lewin, B. (1954). Sleep, narcistic neurosis and the analytic situation. *Psychoanalytic Quarterly* 23: 487-510.

– (1955). Dream psychology and the analytic situation. *Psychoanalytic Quarterly* 24: 169-199.

Lichtenberg, J. D. (1983). *Psychoanalysis and Infant Research.* Hillsdale, NJ: The Analytic Press. (1991) *Psychoanalyse und Säuglingsforschung.* Übers. von M. Baumgart. Berlin u. a.: Springer.

– (1989). *Psychoanalysis and Motivation.* Hillsdale, NJ: The Analytic Press.

–, und F. Galler (1987). The fundamental rule: A study of current usage. *Journal of the American Psychoanalytic Association* 35: 47-76.

Lipton, S. (1977). The advantages of Freud's technique as shown in his analysis of the Rat Man. *International Journal of Psycho-Analysis* 58: 255-274.

– (1982). Critical review of Paul Dewald's »The Psychoanalytic Process«. *Contemporary Psychoanalysis* 18: 349-364.

Little, M. (1951). Counter-transference and the patient's response to it. *International Journal of Psycho-Analysis* 32: 32-40.

Loewald, H. (1960). On the therapeutic action of psychoanalysis. *International Journal of Psycho-Analysis* 41: 16-33.

Loewenstein, R. (1963). Some considerations on free association. *Journal of the American Psychoanalytic Association* 11: 451 bis 473.

– (1971). Panel Report: The basic rule: Free association. A reconsideration. *Journal of the American Psychoanalytic Association* 19: 48-109.

Lossy, F. (1962). The charge of suggestion as a resistance in psychoanalysis. *International Journal of Psychoanalysis* 43: 448-467.

Macalpine, I. (1950). The development of transference. *Psychoanalytic Quarterly* 19: 501-539.

Mahler, M. (1968). *The psychological birth of human infant.* Bd. 1: *Infantile Psychosis.* New York: International Universities Press. (1972) *Symbiose und Individuation,* Bd. 1: *Psychosen im frühen Kindesalter.* Übers. von H. Weller. Stuttgart: Klett.

Malan, D. (1963). *A Study of Brief Psychotherapy.* New York: Plenum Press. (1965) *Psychoanalytische Kurztherapie.* Übers. von K. Hügel. Bern: Huber.

Marohn, R. C., und E. S. Wolf (Hg.) (1990). The »corrective emotional experience« revisited. *Psychoanalytic Inquiry* 10 (3): 285-458.

Masson, J. (1984). *The Assault on Truth.* New York: Farrar, Straus & Giroux. (1984) *Was hat man dir, du armes Kind, getan? Sigmund Freuds Unterdrückung der Verführungstheorie.* Übers. von M. Waldmüller. Reinbek bei Hamburg: Rowohlt.

McLaughlin, J. (1987). The place of transference: Some reflections on enactment in the psychoanalytic situation. *Journal of the American Psychoanalytic Association* 35: 557-582.

Menninger, K. (1958). *Theory of Psychoanalytic Technique.* New York: Basic Books. (1977) *Theorie der Psychoanalytischen Technik.* Stuttgart-Bad Cannstatt: Frommann-Holzboog.

Mitchell, S. (1988). *Relational Concepts in Psychoanalysis.* Cambridge, MA: Harvard University Press.

– (1993). *Hope and Dread in Psychoanalysis.* New York: Basic Books.

Modell, A. (1990). *Other Times, Other Realities.* Cambridge, MA: Harvard University Press.

Namnum, A. (1976). Activity and personal involvement in psychoanalytic technique. *Bulletin of the Menninger Clinic* 40: 105 bis 117.

Olinick, S. (1980). *The Psychotherapeutic Instrument.* New York: Aronson.

Oremland, J. (1991). *Interpretation and Interaction: Psychoanalysis or Psychotherapy.* Hillsdale, NJ: The Analytic Press.

Parker, B. (1965). Father child interaction patterns. *International Journal of Psycho-Analysis,* 46: 332-341.

Pine, F. (1990). *Drive, Ego, Object, Self.* New York: Basic Books.

Racker, H. (1978): *Übertragung und Gegenübertragung. Studien zur psychoanalytischen Technik.* München: Reinhardt.

Rangell, L. (1991). Castration. *Journal of the American Psychoanalytic Association* 39: 3-24.

Rapaport, D. (1951). *Organization and Pathology of Thought.* New York: Columbia University Press.

– (1957). The theory of ego autonomy. In: *The Collected Papers of David Rapaport.* Hg. von M. Gill. Northwale, NJ: Aronson, S. 722-744.

– (1960). On the psychoanalytic theory of motivation. In: *The Collected Papers of David Rapaport.* Hg. von M. Gill. Northwale, NJ.: Aronson, S. 853-915.

Renik, O. (1993). Analytic interaction: Conceptualizing technique in light of the analyst's irreducible subjectivity. *Psychoanalytic Quarterly* 62: 553-571.

Ricœur, P. (1965). *De l'interprétation. Essai sur Freud.* Paris: Editions du Seuil. (1969) *Die Interpretation. Versuch über Freud.* Übers. von E. Moldenhauer. Frankfurt am Main. Suhrkamp.

Rogers, C. (1951). *Client-Centered Therapy.* Boston: Houghton Mifflin. (1973) *Klientenzentrierte Gesprächspsychotherapie.* Übers. von E. Nosbüsch. München: Kindler.

Rorty, R. (1993). Centers of moral gravity. *Psychoanalytic Dialogues* 3: 21-28.

Rubinstein, B. (1976). On the possibility of a strictly clinical psychoanalytic theory. In: *Psychology versus Metapsychology.* Hg. von M. Gill und P. Holzman. New York: International Universities Press.

Sandler, J. (1976). Countertransference and role-responsiveness. *International Review of Psychoanalysis* 3: 43-48. (1976) Gegenübertragung und Bereitschaft zur Rollenübernahme. *Psyche* 30: 297-305.

– (1983). Reflections on some relations between psychoanalytic concepts and psychoanalytic practice. *International Journal of Psycho-Analysis* 64: 35-46.

–, C. Dare und A. Holder (1973). *The Patient and the Analyst.* London: Allen & Unwin. (1976) *Die Grundbegriffe der psychoanalytischen Therapie.* Übers. von H. Vogel. Stuttgart: Klett-Cotta.

–, und A.-M. Sandler (1983). The »second censorship«, the »three box model« and some technical implications. *International Journal of Psycho-Analysis* 64: 413-425.

Schafer, R. (1976). *A new language for Psychoanalysis.* New Haven, CT: Yale Universities Press. (1982) *Eine neue Sprache für die Psychoanalyse.* Übers. von Wolfgang Krege. Stuttgart: Klett-Cotta.

– (1979). On becoming an analyst of one persuasion or another. *Contemporary Psychoanalysis* 15: 345-360.
– (1983). *The Analytic Attitude.* New York: Basic Books.
– (1985). Wild analysis. *Journal of the American Psychoanalytic Association* 33: 275-300.
– (1992). *Retelling a life.* New York: Basic Books. (1995). *Erzähltes Leben. Narration und Dialog in der Psychoanalyse.* Übers. von T. Junek. München: Pfeiffer.
– (1993). Discussion of »Theory in Vivo«. *International Journal of Psycho-Analysis* 74: 1163-1167.
Schwaber, E. (1992). Psychoanalytic theory and its relation to clinical work. *Journal of the American Psychoanalytic Association* 40: 1039-1058.
Shane, E., und M. Shane (1993). Sex, gender, and sexualization. A case study. In: *The widening Scope of Self Psychology: Progress in Self Psychology.* Bd. 9. Hg. von A. Goldberg. Hillsdale, NJ: The Analytic Press, S. 61-74.
Slavin, M. und D. Kriegman (1992). *The Adaptive Design of the Human Psyche.* New York: Guilford Press.
Spence, D. (1993). The hermeneutic turn: Soft science or loyal opposition. *Psychoanalytic Dialogues* 3: 1-10.
Spezzano, C. (1993). *Affect in Psychoanalysis: A Clinical Synthesis.* Hillsdale, NJ: The Analytic Press.
Stein, M. (1981). The unobjectionable part of the transference. *Journal of the American Psychoanalytic Association* 29: 869-892.
Stolorow, R., B. Brandschaft und G. Atwood (1987). *Psychoanalytic Treatment: An Intersubjective Approach.* Hillsdale, NJ: The Analytic Press.
Stone, L. (1954). The widening scope of indications for psychoanalysis. *Journal of the American Psychoanalytic Association* 2: 567 bis 594.
– (1961). *The Psychoanalytic Situation.* New York: International Universities Press. (1993) *Die psychoanalytische Situation.* Frankfurt am Main: Fischer.
Sullivan, H. S. (1940). *Conceptions of Modern Psychiatry.* New York: Norton.
– (1953). *The Interpersonal Theory of Psychiatry.* New York: Norton. (1980). *Interpersonale Theorie der Psychiatrie.* Frankfurt: Fischer.
– (1964). *The Fusion of Psychiatry and Social Science.* New York: Norton.

Sulloway, F. (1983). *Freud: Biologist of the Mind.* New York: Basic Books. (1982) *Freud, Biologe der Seele.* Übers. von H.-H. Henschen. Köln-Lövenich: Hohenheim.

Tansey, M. und W. Burke (1989). *Understanding Countertransference: From Projective Identification to Empathy.* Hillsdale, NJ: The Analytic Press.

Thomä, H. (1990). »Idee und Wirklichkeit der Lehranalyse. Ein Plädoyer für Reformen«. Unveröffentlichtes Manuskript.

– (1993). Training analysis and psychoanalytic education: Prospects for reform. *The Annual of Psychoanalysis* (Hillsdale, NJ: The Analytic Press) 21: 3-75.

Tolpin, P. H. (1993). Primary failures and secondary formations: Commentary on the Shanes' case study of Kathy K. In: *The Widening Scope of Self Psychology: Progress in Self Psychology.* Bd. 9. Hg. von A. Goldberg. Hillsdale, NJ: The Analytic Press, S. 75 bis 79.

Tomkins, S. (1981). The quest for primary motives. *Journal Pers. Soc. Psychol.* 41: 306-329.

Wachtel, P. (1977). *Psychoanalysis and Behavior Therapie: Toward an Integration.* New York: Basic Books. (1981) *Psychoanalyse und Verhaltenstherapie: Ein Plädoyer für ihre Integration.* Übers. von H. Fliessbach und H. Kober. Stuttgart: Klett-Cotta.

Waelder, R. (1930). Das Prinzip der mehrfachen Funktion. Bemerkungen zur Überdeterminierung. *Internationale Zeitschrift für Psychoanalyse* 16, 286-300.

Wallerstein, R. (1986). *Forty-two Lives in Treatment.* New York: Guilford Press.

– (1988). One Psychoanalysis or many? *International Journal of Psycho-Analysis* 69: 5-21.

– (1989). Psychoanalysis and psychotherapy: A historical perspective. *International Journal of Psycho-Analysis* 70: 563-591.

– (1990). The corrective emotional experience: Is reconsideration due? *Psychoanalytic Inquiry* 10: 288-324.

White, R. (1959). Motivation reconsidered: The concept of competence. *Psychology Review* 66: 297-333.

Wilburn, D. (1979). Freud and the inter-penetrating of dreams. *Diacritics* 9: 98-110.

Winnicott, D. W. (1971). *Playing and Reality.* London: Tavistock. (1973) *Vom Spiel zur Kreativität.* Übers. von M. Ermann. Stuttgart: Klett-Cotta.

Wolf, E. (1988). *Treating the Self.* New York: Guilford Press. (1996) *Theorie und Praxis der psychoanalytischen Selbstpsychologie.* Übers. von W. Milch und I. Hilke. Frankfurt am Main: Suhrkamp.

Zetzel, E. R. (1956). Current Concepts of transference. *International Journal of Psycho-Analysis* 37: 369-376. (1974) Das Konzept der Übertragung. In: dies., *Die Fähigkeit zu emotionalem Wachstum.* Stuttgart: Klett-Cotta, S. 170-183.

– (1970). *The Capacity for Emotional Growth.* New York: International Universities Press. (1974) *Die Fähigkeit zu emotionalem Wachstum.* Stuttart: Klett-Cotta.

Register